海南师范大学文学院中国语言文学一级学科博士点资助

中国社会科学出版社

图书在版编目（CIP）数据

当代文学批评：问题意识与理论运用/姜岚著．—北京：中国社会科学出版社，2021．1

ISBN 978－7－5203－7601－3

Ⅰ．①当…　Ⅱ．①姜…　Ⅲ．①中国文学—文学评论—研究
Ⅳ．①I206

中国版本图书馆 CIP 数据核字（2020）第 247724 号

出版人　赵剑英
责任编辑　郭晓鸿　王小溪
责任校对　师敏革
责任印制　戴　宽

出　　版　中国社会科学出版社
社　　址　北京鼓楼西大街甲 158 号
邮　　编　100720
网　　址　http://www.csspw.cn
发 行 部　010－84083685
门 市 部　010－84029450
经　　销　新华书店及其他书店

印刷装订　北京明恒达印务有限公司
版　　次　2021 年 1 月第 1 版
印　　次　2021 年 1 月第 1 次印刷

开　　本　710×1000　1/16
印　　张　12.5
插　　页　2
字　　数　218 千字
定　　价　76.00 元

目　　录

第一章　文学史视野与文学现象

一　冲突与交融："人的文学"与"人民文学"——当代文学前后三十年关联研究的一个考察角度

中国当代文学贯穿性的内部矛盾冲突，可以看成"人的文学"与"人民文学"的冲突。"人的文学"和"人民文学"分别是五四文学革命和无产阶级革命文学发展的产物，都形成于新文学的现代文学阶段，二者的冲突可谓由来已久，它贯穿于20世纪直至今日。旷新年在对"人的文学"话语进行历史考察时就指出："'人的文学'与'人民文学'构成了新文学内部重要的对立与冲突。"① 这两类文学，都是西方思想资源与20世纪中国社会现代化追求相结合的产物，是服务于社会历史变动的启蒙意识形态。它们总是以话语先行的方式通过文学理论的面目来表现不同文化主体的主要意愿。

（一）

近年有不少学者致力于"人的文学"与"人民文学"历史发展线索与相互关系的梳理与研究，代表作有旷新年的《"人"归何处？——"人的文学"话语的历史考察》《人民文学：未完成的历史建构》，刘小新的《人的文学》，刘卫国的《论"人的文学"文论体系的内在特征》，师会敏的《从人的文学到人民文学——中国现代文学理论话语转型研究》《人的文学与人民文学比较研究》，冯宪光的《人的文学与人民文学》，彭萍的《努力促进"人民文学"的不断发展——周扬关于"人民文学"的论述》，等等。这些梳理和研究，以丰富的史料呈现和学理化的分析使中国新文学以"人的文学"和"人民文学"两大思潮为主线的总体特点得以显现，它反映了21世纪新文学研究领域文学观念的调

---

① 旷新年：《"人"归何处？——"人的文学"话语的历史考察》，《中国现代文学研究丛刊》2014年第1期。

整，文学理解已经走出了20世纪80年代中期横空出世的“20世纪中国文学”的文学史观。但是，这些研究仍然受讲述话语年代文化语境的规约，无论是隐性的还是显性的价值判断，都未能做到向再次拂去了历史尘埃的文学史知识致敬，因而在处置这些知识时缺少探求文学史真相的科学态度和学术勇气，实际上尚未完全跳出二元对立的思维模式，无法建立起真正突破“断裂论”的述史原则。“50—70年代文学”与“新时期文学”关联研究力图在思想史和文学类型学视野里检讨“人的文学”与“人民文学”历史冲突过程中在功能实现上出现的误区，结合理论生成与文学史实践分析理论主体的文化性格因素在话语建构中的作用，打破非此即彼的思维方式，在21世纪的思想环境里，协调“人的文学”和“人民文学”的关系，在多元选择中求和谐，以更新中国当代文学史的面貌。

正如有论者考察分析所指出的，“人的文学”与“人民文学”是中国文学理论现代性追求道路上的重要成果，是现代性道路的不同选择在文化上的体现。[①] 现代性道路的选择呼唤出了不同的文学思想，它是晚清以来落后的中国学西方求更新的文化自觉。从起源看，“人的文学”和“人民文学”表现了不同的社会思想，前者是人文主义思想，后者是阶级革命思想，他们都来自先于中国更新了人类思想的欧洲，但又都是中国化了的思想。

周作人在1918年12月《新青年》5卷6号发表了《人的文学》一文，提出了“人的文学”的主张，为五四文学革命确立了思想革命的目标。在这篇文章里，周作人说“人的文学”就是人道主义的文学，“乃是一种个人主义的人间本位主义”，“用这人道主义为本，对于人生诸问题，加以记录研究的文字，便谓之人的文学”。这是他对“人的文学”内涵的基本的界定。这篇宣言式的文章，被另一位五四文学革命的领袖胡适看作文学革命的一面理论旗帜，他在《〈中国新文学大系·建设理论集〉导言》中说，文学革命的中心思想不外两个东西：“一个是我们要建立一种‘活的文学’，一个是我们要建立一种‘人的文学’。”他又说：“周先生把我们那个时代所要提倡的种种文学内容，都包括在一个中心观念里，这个观念他叫做‘人的文学’。他要用这一个观念来排斥中国一切‘非人的文学’，来提倡‘人的文学’。”[②] 胡适显然肯定了“人的文学”

① 师会敏：《人的文学与人民文学比较研究》，《青海社会科学》2013年第5期。

② 胡适：《〈中国新文学大系·建设理论集〉导言》，上海良友图书印刷公司1935年版，第18、30页。

这一文学主张。有人将“人的文学”这一概念的提出，看成文化观念乃至知识体系的现代转型，将其判定为对西方美学思想的接受，认为：“二十世纪初，随着知识界对传统文化和经学知识的检讨，文学知识作为反省的焦点开始进入学人的视野。此时，西方现代美学对这一转型起到了根本性的作用。康德的科学、伦理和审美的‘三大划分’，不仅区分了三个各自独立的知识领域，更深远的意义还在于确立了一种知识分治的观念，从而为知识分类的专门化，以及自身的独立价值提供了合法性依据。二十世纪初，正在寻找新的知识取向的中国知识界，也正是在这个意义上，选择了追求文学独立价值的西方现代美学思想。”① 而周作人接受的这种现代美学思想，可以在两个层面上看待它的文化意义：“从审美层面来讲，西方现代美学标举文学独立和审美精神，正好迎合了中国文学的现代性需求，在其作用下，审美开始成为文学的本质特征和最高价值。从人生层面来讲，一切‘现代性’问题都离不开‘人’的现代化。‘现代性’除了政治秩序、经济秩序、知识秩序的更新以外，也是对于作为群体的人类和作为个体的自我的一次重新认识。因为，归根结底人是‘现代性工程’的承担者，人的现代化是其不可或缺的一部分。”② 也有人把《人的文学》看成“实际上是欧洲资产阶级革命关于‘“人”的真理’在文学上的一种表述”③，其依据是周作人自己在这篇文章里所作的解释以及后来的补充：“欧洲关于这‘人’的真理的发见，第一次是在十五世纪，于是出了宗教改革与文艺复兴两个结果。第二次成了法国大革命……中国讲到这类问题，却须从头做起，人的问题，从来未经解决，女人小儿更不必说了。如今，第一步先从人说起，生了四千余年，现在却还讲人的意义，从新要发见‘人’，去‘辟人荒’。……我们希望从文学上起首，提倡一点人道主义思想，便是这个意思。”④ 据此可以判定，“周作人在《人的文学》等文中借用欧洲文艺复兴和启蒙运动有关人的思想与知识，把‘人’作为现代的发明，建立了一种有关人的神话叙述”⑤。周作人的“人的文学”

---

① 师会敏：《从人的文学到人民文学——中国现代文学理论话语转型研究》，《求索》2013年第1期。

② 同上。

③ 旷新年：《“人”归何处？——“人的文学”话语的历史考察》，《中国现代文学研究丛刊》2014年第1期。

④ 周作人：《新文学的要求》，《晨报》（北京）1920年1月8日。

⑤ 旷新年：《“人”归何处？——“人的文学”话语的历史考察》，《中国现代文学研究丛刊》2014年第1期。

思想，的确承袭西方人学思想而来，在具体表述上有自我修正和补充完善[①]，的确使五四文学革命获得了灵魂，“直到周作人《人的文学》一文发表以后，新文学才有了思想理论的建设。‘人的文学’口号的提出，为新文学树立起了思想理论的纲领，引起了文坛普遍的重视和呼应”[②]。从旷新年对“人的文学”话语所作的梳理来看，自现代到当代，胡适、罗家伦、李大钊、傅斯年、王任叔、梁实秋、钱谷融、巴人、王淑明、朱光潜、何西来、刘再复、王若水和晚年的周扬等，都参与了这一理论话语的建构，他们的观点不尽一致，但对于文学必须从个人和人性出发这一基本原则有相近的认同。也正因为从个体出发，他们的表达都带有个人性和自我本位色彩。由于言语对象囿于知识阶层，所以话语主体在全社会里是少数人，尽管在他们的眼里，个人的就是人类的和社会的。

“人民文学”由毛泽东于1942年在延安文艺座谈会上正式提出。马克思主义的历史唯物主义和解放全人类的思想是“人民文学”的哲学理论来源和指导思想。“人民文学”是20世纪马克思主义中国化的重要成果，是中国共产党人将马克思主义的普遍真理同中国革命具体实践相结合创造出来的崭新的文化形态，也是中国新文学里新增添的文学类型。作为区别于资产阶级个人主义人文理论的新思想，马克思主义的历史进化论、人民是历史的主体和无产阶级联合起来创造新世界等学说，对二二十年代的知识分子充满了吸引力，为他们寻求社会改造指明了方向，而文学成为他们利用审美的力量动员群众的重要工具。1923年邓中夏就说：“儆醒人们使他们有革命的自觉，和鼓吹人们使他们有革命的勇气，却不能不首先要激动他们的感情。激动感情的方法，或仗演说，或仗论文，然而文学却是最有效用的工具。”[③] 1928年新文学阵营内部爆发无产阶级革命文学的论争，激进派所凭恃的就是苏俄化的马克思主义文艺思想，人民本位和文学的意识形态性质是其核心。人民本位体现为对文艺大众化的追求。瞿秋白在《“我们”是谁?》中就说：“革命的和普洛的文艺自然应当是大众化的文艺，……普洛文学一开始的时候，就提出‘大众化’的口号。”[④] 成仿吾在《从文学革命到革命文学》中也曾提出：“我们要努力获得阶级意

---

① 参见刘卫国《论“人的文学”文论体系的内在特征》，《晋阳学刊》2007年第1期。

② 旷新年：《“人”归何处？——“人的文学”话语的历史考察》，《中国现代文学研究丛刊》2014年第1期。

③ 中夏：《贡献于新诗人之前》，《中国青年》1923年第10期。

④ 瞿秋白：《“我们”是谁?》，《瞿秋白文集》（文学编第一卷），人民文学出版社1985年版，第486页。

识，我们要使我们的媒质接近农工大众的用语，我们要以农工大众为我们的对象。”[①] 事实上，经过 1930 年成立的“左联”在上海组织的三次“文艺大众化”的讨论，“人民文学”的概念已呼之欲出。1942 年 5 月，毛泽东在延安发表了《在延安文艺座谈会上的讲话》，提出了文艺为什么人的问题，并将之视为根本的问题、原则的问题。他自己的回答是文艺为人民大众。他以革命家的眼光，对革命队伍追求的新文艺作了文化性质上的界定，指出我们的文艺不是为地主阶级的封建文艺，不是为资产阶级的资产阶级文艺，不是为帝国主义的汉奸文艺，而是为“最广大的人民大众”服务的，是“无产阶级领导的人民大众的反帝反封建的文化”。我们的“工农大众”，是指“最广大的人民，占全人口百分之九十以上的人民，是工人、农民、兵士和城市小资产阶级”。[②] 毛泽东根据人类生活中的多数原则，将文艺纳入了为多数人求解放的革命斗争，要求文艺工作者通过转变立场和态度，了解人民的生活，创造为多数人服务的文学。“人民文学”的理论由此形成。

“人民文学”口号是中国共产党在战争年代从动员民众参加民族解放斗争这一特定目标出发而提出来的，它在由共产党领导的解放区提出，也在解放区进行实践，20 世纪 40 年代以延安为中心就出现了歌剧《白毛女》、诗歌《王贵与李香香》《漳河水》和小说《小二黑结婚》《太阳照在桑干河上》《暴风骤雨》等代表性作品和旗帜式的农民作家赵树理，很快发展成为五四以来的新文学里的新兴文学，有意地更新着知识分子提倡的五四新文学，试图成为新文学的新的主流。1946 年，周扬在《“五四”文学革命杂记》一文中就宣称：“历史正在急速地排除一切障碍地前进，一切‘非人的文学’，不论新旧，都将扫清，而‘人的自觉’、‘人的文学’的旧口号也将全部被‘人民的自觉’、‘人民的文学’的新口号所代替。”[③] 中国共产党领导中国革命成功，取得全国性胜利，建立新的国家政权以后，“人民文学”不仅在话语建构上进入全新的历史时期，在理论的实践上更是取得了辉煌的成就。中华人民共和国成立前夜，中华全国第一次文学艺术工作者代表大会在北平召开，从延安跟着毛泽东进京的马克思主义理论家周扬为大会作报告，报告的题目就是《新的人民的文艺》，

---

① 成仿吾：《从文学革命到革命文学》，《创造月刊》1928 年第 1 卷第 9 号。

② 参见毛泽东《在延安文艺座谈会上的讲话》，《毛泽东选集》（第三卷），人民出版社 1991 年版，第 855 页。

③ 周扬：《“五四”文学革命杂记》，《周扬文集》（第一卷），人民文学出版社 1984 年版，第 483 页。

规定了即将展开的社会主义文学的“人民文学”性质。中华人民共和国成立后，与国体性质相一致的为人民服务的文学制度形成，全国文协的机关刊物《人民文学》创刊，这一期刊的命名就充分体现了中华人民共和国文学的“人民文学”一体化的要求。从 20 世纪 50 年代到 70 年代，“人民文学”成为当代文学的主流，以革命历史题材和农村题材这两大题材的辉煌成就，实现了人民成为文学主体的革命文化建设目标，改写了中国文学史。在“人民文学”浩浩荡荡发展的时期，“人的文学”失去了它的发展空间。国家和社会的文学生态由此失去平衡。随着“文化大革命”的结束，新启蒙思潮兴起，五四“人的文学”传统重新受到重视，而“人民文学”的历史价值在 80 年代“重写文学史”的语境中被贬低。从“50—70 年代”到“新时期”，当代文学史都是采用单一的价值标准来评价文学，要么用“人民文学”的价值标准来否定“人的文学”，要么用“人的文学”的价值标准来贬低“人民文学”。直到当代文学研究知识化的诉求出现，在“知识谱系学”的视野里，“人民文学”和“人的文学”的关系才不再是对立的。两者不仅不应对立，不必互相排斥，还可以相互渗透，互利共存。

（二）

从冲突走向和谐，是文学从业者对“人的文学”和“人民文学”两类文学关系处理的一种期待，但不是无原则的文学认知分歧上的调和态度。站在文化立场上，认识这两类文学各自的性质，根据社会和人的需要进行合理的选择，才是多元文化时代文学史研究正确的学术态度。其实，在“人的文学”与“人民文学”发生矛盾、出现弊端，但二者的冲突还没有走到你死我活的地步时，就有人对这两类文学的关系性质进行过知识化的分析，并向可能造成文学生态恶化的文化力量提出了忠告。可惜这种理性的声音被隆隆的历史车轮声压倒，未能在后来的新文化建设中起到警醒作用。这一有预见性的文学批评就是袁可嘉写于 1947 年的论文《“人的文学”与“人民文学”——从分析比较寻修正，求和谐》。在半个多世纪后重新解读这篇文章，也成了知识考古的工作。近年来，已有不少讨论“人的文学”与“人民文学”的学者在引用这篇文章，然而，这些引用多半关注的是作者对“人的文学”和“人民文学”在性质和特点上的界定与比较，而有意回避了作者对文学排斥机制弊端的批评，和对正在构建“人民文学”话语霸权者的正告。这说明今天的研究者还是忽视了专家在文化建设中的引领作用，在文化人格上还有待重建，因为对于学术主体来说，在对知识的探讨上，既不能不容异见，也不能没有原则。

《“人的文学”与“人民的文学”——从分析比较寻修正，求和谐》一文，开篇就指出了新文学建设三十年，出现了畸轻畸重的不正常现象。文章写道：

> 放眼看三十年来的新文学运动，我们不难发现构成这个运动本体的，或隐或显的二支潮流：一方面是旗帜鲜明，步伐整齐的“人民的文学”，一方面是低沉中见出深厚，零散中带着坚韧的“人的文学”；就眼前的实际的活动情形判断，前者显然是控制着文学市场的主流，后者则是默默中思索探掘的潜流。[①]

这是当时的文学形势，袁可嘉为这样的形势担忧而产生了分析研究的动机。当时的袁可嘉还无法看到后来的三十年，“人的文学”与“人民文学”会是怎样一种格局。与他所看到的情形比起来，后来的三十年文学生态更为不平衡，虽然收获了“人民文学”的丰硕成果，但也是以牺牲“人的文学”的正常发展为代价。袁可嘉以为“相激相撞”的两种文学发展不平衡并引起论争与双方对于对方的文学精神缺乏认识有关，故而著文加以分析，为的是发现二者“相和相分”的界限，以进一步寻求“调协”的可能。论文着重分析了“人的文学”的基本精神，可见作者不是没有偏向。在他看来，“人的文学”的基本精神，简略地说，“包含二个本位的认识，就文学与人生的关系（或功用）说，它坚持人本位或生命本位；就文学作为一种艺术活动而与其他的活动形式对照着说，它坚持文学本位或艺术本位”[②]。文章接着以较大的篇幅对两个本位进行了详细的解释，重在说明“文学的创造，欣赏和批评都是人的心智活动或生命活动的一种形式，它们对于人生的特殊贡献是部分在全体中产生的特殊的创造价值”[③]，以及“‘人的文学’根据这二个本位的认识——生命本位与艺术本位——肯定了文学对人生的积极性”[④]，表达的是文学为人生的文学观。而对于“人民文学”的基本精神，他也对称性地将其概括为两个本位：“就文学与人生的关系说，它坚持人民本位或阶级本位；就文学作为一种

---

① 袁可嘉：《“人的文学”与“人民的文学”——从分析比较寻修正，求和谐》，《大公报·星期文艺》（天津）1947 年 7 月 6 日。

② 同上。

③ 同上。

④ 同上。

艺术活动而与其他活动（特别是政治活动）相对照说，它坚持工具本位或宣传本位（或斗争本位）。"[①] 对这两个本位，文章未过多地分析，但指出了"人民的文学"的内涵具有排他性，它的批评标准存在对人生和文学都加以简化和限制的问题。

认清了这两类文学的基本精神，就可以分析"人的文学"与"人民文学"相遭遇时所引起的矛盾了。在这一部分里，袁可嘉首先提到了他的一个发现，即虽然两种文学各有流弊，但是"有些流弊是相对可以避免的，只要两方不走极端；极小部分矛盾却必须在修改基本原则以后才有消除的可能，这也即是说，在'人的文学'与'人民的文学'的摩擦矛盾中有一些是人为的，有一些却确是先天的，必须改正有关的信仰原则以后才能求得和谐"[②]。在接下来谈到当人的本位与人民本位相遭遇、艺术本位与工具本位相遭遇，想要避免矛盾而有困难时，他以深谙文学本性的自信，批评了以"工具"否定"艺术"的行为，体现了不可改变的"人的文学"宗奉者之一的立场。正是站在这样的立场上，作者出于文学作为艺术的责任感和从人类视野里对"人的文学"与"人民文学"关系的理解（前者是后者的归宿），以充分说理的精神，对"人民文学"的信奉者提出了调节自我、改善关系的期望。他一口气提了五个要求，其中第一个是希望"人民文学"必须在不放弃"人民本位"的立场上放弃统一文学的野心。这里所谓统一文学的野心，实际上就是文学的"一体化"。作为"人的文学"的宗奉者，作者只是站在文学本位的立场看问题，而未能看到社会历史的大趋势，不合时宜地试图阻止文学一体化的历史脚步，说明他对"人民文学"的内涵还缺乏真正的了解和认识，这也是后来"人的文学"一度彻底失声的主观原因。不过，历史最后还是以循环的方式把人为颠倒了的秩序再颠倒了过来，以和谐社会的追求妥善安顿了人们不同的审美诉求。但是，袁可嘉提出的所谓"忠告"并未失去意义，"忠告"里希望尊重艺术的规律与希望通过合作而实现和谐的文学信念和理性精神始终是文学知识分子文化人格的重要组成部分。当我们今天探讨"50—70年代文学"与"新时期文学"的历史关系时，重读《"人的文学"与"人民的文学"——从分析比较寻修正，求和谐》这篇历史文献，一方面是为了进一步认识文学与意识形态的辩证关系，一方面也是为了从

① 袁可嘉：《"人的文学"与"人民的文学"——从分析比较寻修正，求和谐》，《大公报·星期文艺》（天津）1947年7月6日。

② 同上。

历史中吸取经验教训以增强理性精神，使我们的研究有益于学术环境的改善，成果经得起历史的检验。

其实，只要尊重历史，尊重事物的客观规律，有科学的态度和宽容的精神，就不难处理“人的文学”与“人民文学”的关系。既然“人”和“人民”都是全体中的部分，而“人民”的归宿还是“人”，那么“人的文学”和“人民文学”不惟应该并存，而且本来就可以通约。事实上已有学者经过历史考察得出了如下的结论：

> 在“五四”反传统的浪潮中，知识分子注重从西方吸取理论资源，作为颠覆传统文学观念的有力武器。作为“五四”时期最重要的文学理论成果，人的文学观是关于“人”这一现代主体的知识建构，它以人的解放为价值取向和思维中心。人的文学观的建构，正是建立在西方人本主义理论基础之上的。它张扬了普遍、抽象意义上的人的主体性，个人得以从封建礼教的枷锁中解脱出来，文学得以从经学的束缚中独立出来，构成了文学现代化的重要标志。人民文学观是马克思主义指导下的理论成果，它从社会中具体存在的人民的生存现实和文化现实出发，确立了正确的意识形态立场，建构了一种人民审美主体地位的文学观。由是观之，人的文学观和人民文学观所提出的核心问题都是人的主体性问题，都建立于人的主体性理论基础之上，都是反抗剥削社会实际存在着人的不平等现象时所发出的人类正义的声音。在这一意义上，二者具有明显的可通约性。①

“人的文学”和“人民文学”都是西方的思想资源中国化以后在中国大地上开出的精神之花，是中国文学现代性变革的共同成果，体现了中国文化的再生能力，它们都将在新的历史环境中得到发展。根据对它们的内涵所作的辨析，不难理解它们会以各自秉持的文学精神，适应时代的精神环境，调整自己的文化功能，满足社会的审美需求。“人的文学”与“人民文学”的相对区分，已经表明二者在社会生活中具有不同的作用，前者偏重于生命的内省，后者偏重于意志的表达，因此，在精神层次上有深浅之别，在文化品格上也有粗细之分。它们的这种分别，实际上是“纯文学”与“严肃文学”或“通俗文学”的区别。前者不因时代的变迁和生活的变化而改变它终极追问的本性，后者则可以随着现实关系的调整和

---

① 师会敏：《人的文学与人民文学比较研究》，《青海社会科学》2013 年第 5 期。

世风的迁衍而改变它的品味。正如“人”不变而“人民”是个历史的概念，“人的文学”永远保持精神的纯粹性而以经典作品代代相传，“人民文学”只有在转化为“人的文学”之后才能汇入持久的文化消费活动中，否则只有改变自己的内容才能吸引改变了口味的人群。从当代文学来看，进入新时期特别是进入商品经济时代以后，在“50—70 年代”得到大发展的带有宣教性质的文学迅速退场，而代之以娱乐休闲性质的通俗文学大行其道。当“人民”在新意识形态下变为消费主体之后，“人民文学”也由“严肃文学”蜕变为“通俗文学”。尽管进入 21 世纪以后，一部分甘当代言人的作家呼唤“现实”重新“主义”，一些有现实情怀的批评家呼唤文学重返“人民性”，但是，那种试图掌控人民历史命运的“人民文学”早已风光不再。而“人民”更乐于在影视作品、娱乐节目、通俗故事和网络文学里寻找共鸣、宣泄激情和消磨时光。可见“人民文学”是个历史的概念，它的功能和内容会随着时代的变迁而更新。“人的文学”则不同，由于它“来自生命，创造生命而归宿于生命”[①]，因此，它不会因为人的外在生存环境的改变而改变它思索生命价值的特质，相反，生存际遇的变化更能显出人性的顽强表现力。实在说，假如“人的文学”（也就是“纯文学”）更具有人类的普遍性的话，它的普遍性正来自共同的人性。这就是为什么讨论人的文学一定要涉及“人性”问题。

（三）

在中国现当代文学史上，都发生过关于“人性”的论争，而在论争中，坚持普遍人性的论者必是“人的文学”的宗奉者，或者说，“人的文学”的宗奉者一定相信文学揭示的就是普遍的人性。在现代文学史上，梁实秋与左翼文学阵营之间就围绕着“人性”与“阶级性”发生过著名的论争，梁实秋与“阶级论”者针锋相对的“人性论”，其实就是“人的文学”的文学观，揭示了“人的文学”的根本性质。梁实秋说：“伟大的文学乃是基于固定的普遍的人性，从人心深处流出来的情思才是好的文学，文学难得的是忠实——忠于人性；至于与当时的时代潮流发生怎样的关系，是受时代的影响，还是影响到时代，是与革命理论相合，还是为传统思想所拘束，满不相干，对于文学的价值不发生关系。因为人性是测量文学的唯一标准。”[②] 他又说：“文学就是人生最根本最严重的情感之完美

---

① 袁可嘉：《“人的文学”与“人民的文学”——从分析比较寻修正，求和谐》，《大公报·星期文艺》（天津）1947 年 7 月 6 日。

② 梁实秋：《文学与革命》，《新月》1928 年第 1 卷第 4 号。

的表现。恋爱的力量，义务的观念，理想的失望，命运的压迫，虚伪的厌恶，生活的赞美，这种种都是古往今来的文学杰作的根本质素，而这种种又都是人性的最重要的成分。一千年前的文学作品，到一千年后，一样的可以激动人的同情，中国的文学作品可以令欧洲人一样的赏识，这便是一个绝大的铁证，证明文学价值之所以如此普遍固定，是由于文学的根本质素在空间上在时间上都是一成不变的，换言之，人的根本情感不变；人性不变。”[①] 在“阶级论”已经成为新的知识为社会改革者所真诚信奉的特定的历史情境中，梁实秋的观点不会为“人民文学”的提倡者所认可和接受。

在当代文学史上，人性说也引起过轩然大波。1956 年“百花齐放，百家争鸣”的方针提出来后，文艺理论界受到鼓舞，出现了对文学中的人性、人情和人道主义的探讨，钱谷融的《论“文学是人学”》、巴人的《论人情》和王淑明的《论人情与人性》是人性论的代表作。巴人反对机械地理解文艺中的阶级论，认为阶级性是人类本性的“自我异化”，并不是自古以来就有的，它不是人性的全部，更不能代替人类本性，人类终究还要“回复”“本性”[②]。王淑明反对用阶级性来否定共同人性的存在，认为人类的某些基本情感，如两性和亲子之爱，也具有相对普遍的基础，他指出：“正因为人性在阶级社会里，带上了阶级的烙印，而同时人的本性（这种本性是在不同的社会阶段里为大多数人所固有，世世代代的在生产和社会斗争里继续和发展着）又具有共同相通的基础，所以文学作品才会发生共鸣的作用，才会有所谓永恒形象的产生。”[③] 钱谷融着重论述的是文学的人学性质，但同时也谈到文学中的人性问题，说：“我认为人性是随着时代、社会等等条件的发展而发展，而阶级性、个性的不同而有其不同的表现的。……文学既以人为对象，既以影响人、教育人为目的，就应该发扬人性、提高人性，就应该以合于人道主义的精神为原则。我认为人道主义原则与阶级性原则是并不矛盾的，保有历史上的先进阶级才能发展人性，才能讲人道主义。”[④] 这些观点未必不是常识，它不过是“人的文学”的基本文学精神的一种提炼。要营造“人的文学”与“人民文学”创作与研究的和谐语境，既要致力于研究方法的革新，也要加强文化人格的再造，二者互为表里。当然，观念的对立会继续存在，对于同

---

① 梁实秋：《文艺批评论·绪论》，《文艺批评论》，中华书局 1934 年版，第 5—6 页。

② 参见巴人《论人情》，《新港》1957 年第 1 期。

③ 王淑明：《论人情与人性》，《新港》1957 年第 7 期。

④ 钱谷融：《论“文学是人学”》，《文艺月报》1957 年第 5 期。

一问题，不同的视角会看到不同的风景。旷新年在《人民文学：未完成的历史建构》里有这样的遗憾："与'新时期''新启蒙主义'相一致，'新时期文学'的性质也发生了根本的变化……'人性'话语……形成了20世纪80年代波澜壮阔的人性和人道主义潮流。与此同时，'新时期文学'也经历了一个从'人民文学'向'人的文学'不断退行和'人的文学'逐步取代'人民文学'的过程。这也是一个'现代文学'重新凌驾于'当代文学'的过程。"① 对"人民文学"念兹在兹，表现出的是一种对"人民"历史地位的关切，说明文学研究中仍然难免会掺杂以往的观点。

与人性、人情相关联的，是人道主义，因为既然人性和人情是人这一生命体的本质体现，那么人类社会的一切活动，无论是政治、经济，还是文化、艺术，都不能不以人道主义为基本原则。但是，在现代思想史和文化史上，人道主义被看作资产阶级的思想文化遗产和政治策略。尤其是在以马克思的阶级论和毛泽东的斗争哲学为社会革命指导思想的时期，人道主义因具有导致阶级调和及瓦解斗争意志的"消极"作用而一直受到抵制和批判。然而，随着时间的推移，如何看待人道主义就成了中国思想界和文艺界不得不重新面对的问题，或者说把人当人看这一一度被压抑的社会生存理想再一次得到呼唤，出现人性与人道主义的思想潮流。在80年代，围绕人道主义和异化问题展开了一场关乎政党意识形态道路的论争。有趣的是，论争中主张人道主义的一方的代表人物之一是人民文学最主要的阐释者周扬，而与之对立的占据意识形态高位的重要人物胡乔木，同样是曾在延安得到历练的马克思主义理论家。周扬肯定人道主义，并没有放弃马克思主义的立场，而只是对马克思主义做出了新的解释，突出了其中包含的对人的重视的内含。在纪念马克思逝世一百周年学术报告会上所作的报告中，周扬提出："我不赞成把马克思主义纳入人道主义的体系之中，不赞成把马克思主义全部归结为人道主义；但是，我们应该承认，马克思主义是包含着人道主义的。当然，这是马克思主义的人道主义。"② 可见经受过"文化大革命"冲击的文艺界领导人周扬，在新时期思想解放的背景上，对先前对马克思主义做出的阐释进行了调整。他说："人道主义，在今天世界还是一个强大的思潮，我们过去对于这一点估计得不够，对人道主义在历史上所起的作用估计不够，研究得不够……我认为批判以资产阶级唯心主义的人性论为基础的人道主义，批判同马克思主义等

① 旷新年：《人民文学：未完成的历史建构》，《文艺理论与批评》2005年第6期。

② 周扬：《关于马克思主义的几个理论问题的探讨》，《人民日报》1983年3月16日。

同起来的人道主义，还是必要的。但是对马克思主义的革命的人道主义，无产阶级的人道主义在今天的作用没有足够的估计。这是我们的缺点、错误，把人道主义都送给资产阶级了，都算作修正主义了，这个问题还可以研究。”① 然而周扬试图在马克思主义的意识形态畛域里寻找人道主义路径的想法，遭到了同为延安派的马克思主义理论家胡乔木的有力攻击。胡乔木批评人道主义思潮时表达的一个核心观点是，把人类历史概括为人性的异化和复归的历史，是一种典型的人道主义的唯心主义历史观。作为世界观和历史观的人道主义，同马克思主义的历史唯物主义是根本对立的。② 在文艺理论界，人道主义思潮已不可阻挡地推动了文学对于人的发现，成为人的文学复苏的思想土壤。

新时期文学被看成五四文学的复归，其主要标志就是以人为中心，其基本表述与五四周作人提倡人的文学时一样以人道主义为本，它的代表性理论表述是刘再复的主体性理论。在 1985 年发表的重要论文《论文学的主体性》里，刘再复说：“我在《文学研究应以人为思维中心》一文中，提出这样的主张：我们可以构筑一个以人为思维中心的文学理论与文学史研究系统，也就是说，我们的文学研究应当把人作为主人翁来思考，或者说，把人的主体性作为中心来思考。”“我们强调主体性，就是强调人的能动性，强调人的意志、能力、创造性，强调人的力量，强调主体结构在历史运动中的地位和价值。文学中的主体性原则，就是要求在文学活动中不能仅仅把人（包括作家、描写对象和读者）看做客体，而更要尊重人的主体价值，发挥人的主体力量，在文学活动的各个环节中，恢复人的主体地位，以人为中心，为目的。”③ 在《新时期文学的主潮》中，他又说：“新时期文学的发展过程，是社会主义人道主义的观念不断地超越‘以阶级斗争为纲’的观念的过程。”“我们可以找到一条基本线索，就是整个新时期文学都围绕着人的重新发现这个轴心而展开的。新时期文学的感人之处，就在于它以空前的热忱，呼唤着人性、人情和人道主义，呼唤着人的尊严和价值。”“文学所以是人学，不仅因为文学的对象是人，而且因为文学的本质是人道的。文学一旦失去人道主义本质，就会丧失其感人的力量。只有恢复文学的人道主义本质，文学才可能获得无穷的活力和感染力，才能走向世界。我们今天的文学，应当把社会主义人道主义作为神圣

---

① 周扬：《思想解放和社会主义现代化建设》，《周扬文集》（第五卷），人民文学出版社 1994 年版，第 350 页。

② 参见胡乔木《关于人道主义和异化问题》，《人民日报》1984 年 1 月 27 日。

③ 刘再复：《论文学的主体性》，《文学评论》1985 年第 6 期。

的旗帜高高举起来，社会主义文学应当成为最富有人情、人性、人道主义精神的文学。"[①] 在《关于人与文学的思考》中，他又进一步指出："五四运动以来，我国现代文学直至当代文学不断有新的思潮出现，如果我们从思潮的中心内容来考察，就可以发现这股思潮的变迁史，大体上是人的观念的变迁史，更具体地说，是人在文学中的地位的变迁史。"[②] 如果说，文学主体性是文学领域中人道主义的一个哲学化的提法，那么，直接以"人的发现"为新时期文学思潮命名的现象，在20世纪80年代初就已经出现。同为中国社会科学院文学研究所的文学评论家何西来于1980年在《红岩》上发表《人的重新发现——论新时期的文学潮流》，就指出："人的重新发现，是新时期文学潮流的头一个，也是最重要的特点，它反映了文学变革的内容和发展趋势。人的重新发现，是说人的尊严、人的价值、人的权利、人性、人情、人道主义……在差不多已经从理论家的视界中和艺术家的创作中消失以后，又开始重新被提起，被发现，不仅逐渐活跃在艺术家的笔底，而且成为理论界探讨的重要课题。说重新发现，乃是因为在历史上曾经发现过。文学上人的发现，常常和现实生活中人的解放紧密相关。"[③] 正是基于这一史识，他才将刘再复有关人的主体性的说法归入人道主义思潮的思想史脉络予以定性定位，说："刘再复力主'文学研究应以人为思维中心'。这个命题是从高尔基文学是'人学'的命题中推演出来的，它的基本理论前提应该是'文学创作应以人为描写中心'。文学主体性的提出，囊括了这些命题的全部内容，其理论核心是马克思主义的人道主义。因此，可以说，文学主体性是文学领域中人道主义的一个哲学化的提法。它上承五十年代巴人、钱谷融等人受挫的理论开拓，垮越（原文为"垮"——编者按）了又一个重大的文化历史断裂的方面，并且接续了新时期几经沉浮的以周扬等人为代表的人道主义的思考和反省。人道主义是一个浩浩荡荡的世界潮流，它体现了人类的良知，不仅西方，就是东方的马克思主义者，共产党人，也都把它标举于自己的旗帜之上。照我看，文学观念变革的核心问题，就是这个人道主义的问题。"[④] 这些表述意味着人道主义有可能消除阶级性话语与人性话语的冲突，而人的文学成为主流话语的历史已难以倒转。

---

① 刘再复：《新时期文学的主潮》，《新华文摘》1986年第11期。

② 刘再复：《关于人与文学的思考》，《读书》1986年第8期。

③ 何西来：《人的重新发现——论新时期的文学潮流》，《红岩》1980年第3期。

④ 何西来：《对于当前我国文艺理论发展态势的几点认识》，《文艺争鸣》1986年第4期。

二 初始经典化：文学评价与批评眼光
——来自小说排行榜的启示

当代文学进入21世纪以来，小说创作持续繁荣，不包括网络小说在内，正式出版的长篇每年都有几千部之多，各种期刊上发表的中短篇更是以数万计，然而21世纪也是个小说的生产与消费极不平衡的时代。全媒体覆盖带来的信息爆炸和娱乐文化的兴盛，严重冲淡了小说艺术对大众的吸引力，纯文学小说在大众文化勃兴时代更是变成了小众艺术，只在专业范围内受到关注。纯文学小说不能进入大众视野，变成国民文化生活的重要组成部分，不仅影响到文学审美效应的产生和社会作用的发挥，也降低了百姓精神生活的质量。在社会主义国家，文学创作主要由体制内作家承担，小说生产耗费的是公共资源，因此产品滞销会导致公共资源的严重浪费。能够改变这一状况的，主要是文学批评，只有发挥好批评在创作与阅读之间的中介作用，小说才能更好地转化为大众文化的消费对象。没有批评家的引导，往往难以有高质量的大众阅读。而在一个小说海量生产的年代，文学批评的首要任务是遴选佳作，予以品评，帮助读者在有限的阅读时间里，把握到当下小说新创的精华，从而实现文学精神利润的最大化。小说排行榜承担的就是这样的一种推动当代小说初始经典化，促进当代文学价值实现的光荣使命。

在21世纪此起彼伏的文学排行榜中，中国小说学会的中国小说年度排行榜是最具学术影响力、最值得关注的排行榜，早在2006年就有报道称："海外如美国、加拿大等国家的一些华人或者非华人的文学社团，也注意到了这个排行榜，称许它'是一种颇具独立精神的客观公正的学术性遴选活动。'"① 该排行榜的评议活动始于2001年，至2014年已对2000年以来的汉语小说进行了年度评选，共有14届的评议成果公之于世，除在评议结果产生时即通过媒体第一时间发布排行榜之外，随后还出版了配有专家评点的上榜作品集。每年的上榜小说基本是长篇5部，中短篇各10部。当代负有盛名的小说家，如莫言、贾平凹、格非、余华、苏童、刘震云、张炜、韩少功、铁凝、王安忆、迟子建、池莉、范小青、陈忠实、蒋子龙、李锐、蒋韵等，都有作品上榜，有的还位居榜首，如格非的《人面桃花》和《隐身衣》、莫言的《生死疲劳》、范小青的《赤脚医生

① 王法艳、关瑛、高一靖：《文化大家谈"学会奖"》，《半岛都市报》2006年5月28日第A6版。

万泉和》、刘震云的《一句顶一万句》、苏童的《黄雀记》、迟子建的《起舞》、王安忆的《骄傲的皮匠》、铁凝的《春风夜》和《逃跑》、韩少功的《第四十三页》等，分别在各自上榜的年份里排在或长篇或中篇或短篇的第一名，体现出排行榜对经典作家的认可。不过，真正体现排行榜推动小说创作，引导读者阅读这一初衷的，还是评选过程中对新的创作倾向和小说新人的高度关注，既重视实力作家在新的题材领域或创作方法上的开拓，又注意发现有创造潜力的年轻作家，对前者不吝推崇，对后者大力奖掖。

中国小说学会还在排行榜的基础上设立了三年一届的中国小说学会学会奖，每次奖励长、中、短篇各一部。荣获茅盾文学奖的新锐作家毕飞宇、刘醒龙和麦家，也都曾是排行榜的宠儿。首届排行榜的中篇，排在第一的就是毕飞宇的《青衣》，而首届中国小说学会的学会大奖，中篇奖也授予了毕飞宇。2001 年度，毕飞宇继续榜上有名，其小说《玉米》入选中篇行列。2002 年度，毕飞宇又以《地球上的王家庄》上榜，且摘取了短篇第一名的桂冠。连续三年登上中国小说排行榜，毕飞宇无可争议地成为当代文坛上重要的小说家。麦家则是因为题材的独特和叙述的别致而受到排行榜的青睐。2002 年度，《解密》登上长篇榜首，2004 年度，《两位富阳姑娘》被评为短篇第一。与《两位富阳姑娘》同时上榜的有莫言的短篇杰作《月光斩》，之所以让莫言屈居第二，是为了推出新进作家，在这方面排行榜可谓用心良苦。

至于发现新人新作，力推后起之秀，排行榜更是不遗余力，甚至有意使之成为中国小说学会小说排行榜的一个特色，目的是推动当代小说创作的持续发展，且通过新面孔吸引更多的阅读者。从排行榜走进读者视野或强化读者印象的青年作家不在少数，如须一瓜、葛水平、乔叶、鲁敏、方格子、黄咏梅、潘向黎、姚鄂梅、魏微、戴来、盛可以、金仁顺、映川、叶弥、阿袁、张悦然、滕肖澜、周瑄璞、孙频、笛安等，都曾是排行榜的新宠。还有李洱、陈应松、陈希我、艾伟、红柯、鬼子、东西、王松、张学东、陈昌平、郭文斌、胡学文、罗伟章、徐则臣、秦岭、王手、吴玄、石舒清等作者，他们年龄存在差距，并不都可以纳入年轻作家，他们的创作题材和艺术风格也颇有差异，但由于他们都能在某一方面为当代小说拓出新生面而被排行榜兼收并蓄。其中有的作者还是排行榜的常客，如李洱、陈应松、王松、艾伟、胡学文、徐则臣等，他们与上述青年女作家群一起，占了排行榜相当大的比重，显示出小说创作队伍构成在 21 世纪发生的变化，也预示着当代小说创作的可观前景。有的青年作者则是因出手不凡而被排行榜敏锐发掘，置于醒目的位置，如金宇澄的《繁花》在2012年度被评为长篇第一，成为该年度排行榜的最大看点；回族作者马金莲的《长河》在2013年度被评为中篇第一，是该年度排行榜给予文坛的又一个惊喜。

由上可见，由于正规化和具有连续性，中国小说学会的小说年度排行榜，不啻为21世纪文学评价的一项重大工程。如果说它对促进小说进入社会的作用是隐形的，那么它留下的成果，即每年一部上榜作品集，将是21世纪小说研究的宝贵资料，也是文学爱好者走进当代小说经典的捷径，可以持续得到利用。小说排行榜原已由不同的出版社先后出版14个年份的上榜作品集，从2010年起，中国小说学会与二十一世纪出版社签约，将小说排行榜作品集的版权给予该出版社。2012年，该出版社推出了2000年度至2009年度小说排行榜10卷本的作品集，并已为全国各类高校图书馆和省市图书馆所收藏，说明排行榜不仅有了固定的渠道及时走向社会，产生审美效应，并且能够使小说精品的打造规模化。由此看来，中国小说学会的排行榜不仅是一种文学评价行为，也是新文学研究的资料积累。随着时间的推移，小说排行榜自然会发生由文学批评到文学研究的功能转移，实现从现实到历史的价值提升。值得指出的是，并不是所有的排行榜都具有这样的功能和价值，因为文学评价的准确程度取决于评价主体的批评眼光，而不同的排行榜主体受评价目的影响，批评眼光的敏锐性存在差别，其评价结果在可信度上也就有高低之别。

中国小说学会的小说排行榜已经有十几年的历史，作为一种文学评价方式，这一活动与其他的文学排行榜或评奖活动比起来，最少为人诟病，而能得到广泛的认同。并且，其影响的确已扩展到了海外，因为排行榜从一开始就将海外新移民小说纳入评审范围，推出了严歌苓、张翎、苏炜、沙石、陈谦、陈河、王瑞芸、张惠雯等多位新移民小说家，其中严歌苓还以《小姨多鹤》《陆犯焉识》两次登上长篇榜首，并获得小说学会的学会大奖，以至于海内外的华文小说家无不以登上中国小说学会的排行榜为荣。这固然体现了排行榜的开放性和包容性，但更深层的原因是以中国小说学会为主体的排行榜，在文化性质上更为纯粹，是一种纯文学的评价活动。排行榜的评委会由专家组成，这个团体具有超越性的批评眼光，乃因由民间学术团体主办的评价活动不与评价主体自身的利益挂钩，在物质主义无孔不入的时代，这个团体在竭力维护着小说艺术的尊严。中国小说学会年度排行榜的首倡者是第三任会长冯骥才（前两任会长分别是唐弢和王蒙）。冯骥才是在2000年召开的第五届年会上当选为会长的。他担任中国小说学会会长后，对小说学会日后的发展发表了很多新颖的见解，认为中国小说学会应该以积极主动的姿态，迎接21世纪的挑战。在这一思想的指导下，小说学会采取了几项活跃学会、发挥学会的学术功能的举措，设立中国小说学会小说年度排行榜和学会奖就是其中之一。尽管当时文坛已经有了多种排行榜和评奖，但中国小说学会还是要另设立一个排行榜和评奖，这是因为“根据冯骥才先生的想法，如今的排行傍和评奖固然名目繁多，但实际上不外两种：一种是出版商和书商按照书籍市场的行情和销售量作为价值尺度的，属于商业性的行为；一种是体现主流意识形态导向性要求的，属于官方或半官方的行为。当然，这两种行为都是需要的，都有其存在的价值和意义。但是，单单有这样两种排行榜和评奖是不够的，还需要有第三种，这就是学者和专家视野中的排行榜和评奖，中国小说学会所倡导的正是这样一种排行榜和评奖”①。有了这种排行榜与前两种排行榜的互补共存，小说和文学才能更好地满足多元时代的文化需求，文学自身的发展也才能保持在文学史形成的艺术水准上。可见，中国小说学会的排行榜是专家学者视野中的排行榜，它在评价活动中自然会体现出独到的批评眼光，而这种眼光来自文学本位的学术立场和训练有素的专业能力。排行榜评委会人员构成堪称当代中国批评界的权威阵容，它保证了作品评选的高水准。这些评委主要来自高校和作协系统，有资深学者评论家，如雷达、汤吉夫、夏康达、李星、陈骏涛、陈公仲、盛英等；有评坛中坚，如吴义勤、施战军、阎晶明、汪政、李国平、李运抟、谢有顺、洪治纲、何向阳、江冰、颜敏、郭宝亮等；有学界新秀，如王春林、藏策、卢翎、林霆、段守新等。批评实践的文学性与专业性赋予了他们纯正的审美趣味与有洞见力的批评眼光。这些趣味和眼光不是没有差异，然而，正是差异在自由评议过程中所形成的张力，给了评选结果以普适性与涵盖力。

批评眼光说到底是在进行文学分析判断时采用的评价标准。中国小说学会的小说排行榜，有明确的评审标准，就是“兼容历史内涵、人性深度和艺术创新”。这显然是纯文学标准。作为专业性的文学团体，小说学会主办的文学评选活动出于文学伦理的考虑，只能采取这样的标准，这是具有文学史意识的批评主体必然持护的评价标准。在文学评价活动中，并

---

① 陈骏涛：《兼容历史内涵、人性深度和艺术水准——写在中国小说学会〈2004中国小说排行榜〉前面》，载中国小说学会、齐鲁晚报社主编《2004中国小说排行榜》，作家出版社2005年版，第1页。

没有统一的批评标准，因为文学有不同的类型，不同类型的文学具有不同的社会功能，所以根据对文学不同的需求，会有不同的文学批评标准。当时代需要文学团结人民、教育人民时，文学批评标准就可以是政治标准第一，艺术标准第二。同样，一个从事小说评论与研究的学术团体，在今天这个时代想要挑选好的小说供读者消费，用好的小说帮助读者认识社会、反省人生、纯洁人性，当然应该采用相应的评价标准。我们曾经谈到过："小说的作用与功能当然是多种多样的。政治规训，道德劝诫，娱乐休闲，人生启迪，技巧把玩……可以取其一端，亦可综合运用，全看取用者的需要。然而小说终究是一种艺术，不管社会生活怎样地变动不居，成为作品的小说能够代代相传，必依赖某些不变的因素。这些因素也构成了文学评价的标准，小说排行和评奖或远或近地要围绕这种标准。不错，所有的文学评选活动表达的都是意识形态诉求，或者是政治意识形态的，或者是市场意识形态的……但我们不会否认，在文学评选的各种诉求中，一定少不了审美意识形态诉求，这是文学自身的诉求，是最重要的、不应被我们忽视的诉求。"① 审美诉求因为容易被政治需要和市场诉求影响，所以要给予一定的保护。就如冯骥才先生所说的："中国目前是多元文化并存，商业文化已经入侵到文学艺术各个领域，就目前的形势而言，纯文学创作处于弱势，需要多方面的扶持。"② 纯文学批评的必要性、合理性与合法性正源于此。正是以推动纯文学的发展为己任，小说排行榜评委会这个学术群体方才拥有了"历史内涵、人性深度和艺术创新"三者相统一的评价标准。心中标准明确，眼光才能敏锐，评价才相对准确，这是小说排行榜给予文学评选活动的重要启示。

三 海南当代文学述略（1988—2008）

1988 年海南建省办经济特区，海南的文化与文学的发展迎来了历史上从未有过的飞跃。建省后的海南文学，因为以韩少功、蒋子丹为代表的移民作家成为海南文坛的中坚力量，而改变了当代中国的文学地图。在多元化的文化环境里，海南省作家协会有效地整合了本土与移民作家队伍，开展了一系列促进创作和文化建设的文学活动，营造出较为自由的创作空间。写作风气本来就颇为炽盛的海南岛，在经济建设热潮中，文学创作不

① 毕光明、姜岚：《文学批评：第三种标准》，《批评的支点：当代文学与文学教育》，天津人民出版社 2013 年版，第 236 页。

② 刘宜庆：《冯骥才：小说学会奖振兴中国文学》，《半岛都市报》2006 年 5 月 25 日。

但未受到冲击，反而更加蓬勃。海南文坛一时呈彬彬之盛，在一个只有六七百万人的新建省份里，产生近四百名作家协会会员，并涌现出一批有全国性影响的作家，不能不说是发生于祖国边陲的文学奇迹。

“小省大文学”

文学的繁荣取决于作家队伍的强大与否及质量的高低。海南建省为海南迎来一大批“文化移民”，这些文化移民不仅大大充实了海南作家队伍，也为海南文学培育了新的读者群。更重要的是，新移民作家与本土作家以新的方式结合，极大地改变了海南作家队伍的文化构成。新的作家群以丰富的文化原料结构了全新的文化世界，一下子把海南文学提升到了当代中国文学的水准线之上，创造了“小省大文学”的文化景观。

海南建省后文学的繁荣并不是没有前奏，因为1976年发生的历史转折，海南同内地一起进入“新时期”，文学也出现了复兴的景象，特别是涌现出了知青作家群，极海南文学一时之盛，如海南文学的历史见证人王春煜所描述的：“知青们坎坷的人生经历，在知青生涯中承受过的风风雨雨，催生了他们当中的一些人成为劫后海南文学的第一批作家。他们的名字写起来是一长串：郭小东、陈剑晖、陆基民、洪三泰、伊始、孔捷生、苏炜、张奥列、吕雷、黄子平、张粤来、朱光天、邝健人……他们与本地一批才华横溢的青年作家冯麟煌、黄宏地、崽崽、李挺奋、张跃虎、倪俊宇、李放、孔见、苏务本、吴坤民等结合在一起，形成了新时期海南文学的一支生力军。尤其是1978年12月党的十一届三中全会之后，他们的创作灵感似乎从积累已久的喷泉喷涌而出……”① 尽管如此，海南文学真正进入全国视野，还是在以湘籍作家为代表的一批内地作家跨海而来之后。或许是海南建省所预示的无限发展的可能性吸引了那些有追求精神的人，全国的许多省份都有作家随人才潮涌来海南，加入了移民族，虽来来去去呈流动状态，但自建省即今，从内地省市奔赴海南的作家（包括评论家）是一个相当庞大的群体。

这个群体中不少人在全国文坛上有较高的知名度，如晓剑、多多、徐敬亚、王小妮、伍立杨、单正平、赵伯涛、林珂、鲁枢元、杨春时、叶舒宪、耿占春等。这些来自不同地域、有着各自的人生经历和教育背景的作家、评论家，聚集于由在新时期文学中起贯穿性作用的著名作家韩少功领衔的海南文坛，以《天涯》为思想阵地，向物质主义现象发出质疑的声音。他们的文学活动因省文联和作协的成立与存在而得到了制度上的保

---

① 王春煜：《微风穿过金黄的稻穗——海南文学琐忆》，《海南日报》2000年4月14日。

障，但作家协会对于海南作家来说，是一个给予写作更多自由空间的文化场所。作家协会本是带有官方性质的文化团体，在社会主义文化体制中负有组织文学活动和文化生产的责任，但海南作协似乎更带有同人性质，这一团体中的成员无不视作协为学习和交流的中介，每个人的创作只服从文学惯例、道德律令和心灵的呼唤。这是一个松散而有凝聚力的文学爱好者的同盟。海南文坛因此具有较强的开放性。这当然很大程度上由作协负责人的文化理想和文化性格所决定，同时得益于开放的文化环境。同样是体制影响文学活动和文化生产，行政管理者在海南这片文化相对贫瘠的土地上，表现出对文化人，尤其是有影响力的文化人更多的尊重，它给了有意开拓文化疆土的精神战士更多的便利。作为海南新文化象征的《天涯》杂志，在 1995 年改版后迅速对中国当代思想文化界产生巨大的震撼和冲击，这绝不是偶然的。它是主办者深厚的文化积累和坚韧的思想力量，借海南这块思想文化的处女地茁壮成长的结果。作家队伍的文化构成，决定着海南文学的精神底气和创作风貌，它先于海南的经济发展，在一个适宜的文化土壤上得到繁荣，不事张扬地改写着中国当代文学的整体面貌。

围绕作协的创作群体

建省二十年来海南文学的发展与繁荣，跟海南省作家协会对文学家与文学活动的组织和引导分不开。海南省作协自 1990 年成立至今，共有四任主席，先后是叶蔚林、韩少功、蒋子丹、孔见。由他们领衔，几届作协主席团成员以他们自己的文学成就为海南文学界树立起一个艺术创作的标高，同时勠力同心为海南营造了宽松和谐的文学创作环境和氛围。在一个宽松的文化环境中，作家们可以更自主、更个性化地进行创作。很多在海南从事文学写作的人并不是专业作家，他们完全是出自生命的某种需要而笔耕不辍的，他们的创作不带有功利性，不会把文学作为自己争权夺利的筹码，这跟作协的示范与引导是分不开的。

文学的繁荣最终是由创作成果来说明的。海南省作协一直努力为作协会员开辟创作园地，提供作品出版机会。协会不仅利用机关刊物《天涯》和《海南作家通讯》为琼岛作家发表佳作，还与南海出版公司、海南出版社等出版单位合作，以免费或自费公助的方式扶植性地出版了“海南作家丛书”“海拔诗丛”等创作丛书，此外还推出了《海南建省五周年作品选》《南方写作》《阳光地带》《海南建省二十周年文学作品选集》等精选丛书，为海南作家，特别是文学新人提供了有力的帮助，展现了海南文学创作实力。为了扩大海南作家的作品影响力，省作协还与省内外很多新闻机构保持联系，借助新闻机构的宣传对文学新人新作给予及时的介绍。在省作协的扶植下，20 世纪 90 年代以来的海南文学创作日趋活跃，尤其是进入 21 世纪以来，作协会员创作呈高增长势头。到现在，海南的作家群体已经形成，并展现出自己的创作实力与特点，构成了具有文学史意义的文学现象，如女性作家群、军旅作家群、西部作家群、媒体人写作、学院派文学批评等。各种文学题材都拥有自己的代表性作家，如小说有韩少功、蒋子丹、晓剑、崽崽、郭潜力、张品成、罗萌、陆胜平、龙敏、杜光辉、廖怀明、韩芍夷、夏岚馨、小苇、杨沐、张丽婷、夏景、三三、李咏芹、符浩勇、严敬、亚根、钟彪、李焕才、林太荣、戴宏、黄加满、杜光华、严献文、彭子柱、莫晓鸣、符兴全、吉君臣、关义秀等；诗歌有冯麟煌、云逢鹤、邝海星、多多、王小妮、耿占春、孔见、李少君、纪少飞、纪少雄、倪峻宇、卢炜、鹿玲、艾子、白然、田一坡、贾冬阳、一行、野夫、曹汉俊、远岸、韩亚辉、黄葵、黄海星、潘乙宁、贺澜起、邹旭、符力、楚天舒、李孟伦、王凡等；散文随笔有韩少功、蒋子丹、黄宏地、伍立杨、单正平、孔见、耿占春、冯麟煌、崽崽、展鹏、王卓森、蔡旭、亚根、邢增仪、王晓冰、符江、张立国、赵瑜、蔡明康、罗灯光、徐国良、王槐光、叶海声、蔡葩、夏萍、王应际、王锡钧、谭德生、王树宾、何言赋、赵承宁、王姹、黄业敏、谭显波、羊中兴等。要是没有作协（包括其外围海南青年作家协会）的组织和带动，很难想象一个只有七八百万人的小省，能形成如此规模的创作群体。

理论与批评：以学院派为主力

文学理论与批评，在海南文学中占有重要的分量。在海南从事文学理论与批评的，主要是在高校从事教学科研工作的学者。1977 年全国恢复高考后，海南的高等教育事业也得到了发展。1988 年建省办经济特区后，海南更是有意识地为发展当地的文化教育事业从内地引进各类人才，高校本身在“海南热”中也成为吸引内地人才的高层次平台。处在省城的海南大学和海南师范大学，在海南发展声势最大的 80 年代后期至 90 年代中期，会聚了一批来自内地高校的文学评论家，有鲁枢元、叶舒宪、周伟民、李鸿然、孙绍先、王国华、刘济献、黄保真、方汉文、喻大翔、宋剑华等。有些人并不是作为文学专家集中到海南高校，如海南大学社会科学研究中心的曹锡仁、张志扬、萌萌、陈家琪等，他们是或在哲学、或在社会学方面卓有建树的学者，但他们作为一种文化象征对文学界产生了召唤力量，旗帜般地鼓舞着内地的学者投身海南这块热土从事文化开垦，使追求诗意栖居的文学家感应到来自文明史深处的力量。有他们的存在，人们确信海南高校是值得人文学者奔趋的福地。尽管由于一些原因，如海南发展的起起落落、高校学术体制的作用以及个人因素等，全盛期的海南文学评论队伍未能得到稳定，但这个队伍不断有人加盟，对它进行适时的补充，就好比树林已经长成，有鸟飞去，也会有鸟飞来。耿占春、阎广林、赵康太、余虹、段从学、徐敬亚、单正平、毕光明等，就是20世纪90年代中后期以来陆续加入海南评论界的代表人物。进入21世纪，高校文学教育培养的新型文学理论人才即文学博士成批进入学术舞台，海南的高校又一次获得人才纷至沓来的机遇。刘复生、徐仲佳、张琦、周泉根、张江南、张军、焦勇勤等人，就是2000年以后进入海南岛的学术新秀，他们的加入给海南的文学评论队伍增添了新质，也意味着海南文学研究学术转型的悄然开始。

如果说文学创作更多地依赖作家的感性经验、诗性思维和个性化的语言表达能力，那么对文学现象与作家作品的把握能力则更多取决于评论工作者的理论素养，而系统的训练是提高理论素养的主要途径。海南拥有一批训练有素的理论批评工作者，这对海南文学在理论观照下寻找生活开掘和人性透视的新角度、新方法，提高文学创作的艺术水准，无疑具有推动作用。事实上，海南文坛的学院派，在海南作协等有关机构的组织下，积极参加海南文学建设，兼顾现状批评与历史研究，已成为海南文学前行重要的一翼。更何况，评论与研究的成果本身也是文学的重要组成部分，特别在“20世纪是批评的世纪”这一文化发展史事实确立以后，文学对生活与人生的反省并不单纯靠文学创作来完成，理论与批评独立性的强化，正是文学这一精神场所中越来越有魅力的风景。从海南文坛看，叶舒宪的文学人类学，鲁枢元的精神生态学，杨春时的文学现代性研究，耿占春的诗学与阅读社会学，孙绍先的性别诗学，阎广林的喜剧理论，单正平的民族主义与文学……都可以视作海南文学界对中国文学和学术做出的重要贡献。至于徐敬亚的诗歌批评，喻大翔的世界华文散文研究，宋剑华的百年文学与主流意识形态研究，毕光明的当代纯文学研究，王晖的20世纪报告文学研究，刘复生的主旋律文学和底层文学研究，李鸿然的少数民族文学研究，徐仲佳的性爱文学研究，张琦的新世纪小说研究，刘东玲的文学体制研究……这些在当代文学的全景视野里开展的专题研究，为海南文坛疏浚了通往内地乃至世界的文学河道，他们的研究成果，在当代海南文学跋涉途中，踩出了深深的脚印。

海南文学评论的学院派，其主体是移民族，但本土学者亦有不菲的成绩。如海南师范大学王春煜教授的海南文学研究、韩捷进教授的中俄文学比较研究，琼州学院杨兹举教授的鲁迅及赵树理研究、邢孔辉的史铁生研究，等等，都散发着评论研究主体对文学的激情与爱，都达到了一定的学术水准，从一个方面代表了海南当代文学的成就。

海南文学评论学院派的出现，要追溯到20世纪80年代活跃在当代文坛的青年评论家陈剑晖的批评活动。他是建省前就已在当代文坛上产生影响的海南文学评论家，是80年代著名的“第五代批评家”成员之一。他对于海南文学的贡献不仅在于他创作出来的相当数量的诗歌、散文，还在于他为扶植海南文学所写下的大量评论，新时期海南文学创作的活跃跟这些评论有直接关系。除了文学评论和研究，陈剑晖对海南文学的贡献还在于他担任《海南师范学院学报》（社会科学版）主编期间，将学报开辟成文学评论阵地，利用他的影响，组建了高水平的作者队伍，使学报成为海南文学界的一个重要窗口。他的这一努力，为《海南师范学院学报》（社会科学版）在2004年成为教育部高校哲学社会科学学报第一批名栏建设期刊［全国仅16家,《海南师范学院学报》（社会科学版）是唯一的以文学栏目入选名栏的期刊］打下了基础。

学院派是海南文学评论的主流力量，在学院派之外，文联和作家协会里的文学评论家也是海南文学批评界的重要力量。毋宁说他们的文学批评与海南文学创作的关系更为密切，对海南文学的创作实践更有指导意义。如现任文联主席韩少功，现任作协主席孔见，作协副主席李少君、伍立杨、崽崽，作家协会原副主席、诗人冯麟煌，作协原副主席、散文家黄宏地，青年评论家黄辛力，诗人纪少雄等人，频繁为海南作者写序跋和评论，表现出对文学的审美创造机制极为深到的理解与掌握，他们的评论文字本身也极富个性，在在维护了文学的诗性，许多方面为学院批评家所不及。李少君近几年更是以诗歌评论家的姿态活跃于文坛，其批评成就及影响不在其创作之下。

四　移民与本土的交融激荡：海南文学地域性的再生成

文学的地域性由创作活动中的地域文化因素所决定，而地域文化的形成取决于一定的地理条件。在一定地理环境中的地域文学，是地域文化的组成部分，然而由于创作主体在文化接受上具有选择性，地域文学并不必然与地域文化全然对应，更不会是特定地理文学资源的同质性转换。但是，在地域文学研究视野里，文学的地域性因素会得到放大，并呈现动态的形成及演变过程。地域性并不是一成不变的，因为地域文化本身具有历史生成性和复杂性，它是人与环境互动的结果。地理特征为人所利用，才产生出具有地域特色的文化，这种文化会因为人和人的活动而发生变化，其形态和质地都打上了人与地理相生相克的印记。海南文学也许是当代中国地域文学里不同文化因素相互激荡最为剧烈，因而地域文化因素最不稳定的文学板块。这里所说的海南，是指作为省份的海南，而海南文学自然是指建省以来的文学。作为中国最年轻的省份，海南建省于1988年，至今有三十几年的历史。海南建省，意味着海南岛原有文化格局的大改变。行政级别的提升，改变了岛民的文化认同感，更重要的是，建省之初出现“十万人才下海南”的移民潮，不啻是文化的台风袭击了海南岛，新移民从全国各地携来的不同文化因素化作台风雨，猛烈地降落在海南这片绿色的文化热土上，极大地改变了海南的物质与精神文化构成，使海南文化的地域性受到了挑战。而从文化生成来看，一种新地域性文化也在悄悄生成，一方面，强势的外来文化冲击着具有稳定性的本土文化；一方面，外来文化因素的种子也在寻找着床生长的土壤，而从落地生根到发芽生长的全过程，都要受地理环境的影响，文化的交融由此在新的文化生命的成长过程中发生，新文化生命的长成也意味着文化地貌发生了改变，地域文化因而也具有了新的质素。文学作为文化的重要组成部分，其地域性的生成遵从着同样的原理。

海南文学的地域性由海南岛的地理特性所决定。海南岛之特，特在海、南、岛。四周为海水所包围，意味着不仅直接为海洋资源所养育，海洋性气候带来的丰富物产也使生存更为容易。此外，海是阻隔性的，却也敞开了一个开放的空间，海南是著名的侨乡就是证明。南方赋予海南热带性气候，长夏无冬，宜于居住，热带植物既是生活资源，也形塑着南方人的审美观。岛形成地理上的自足性，也可能促使当地人形成心理上的自足性，如海南人习惯称海峡那一边为大陆，可见他们对地理位置的感知衍生出自我的文化定位，从而潜在地影响着文化性格的形成。这三大地理要素，决定着海南人的生存方式、生活态度和文化心理。由于物产丰富易于生存，竞争性不太强，人际关系也就不会像内地那样紧张，居民不必磨炼生存智慧，因而能使心性处于更自然的状态。热带的季节变换不明显，生命不会有紧迫感，生活因而更加悠闲，人的心理习惯于恒常状态而不大思变，进取精神与创造精神不太强烈。海南岛地形独特，有海还有山，中部山区主要栖居者是黎、苗少数民族的山民，保留着与汉区相异的文化遗存。这些地理与文化因素及特征，正是海南文学地域性因素的来源，在文学创作中显现为海岛人的生存样态与社会风尚。它们总是伴随着标志性的地理因素出现，如海水、浪、潮、船、椰树、槟榔、杧果树、香蕉、橡胶林、木棉、南渡江、万泉河、五指山、黎锦、船形物、竹竿舞等，都是海南文学作品中频繁出现的意象。然而，随着建省办大特区，大批文化移民进入海南岛，海南作家队伍突然壮大，新移民作家在人数与创作实力上明显超出本土作家，一批以湘籍作家为主力的内地作家几乎一夜间接管了海南文坛。这些作家一开始并没有因为新异的生活环境而改变自己的写作惯性，海南文学场因而成为不同地域文学的展览馆，海南文学原有的地域性岌岌可危。

不可否认，海南建省带来了海南文学的历史性飞跃。叶蔚林、韩少功、蒋子丹等全国著名小说家从内地南迁海南岛，被戏称为湘军南下，陡然间提高了海南文化的海拔高度，使海南岛不再是孤悬的文化边陲。因了韩少功、蒋子丹先后担任省作家协会主席，开展了一系列卓有成效的文学建设活动，加之《天涯》改版成为全国知识界一个重要的思想阵地，海南俨然呈现“小省大文学”的文化景观，文学创作成就及其影响与多数内地省份不相上下。作为寻根文学的代表作家，韩少功在后知青时代的思想性文学表达，都完成于海南，吸引着当代文学界一次次把眼光投向南方。从 20 世纪 90 年代到 21 世纪，海南文学持续地保持活力，海南作协在海南文学的再造上发挥着重要的组织作用。以韩少功为旗帜，从内陆迁徙来的一批作家共同改写了海南的文化形象，这些文化的寄居者利用海南引进人才的文化环境，把书桌搬到了海水环绕、椰风吹拂、夜夜笙歌的南方城市，从海峡横斜的空间距离上书写他们的大陆生活。小说、散文、诗歌等领域，都形成了作家群体，每个作家都招摇着自己的文化原乡。小说家除了湖南的几位，还有北京的晓剑、李咏芹，陕西的杜光辉、张浩文、罗萌，江西的张品成、郭潜力，江苏的杨沐、梅国云、陆胜平等，内蒙古的张丽婷，安徽的胡彬，湖北的严敬、严献文，广西的廖怀明，等等。其中除韩少功坚持寻根立场，持续对湖湘文化进行发掘和艺术转化之外，陕籍作家杜光辉和张浩文的创作都是以文化厚重、生存坚韧的秦地生活为艺术世界，在《大车帮》《绝秦书》中都可以看到从《创业史》到《白鹿原》的关中作家文化性格。散文随笔作家以北京来的伍立杨（原籍四川）和天津来的单正平（原籍甘肃）为代表，写作者人数众多，来自四面八方。诗歌的贯穿性人物是湖南来的李少君，曾任海南青年作家协会主席、海南省作家协会副主席、《天涯》主编、海南省文联副主席，不仅诗歌写作颇有成就，而且对海南诗歌创作队伍的建设和诗歌创作活动的组织用力最勤，在诗歌岛的建设上厥功至伟。从河南来的耿占春，是海南大学新诗研究中心的负责人，凭借这一平台，他为海南大学引荐了著名朦胧派诗人多多、王小妮和徐敬亚，推动海南诗坛的整体水平大幅度提高。新海南的文坛，移民作家的确占了压倒性优势，特别是在 90 年代，使海南文学风生水起的，主要是移民作家，他们以在内地获得的生活经验与人生体验，为海南打造了色彩缤纷的艺术长廊，一时令海南文学的地域性变得无足轻重。

但是，同样不可忽视的是，以新移民作家为主导打造海南新文学，并不等于由移民作家唱独角戏，事实上本土作家在海南新文学的建设上仍然是具有确立方向作用的文坛生力军。海南本土作家的构成比较复杂，虽云本土，实则是老移民或移民的后裔而已。海南岛真正称得上土著的恐怕只有黎族同胞，而黎族先民也是在陆地断裂、琼州海峡形成之后从外地迁徙而来，可谓海南岛上的移民之祖。海南岛上的汉人以林、陈、黄、符、邢等为大姓，可见多从福建沿海一带漂泊而来。在他们的族谱里有确凿的记载，每个家族都留有难以消失的大陆记忆，代代相传，逐渐变成其后代的集体无意识。这些老移民更服膺中央政权和主流文化，正是因此种身份所致。海南岛上还有一部分移民，分别是 20 世纪 50 年代的军垦转业和农垦招募人员，以及陆续从部队转业留岛的内地人，还有少数“文化大革命”期间下乡的知青。这些人相对于建省后来的移民被看作本土人，所谓海南本土作家就包括这类人。建省前，作为广东一个行政区和农垦系统的海南，文学创作就已经相当活跃，涌现出诗人冯麟煌、倪俊宇，小说家崽崽，散文家黄宏地、孔见等有实力的本土作家。在特定的历史背景中，海南还成就了孔捷生、苏炜、郭小东、陈剑晖等知青作家。海南建省成立省作家协会后，在省作协的组织和新移民作家的影响下，本土作家的成长和各体文学的创作得到了空前的发展。在二十余年的时间里，海南本土作家如雨后春笋般茁长，特别是经过省作协和省文联以办讲习班、开研讨会、资助出版作品、评奖和送内地深造等方式的培养、扶持与奖掖，本土青年作家创作热情高涨，写作水平明显提高，使海南形成了炽盛的文学创作氛围。如今的海南，仅本土作家就足以支撑起南国的一片人文天空。出生于乐东的孔见，在诗歌、小说、散文等几种文体上都有不俗的表现，其随笔写作更以哲学的沉思在当代散文界自成一家，达到中国当代文学的一流水平。21 世纪以来，他接任海南省作家协会主席，宣告了海南文坛重新由本土作家执牛耳，对地域文学的繁荣意义重大。小说家崽崽始终保持青春心态和创作活力，以《我们的三六巷》摘取 21 世纪海南奥林匹克长篇小说大赛首奖，奖金过百万元。在这一评奖活动中，出生于澄迈的青年小说家林森异军突起，以《关关雎鸠》大获好评，该长篇后来在《中国作家》上全文发表，亦引起文坛关注，表明海南作家出岛的梦想成真。本土小说家还有西部儋州的李焕才，乐东的龙敏、关义秀，五指山的冯本雄，三亚的黎族作家亚根，等等，他们都有代表作展示海南生活史与心灵史。在李少君、孔见等人的苦心经营下，海南诗界繁茂葱茏。纪少飞和艾子，是海南青年诗人中的双璧，林琳、白然、符力、杨兹举、黄海星、李孟伦、王凡、陈亚冰等亦堪称翘楚。以李孟伦为会长的海南诗歌协会成立后，承办了“全球诗歌大会”，表现了海南诗人推动海南诗坛与世界诗坛接轨的雄心。散文随笔由孔见领衔，姿态婀娜；临高的王卓森在不经意间拓开了散文文体新的可能性；海口的蔡葩用叙事散文为海南钩沉出一幅幅历史的面影；王姹散文中的海南叙事具有巫性的抒情风格。拜改革开放之赐，海南本土作家的写作成绩实是海南现当代文学史上所未有。

与移民文学相比，本土作家的作品更带有地域特色，即使他们中有不少在移民作家的影响下，试图以新文学甚至世界文学为参照，但是，他们在海南生活经验和海南文学的浸润下所形成的文化心理和审美心理机制，使他们的写作具有较强的地域性特征。但是，海南建省后的本土文学之地域性已不同于其作为广东省行政区时代的地域性，因为海南经济特区正在创造具有现代性的海南文化。科学精神和竞争意识在改变着人际关系和人与自然的关系，何况经济建设一方面在改变海南岛的地貌，重造海南的地理形象，一方面也增强了本地人对海岛地理优势的认知和他们的海岛资源保护意识，这种新时代带来的海南意识才是文学地域性特色的根基。移民作家也是海南文学地域性再生成的重要主体。作为外来者，海南岛的地理特征与文化习俗更能在比较中得到认识和把握；作为新岛民，对南国生活的感应产生的生存经验，在进行审美转化时已经就范于海南格调。移民作家在生存和心理上不自觉地在海南化，它给海南文学地域性的生成带来了新的契机。更毋论不少移民作家来到海南后，很快告别原有的创作模式，而对特区海南的社会变化加以关注，从眼前找到了新的创作素材。例如著名知青作家晓剑就以海南烂尾楼为题材写过长篇叙事文学。在散文作家和诗人的笔下，海南的自然和社会现象与诗人的居琼感受更是频繁出现在第一人称的诗文中，地理的海南被心灵化，海南文学的地域性经由作家心灵的中介在文化融合中不断再生成。令人欣慰的是，海南作家协会有意识地提倡“海南写作”，出版过作品集，表现出地域文学建设上的自觉。文学的地域性可以反映文化的多样性与审美对象的丰富性，这是文学地域性建设的意义所在。对于随时代行进的海南文学来说，地域性考察还不能不更多地关注本土作家的新创。像崽崽和林森的小说或许更能反映海南社会现代化进程中人的生活与心理的冲突。崽崽和林森，一壮一少，一个写城，一个写乡，均致力于表现海南人遭遇不可阻挡的现代化而获得的新机遇或产生的困惑。崽崽笔下老海口的小巷人物接受外来文化冲击的生存戏剧，几乎在有几分幽默的笔调下得到刻画。崽崽的都市叙事有很强的与外来文化对话的冲动，他一方面大量运用海口方言，一方面又不断对方言加以翻译就是证据。崽崽的文学功绩正体现于他所描绘的文学世界带有鲜明的海南文化特色。林森是在城乡二元的关系中建构他的海南本土生存世界的。他带着疑惑和伤感讲述的南渡江边的瑞溪小镇的故事，无疑在接续着现代乡村叙事中对抗现代化的一脉。也许文学家往往与人类的文明进程逆向而行，沈从文的小说就是进化论批判的典范。海南“80后”作家林森，亲眼看到城市的物欲向乡村弥漫，迅速毁弃着农业文明时代的文化与人生形式，不能不深感忧虑，于是奋笔疾书，为海南乡村文化的颓败与消失写像存照，在挽留海南地域文化的同时开辟了建构海南文学地域性的蹊径。

第二章 城乡二元体制与路遥小说

一 走出审美迷思：路遥小说的可阐释性与路遥研究

路遥①小说描写的是以陕北为中心的乡村与城市相交叉、相关联的生活，时间跨度超过三十年，主要人物形象的身份涉及农民、学生、教师、国家干部（包括高级领导）和工人等。其扛鼎之作《平凡的世界》展现的生活画面最是宏阔，用心刻画的人物也最多，以至于这部小说几乎成为20世纪70—80年代中国社会改革的全景图、转型时期中国人的命运史。但是，路遥小说世界里的真正主角，还是农村知识青年②，作品着重表现的是他们在困苦人生里的艰难奋争，作家借助对这些形象的塑造表达了他内心积郁的强烈的人生感。不必说他的另两部有分量的代表作《在困难的日子里》和《人生》，主人公马建强和高加林都是出身贫寒、遭受困厄的农村青年；就是形象记录十年社会改革发展史的《平凡的世界》，作为主线贯穿小说始终的，也是农村出身的知识青年孙少安和孙少平兄弟为改变命运而奋斗的人生历程和个人情感生活史。正因此，书中着力刻画的其

---

① 与中华人民共和国同龄的路遥（1949—1992），出生于陕西省清涧县石嘴驿镇王家堡村一个贫困的农民家庭，7岁时因为家庭生活困难，被过继给在延川县城关乡郭家沟村的伯父。读小学时取名王卫国。1963年考入延川县立中学学习，1966年初中毕业，考上了陕西石油化工学校，但恰逢“文化大革命”爆发，大中专学校停止招生，他失去了上学的机会。1968年9月作为群众组织代表，当选为延川县革命委员会副主任，不久被宣布停职，回乡务农，其间担任过民办教师。1970年再次到县城，做一些宣传和文艺方面的临时性工作，第一次以“路遥”为笔名在油印小报上发表处女作。1973年进入延安大学中文系学习，开始公开发表文学作品。大学毕业后，任《陕西文艺》（今为《延河》）编辑。1980年发表《惊心动魄的一幕》，1981年获得“第一届全国优秀中篇小说奖”。1982年发表中篇小说《人生》，获“第二届全国优秀中篇小说奖”，改编成同名电影后，获“第八届大众电影百花奖最佳故事片奖”。《在困难的日子里》获“1982年《当代》文学中长篇小说奖”。1988年完成百万字的长篇巨著《平凡的世界》，1991年获第三届“茅盾文学奖”。1992年11月17日，路遥因病医治无效在西安逝世，年仅42岁。

② 本文中的“知识青年”专指出身于农村，到城里上过中学，而后又回到农村的有一定文化知识的青年（在路遥小说中主要是男青年），而非指“文化大革命”中根据毛泽东的指示从城市去农村插队落户（又称为“上山下乡”）的知识青年（简称为“知青”）。

他重要人物形象，或者是作为这两位主人公的社会关系决定着他们的生存条件，丰富着他们的人生体验，衬托出他们的品性人格，或者成为他们的“愿望对象”，彰显着他们的生存目标与生命价值。难怪作家在书的结尾把他讲述的形形色色的人生故事，归结为“赞美青春和生命的歌”①。

农村知识青年在当代中国的命运和他们在苦难中奋斗向上的人生体验，是路遥建造小说艺术世界的动力之源。换一种说法，路遥的艺术创作冲动，来自农村出身的知识者的苦难经历和创伤记忆。路遥英年早逝，很大程度上是由于怀着使命感和紧迫感，以牺牲健康为代价写作人生的大书而耗干了生命。他之所以以生命为代价②来创作规模宏大的小说，是因为他深感人生的不幸、痛苦与磨难，以及奋斗的艰辛与成功的喜悦，只有通过文学的精神转换，才能与敬畏命运、热爱人生的芸芸众生共同体味与分享：只要大多数人还要面对生活的艰辛甚或人生的挫折，对苦难的体验和超越就有必要通过文学转化成慰藉沉重人生的心灵滋润剂；只要有人对生活与前途感到迷茫，就需要经历过人生跋涉的过来人告知其生活的道理，使其得到引领。无论在什么样的社会环境中，底层人和青年人都会遇到人生的困境，他们对生存的启悟就怀有期待。路遥深知，他所经历过的苦难和自我人生奋斗的生存感悟，不仅是文学创作的绝好原料，也是有益于普通人应对生存困境的难得的精神资源。路遥的写作伦理就生成于这种人生与文学的互动关系之中。作为一名真正知晓中国农民艰难与苦痛的知识分子，路遥坚持为普通人、为多数人写作。他采取的创作方法也由此决定：有了现实主义就够了。③ 他选择为人生的文学，而不是纯粹为艺术的文

① 路遥：《平凡的世界》，《路遥文集》（第3卷），人民文学出版社2005年版，第422页。

② 路遥创作《平凡的世界》是抱着献身的意志的，在动笔之前，他照例走进毛乌素沙漠进行神圣的“朝拜”，接受“精神的沐浴”，一个强烈的感受是：“在这里，我才清楚地认识到我将要进行的其实是一次命运的‘赌博’（也许这个词不恰当），而赌注则是自己的青春抑或生命。”［路遥：《早晨从中午开始——〈平凡的世界〉创作随笔》，《路遥文集》（第5卷），人民文学出版社2005年版，第252页。］

③ 路遥选择现实主义出于一种文学自觉，而不同于一些抱残守缺者在由历史推动的文学变革时代本能地抗拒现代文学思潮。在《早晨从中午开始——〈平凡的世界〉创作随笔》里他就表白：“实际上，我并不排斥现代派作品。我细心地阅读和思考现实主义以外的各种流派。其间许多大师的作品我十分崇敬。我的精神常如火如荼地沉浸于从陀思妥耶夫斯基和卡夫卡开始直至欧美及伟大的拉丁美洲当代文学之中，他们极其深刻地影响了我。”只是由于题材表现和接受对象的需要，路遥才选择了现实主义，并指出：“虽然现实主义一直号称是我们当代文学的主流，但和新近兴起的现代主义一样处于发展阶段，根本没有成熟到可以不再需要的地步。”他还批评了那些标榜“现实主义”，而“实际上对现实生活做了根本性的歪曲”的“虚假的‘现实主义’”及“假冒现实主义”。［路遥：《早晨从中午开始——〈平凡的世界〉创作随笔》，《路遥文集》（第5卷），人民文学出版社2005年版，第254、257页。］照此看来，路遥选择现实主义是怀有文学责任感的。

学。可见，路遥将自己定位为现实主义作家，这不单纯是一种文学信念，在很大程度上，是更为宽泛的人文信念。路遥首先是怀着社会的责任而不是文学的责任在写作。这就不难理解路遥的小说为何拥有如此多的读者，在文学被边缘化的20世纪90年代以来，他的小说仍能成为畅销书，我们也不必为新时期文学里出现的“路遥现象”① 感到奇怪。

路遥讲述苦难但并不展览苦难，而是将苦难作为对人生的磨砺，让青春生命去同它搏击，从而获取生命的尊严和生存的意义，让生活和人生变得有质量。所以路遥的苦难叙事与反思文学的历史批判和先锋文学的人性审视都有区别。在他的小说世界里，苦难既不是历史向现实索取补偿的资本，也不是人性难以超拔的深渊，而是年轻的人生奋斗者成就自我、升华人格的最好契机，它仿佛是命运加诸精神圣徒②的必须接受的考验。出身于农民家庭的路遥，对贫困、艰辛、挫折、打击、屈辱和痛苦有刻骨铭心的体验，在取得人生的成功后比一般人更懂得苦难的含义和价值，他因此有资格向还在人生的道路上摸索的后来者宣示：遭受困苦不一定是人生的不幸，当然，苦难只把收获交给那些不屈服于命运的坚强性格。在这个意义上，路遥珍视的不是生活中的苦难，而是苦难磨砺出来的生活意志，这正是平凡的世界里不平凡的存在。受过专业文学教育，饱读中外文学名著的路遥，谙悉文学特有的力量。他把从人生奋斗中获得的生存哲理和生活见解，投射进小说人物的命运沉浮中，通过那些与他的人格精神同构对应的典型形象，去诠释社会下层人，特别是其中的年轻奋进者渴望得知的人生道理。由于从真实的生活和体验出发，不管路遥抱着什么样的主观意愿进行艺术创造，他的苦难叙事都不能不带有悲剧色彩，这就使他的小说更能在处于弱势社会地位的普通读者那里引起共鸣。路遥的文学叙事采取的正是读者本位立场，这与他的现实关怀③的人文态度是一致的。他的小说因此在普通大众中赢得了热爱，而在高阶文化群体里受到一些冷落。读者们存在差异的“期待视野”一定程度上限制了路遥作品的接受，这可以看作路遥小说评价存在分歧的原因之一。

---

① “路遥现象”是指“一方面是因为学术界、评论界对路遥固执的冷漠”与“一方面是读者对路遥持续的热情”构成的矛盾。参见赵学勇《“路遥现象”与中国当代文坛》，载马一夫、厚夫、宋学成主编《路遥再解读——路遥逝世十五周年全国学术研讨会论文集》，陕西人民出版社2008年版，第14页。

② 路遥作品中在苦难中执着追寻的主人公常以“穆斯林”自喻。

③ 1983年王愚就在评论路遥的文章里说：“他对生活在底层的人民倾注深沉的情愫。”（王愚：《在交叉地带耕耘——论路遥》，《当代作家评论》1984年第2期。）

路遥小说中的苦难，主要是乡村的苦难，以及主要由乡村出身的人来承受的苦难。由于路遥想要表达的是苦难给予人的悲剧性体验和确证人生价值的意义，因此他的小说在书写这些苦难时并没有深究造成乡村和乡村人种种苦难的原因，尽管他的小说世界里的人生痛苦已经指向了某种偏差。诚然，他的小说对限制和打击农村青年奋斗者的力量并不是没有加以暴露和批判，比如致使高加林失去民办教师资格和城里工作的，是大队书记高明楼的以权谋私和被他夺爱的张克南的妈妈的借机报复；又如生产队长孙少安，为社员的利益扩大猪饲料地而受到公社组织的批判，是由于“左”倾思想肆虐到农村。有时，作家路遥在小说里甚至议论到，对于青年人身上出现的人生挫折，“社会也不能回避自己的责任”①，进而按捺不住地大声疾呼：“我们应该真正廓清生活中无数不合理的东西，让阳光照亮生活的每一个角落；使那些正徘徊在生活十字路口的年轻人走向正轨，让他们的才能得到充分的发展，让他们的理想得以实现。祖国的未来属于年轻的一代，祖国的未来也得指靠他们!”② 然而这里所说的“生活中无数不合理的东西”，其中什么是根本症结，作家还来不及进一步思考，况且，即使作家意识到了，也不需要在小说叙述里特别地说出来。

实际上，在小说写作的20世纪80年代初，路遥未必能够从社会批判的角度来进行文学创作。《人生》的出现，已经偏离了当时的文化语境和文学叙事特征，因为它没有把“新时期”理想化，而是看到了历史转折并没有结束多数人的生存困境——由于城乡差别依然存在，广大的农村青年，特别是有文化的青年，人生进取还备受挫折。非常可贵的是，路遥在当时的文学探索潮流之外，开辟了自己的文学思考和艺术表现空间——“城乡交叉地带”。自此，城与乡的矛盾关系成为他小说世界里人生纠葛的制约性因素，得到反复表现。一直到他“毕其功于一役”③ 的鸿篇巨制《平凡的世界》，“城乡交叉地带”都是他苦难叙事里人生故事的基本场域。路遥小说的可阐释性因这一概念的提出而大大增强。路遥自己对“城乡交叉地带”的艺术生发价值有明确的意识。1981年在西安召开的关于农村题材小说创作的座谈会上，路遥就谈到“交叉地带”④ 一词，说：

① 路遥：《人生》，《路遥文集》（第4卷），人民文学出版社2005年版，第160页。

② 同上。

③ 路遥：《早晨从中午开始——〈平凡的世界〉创作随笔》，《路遥文集》（第5卷），人民文学出版社2005年版，第326页。

④ 路遥后来还说：“这个词好像是我的发明。”参见路遥《关于〈人生〉和阎纲的通信》，《作品与争鸣》1983年第2期。收入《路遥文集》（第5卷）。

“农村和城镇的‘交叉地带’，色彩斑斓，矛盾冲突很有特色，很有意义，值得去表现，我的作品多是写这一带的。”并对所谓“交叉”作了这样的解释：“种种的矛盾，纵横交错，就像一个多棱角的立锥体，有耀眼的光亮面，也有暗影，更多的是一种复杂的相互折射。面对这种状况，不仅要认真熟悉和研究当前农村的具体生活现象，还要把这些生活放在一种更广阔的社会背景和长远的历史视野之内进行思考。”① 文学评论界也很快注意到这一概念在路遥创作中的结构性意义。陕西评论家王愚 1983 年就写作了《在交叉地带耕耘——论路遥》② 一文，考察和阐述了路遥小说创作以转折时期“城乡交叉”地带的生活为表现领域，“对生活中复杂矛盾状态的把握，逐步深化起来”的过程。1986 年第 5 期《小说评论》发表了大学生李勇的论文《路遥论》，文章的第一部分就是“独特的创作敏感区——‘交叉地带’”，主要结合路遥的中篇创作分析了“交叉地带”这个典型环境对典型形象产生的意义。这篇论文后来启发了日本学者安本·实，使他写出了路遥研究领域中的重要论文《路遥文学中的关键词：交叉地带》，经刘静翻译，发表于《小说评论》1999 年第 1 期。论文的观点超越了以往学者对于“交叉地带”所做的创作题材和作品内容性质方面的理解，第一次从制度因素上理解路遥小说人物的悲剧性处境，即小说中所描写的“封闭式的社会结构”所造成的“农村和城市的矛盾冲突”。2007 年 11 月，延安大学召开“路遥逝世十五周年全国学术研讨会”，安本·实在会上作了题为《一个外国人眼里的路遥文学——路遥“交叉地带”的发现》的报告，又提出了新的概念——“农村和城市二元社会结构”③，对路遥小说中的“交叉地带”做出了新的解释，为路遥小说中的乡村苦难原因的探讨提供了新的可能性。

将小说中描写的制度安排视为乡村苦难的根源，是对路遥小说研究的深化。在 20 世纪 80 年代以前中国社会的城乡二元结构里，农村和城市被户籍制度划分为两个完全不同的生存世界，“乡下人”和“城里人”因劳动方式、资源分配和社会保障上的巨大差异而处在条件不同的两大社会环境内，而且很少有改变的可能。这两个世界里的人，一个受到国家和体制

---

① 晓蓉、李星整理：《深入生活，写变革中的农民的面貌和心理——在西安召开的农村题材小说创作座谈会纪要》，《文艺报》1981 年第 22 期。

② 王愚：《在交叉地带耕耘——论路遥》，《当代作家评论》1984 年第 2 期。

③ ［日］安本·实：《一个外国人眼里的路遥文学——路遥“交叉地带”的发现》，载马一夫、厚夫、宋学成主编《路遥再解读——路遥逝世十五周年全国学术研讨会论文集》，陕西人民出版社 2008 年版，第 101 页。

的优待，一个生产负担沉重却缺少生存保障，后者从肉体到精神，终生经受的是难以名状的痛苦，这就是生为农村人的不幸。路遥小说世界里被作家倾注同情的主角，都有着不幸的农村出身。但他们不是一般的农村人，也不是过去的农村人，而是在历史转折时期生活在城乡交叉地带的青年知识者。在他们的人生道路上，横着一条城与乡的界限，但进城读书，已经使他们从精神上突破了这个界限，他们断然拒绝对农民身份的自我认同。可是，在不同于父辈的全新生存理想和无法改变的农民血统之间，那一道难以逾越的鸿沟始终存在，不断刺激着他们奋越的欲望，也不时勾起他们对农民血统的自卑和沮丧。这是小说中不合理的制度安排给底层社会造成的严重的精神后果。因此在对路遥进行研究时，结合路遥的主要代表作，运用文本分析和社会批评相结合的方法，或可发现路遥小说人生启悟和道德训诫之外的人文意义。而在城乡发展存在差别的情况下，农村的社会进步和社会贫困人群的生存和发展仍然是最让人揪心的时代课题，从一个新的角度探讨社会结构形态与人生形式及生存体验的关系，不失为文学研究在审美迷思中的自赎。根源于同一现实逻辑和作者的思想情感逻辑，这一研究不难找到如下的阐释路径。其一，城乡分治下的困厄人生：中华人民共和国成立后，国家为发展工业通过“剪刀差”积累资金给农村造成贫困，而实行户籍制度给农村人的职业选择和自由流动造成限制，这就可以结合城乡二元体制分析作品里的农村知识青年的生存理想被挫败的人生悲剧。其二，底层俊杰的自我奋斗：路遥小说描绘的在城乡二元体制以户籍制和干部体制为保护，对乡村加以排斥和歧视的背景下，底层俊杰负重前行的生存形态和殉难人格，这样可以分析城乡关系中“城市”之于乡村人的精神意义，揭示路遥对“历史夹缝中的一代”人格气质的艺术发现。其三，作为对应物的爱情：进而可以讨论路遥小说中由城乡二元社会结构决定的爱情描写模式，并指出这一模式的功能性意义，肯定路遥对恋爱心理的真实刻画，折射了文中社会压抑机制下底层人的生命情态，由此还可以论述路遥爱情模式中涉及城乡两个生存世界里的女性，作家进行艺术处理的特点是：将城市女性作为乡村俊杰的愿望对象突出了她们的现代性格，而农村女性则被塑造成民族传统美德的化身。在这样的考察和分析中，路遥小说和路遥研究的现实意义和文学史价值，将得到进一步的显现。

路遥在获得茅盾文学奖时说：“作为一个农民的儿子，我对中国农村的状况和农民命运的关注尤为深切。不用说，这是一种带有强烈感情色彩的关注。”[①] 可见，路遥的文学责任感不仅是来自一种历史经验，也是对现实做出的积极反应。关注农村和农民，意味着关注社会基层和多数人。21 世纪底层文学成为热门话题，这意味着已逝的路遥以他的底层关怀与现实思考活在当下，同时意味着路遥关注过的问题有历史的延续性。路遥研究悄然回暖，是现实对现实主义文学的呼唤，也说明现实主义文学需要被重新看待，路遥研究的理论价值和现实意义会在社会底层这个巨大“历史存在”上得到体现。

要解开路遥小说世界历史蕴含的秘密，制度因素是一把神奇的钥匙。承续研究界已打开的思路，我们完全可以进一步考察路遥所关注过的农村如何被并不遥远的历史，建构在一种僵化的二元关系中，对作为历史主体重要构成的农民形成压迫，并通过这一考察重新敞开路遥小说苦难叙事的人文空间。在城乡二元的压抑机制里，城市对农村青年知识者有特殊的精神意义，这一发现有利于对高加林们的“背叛”做出新的解释。

路遥通过对“历史夹缝中的一代”的精神气质的发现，以及对人物性格现代性品质的注入，塑造出以孙少安、孙少平为代表的与“十七年文学”有否定关系的文学新人形象，这是他重要的艺术贡献之一。对此做出分析，有利于提高路遥的文学史地位。城乡二元的社会结构，决定了路遥小说的爱情模式。路遥小说爱情描写中的城市女性与农村女性对男性主人公的人生实现具有不同的意义，而乡村女性的爱情悲剧表现了作家在历史转型面前的文化思虑。通过文本分析，路遥小说爱情书写的投射机制也得到了发现和理论总结。虽然理论上的探讨还有待深入，但爱情作为人生形式的本体意义为路遥小说的文学性做了最好的诠释。

二 城乡分治下的困厄人生：路遥小说人生图景解析

路遥坚持以“城乡交叉地带”作为小说重点表现的领域，并且主要表现农村知识青年的奋斗、爱情和心理冲突，这与他自己的人生经历有关系。他说过：“我是一个血统的农民的儿子，一直是在农村长大的，又从那里出来，先到小城市，然后又到大城市参加了工作。农村可以说是基本熟悉的，城市我正在努力熟悉着。相比而言，我最熟悉的却是农村和城市的‘交叉地带’，因为我曾长时间生活在这个天地里，现在也经常‘往返’于其间。我曾经说过，我较熟悉身上既带有‘农村味’又带着‘城

---

① 路遥：《生活的大树万古长青》，《文艺报》1991 年 4 月 13 日。收入《路遥文集》（第 5 卷），人民文学出版社 2005 年版。

市味’的人，以及在有些方面和这样的人有联系的城里人和乡里人。这是我本身的经历和现实状况所决定的。我本人就属于这样的人。”① 他还说过：“我的经历中最重要的一段就是从农村到城市的这样一个漫长而复杂的过程。这个过程的种种情态与感受，在我的身上和心上都留下了深深的印记，因此也明显地影响了我的创作活动。我的作品的题材范围，大都是我称之为城乡交叉地带的生活。这是一个充满矛盾的、五光十色的世界。”② 由乡而城的身份转换，既了解新的生活世界，又保留深刻的乡村记忆，这样的经验使得路遥的文学想象带有两极化特点，经过其情感熔铸的艺术世界因而充满了张力。这个张力世界是沉重的，因为它烙上的是作家的苦难记忆和创伤体验。从荒寒、闭塞、落后的陕北农村走出来的路遥，从童年开始感受的就是生存物资的极端匮乏和被抛弃的痛苦，令他说起来就情不能抑：“童年，不堪回首。贫穷饥饿，且又有一颗敏感自尊的心。无法统一的矛盾，一生下来就面对的现实。记得经常在外面被家境好的孩子们打得鼻青眼肿撤退回家；回家后又被父母打骂一通，理由是为什么去招惹别人的打骂？三四岁你就看清了你在这个世界上的处境，并且明白，你要活下去，就别想指靠别人，一切都得靠自己。因此，当七岁上父母养活不了一路讨饭把你送给别人，你平静地接受了这个冷酷的现实。你独立地做人从这时候就开始了。”“中学时期一月只能吃十几斤粗粮，整个童年吃过的好饭几乎能一顿不落地记起来。”③ 加上后来经历的从农村到城市的漫长而复杂的过程，路遥的经验世界里保存了一个农村知识青年全部的苦涩和向往。他所创造的文学形象，有的有过去的他的影子，有的能在现实中的他的亲人身上找到原型。④ 只要中国乡村的苦难没有终结，路遥的小说和对其小说的阐释就显得相当重要。

农村：贫困的窘境

乡村和城市的差异是经由历史的积淀而形成的，它是人类生活的一种自然存在。但是，在中华人民共和国成立以后，乡村和城市的差别扩大，

---

① 路遥：《关于〈人生〉和阎纲的通信》，《作品与争鸣》1983 年第 2 期。收入《路遥文集》（第 5 卷），人民文学出版社 2005 年版，第 365 页。

② 路遥：《〈路遥小说选〉自序》，载《路遥小说选》，青海人民出版社 1985 年版。

③ 路遥：《早晨从中午开始——〈平凡的世界〉创作随笔》，《路遥文集》（第 5 卷），人民文学出版社 2005 年版，第 280 页。

④ 路遥说过，《在困难的日子里》所反映的那段生活、那种情绪，几乎就是他在上中学时的亲身经历。（路遥：《东扯西拉谈创作》，作协西安分会《文学简讯》1983 年第 2 期。）而像《人生》中高加林这样的人物，在他兄弟身上就可以找到原型，他是怀着兄弟一样的感情来写这类人物的。（王愚、路遥：《谈获奖中篇小说〈人生〉的创作》，《星火》1983 年第 6 期。）

并且存续至改革开放。正如安本·实在研究路遥小说中的“交叉地带”时指出的：

> “交叉地带”原本没有特殊的含义，仅是指农村的某些东西与城市的某些东西交叉。但是路遥赋予它以积极意义，之所以关注这个“地带”是因为这个“地带”作为农村与城市的生活空间，长期以来一直处于对立状态，两者间没有平等的“交叉”，有的只是农村处在城市的绝对优势之下，因而被禁锢和封闭。由于生产方式不同，农村和城市在生活方式或其他方面当然会存在差别。……特别是农村户口和城市户口迥然有别，严格执行户籍管理制度，限定农村人口流入城市是实现农村“支配结构”的重要环节。执行这一制度的最终结果是广大农民长期被禁锢在得不到发展的、贫困落后的农村。从这个意义上来说，中国农村之所以落后，是由于在经济、文化等所有领域，始终处在与城市有着巨大差别的状态之下。坦率地说，是因为农村长久以来一直是城市发展祭坛上的牺牲品。①

将农村视为“城市发展祭坛上的牺牲品”有些偏颇了。实际上，由中国共产党领导的社会主义中国在当时为了加速实现工业化，改变中国在国际上的落后地位，也为了体现社会制度的优越性，与资本主义世界抗衡，在生产力基础薄弱的情况下，采取优先发展工业、发展城市的战略，而具体的方式就是通过“剪刀差”为国家建设积累资金。剪刀差是来自苏联的经验。苏联在1921年初走上和平建设轨道后，国家为加快积累工业化资金，人为地压低农产品收购价格，使得部分农民收入在工农业产品交换过程中转入政府支持发展的工业部门。有一种观点认为，1978年以前，我们国家也是靠工农业产品价格剪刀差积累资金的。根据国务院农业发展研究中心1986年的推算：“1953—1978年计划经济时期的25年间，工农业产品价格剪刀差总额估计在6000—8000亿元。”到改革开放前的1978年，国家工业固定资产总计不过九千多亿元。因此可以认为，中国国家工业化的资本原始积累主要来源于农业。② 这样的推算可能过高估计了剪刀差差额，夸大了国家对农业剩余的索取。“实际上，改革开放以前

① ［日］安本·实：《路遥文学中的关键词：交叉地带》，刘静译，《小说评论》1999年第1期。

② 参见武力《1949—1978年中国“剪刀差”差额辨正》，《中国经济史研究》2001年第4期。

主要的问题是统购统销和农业集体生产制度束缚了农民的自主权，压抑了其发展农业的积极性，限制了广大农民向利润高的非农产业转移。换句话说，限制了农民把蛋糕做大，因此国家即使拿走不多，农民仍然很苦。假设如果现在继续不让农民从事非农产业和流动，仍然将其束缚于集体生产的农业，即使将全部农业剩余都归农民所有，其出售农产品价格与国际市场持平，农民仍然非常贫困。”①

这就是路遥和他的小说人物赖以生存的政治、经济社会背景。路遥对这些历史选择未必知情，但他和他的小说人物不能幸免地受到了当时的某些经济政策带给农村人的影响。统购统销、农业集体生产方式、剪刀差和户籍制度一定程度上把广大农民禁锢在土地上未能激发他们的主动性和生产积极性，于是小说中这些命运由他人摆布的农村人就成了城乡分治制度的牺牲品。

在《平凡的世界》里，主张支持农民自发改革农村生产方式的县“革委会”主管农业的副主任田福军，在常委会上“很沉痛地论述了全县的农业生产情况”，指出农村“已经贫困至极”，还列举了一系列具体得让人震惊的数字：

> 一九五三年全县人均生产粮九百斤，而去年下降到六百斤，少了近三分之一。从五八年到七七年的二十年间，有十六个年头社员平均口粮都不足三百五十斤；去年仅有三百一十五斤，而其中三百斤以下的就有二百四十一个大队、四万一千多人，占全县人口的三分之一。四九年人均生产油品九斤二两，去年下降为一斤九两……社员收入低微、负债累累，缺吃少穿。劳动日值只有二、三角钱，每户平均现金收入只有三、四十元。超支欠款的达二千三百户。去年国家贷款金额近一千万元，人均欠款五十多元。社员欠集体储备粮一千三百多万斤，相当于全县近一年的征购任务……②

这一笔在20世纪80年代初算出来的农村经济账，反映出当时农民的生活质量与整个社会的进步呈现相反的发展趋势。从“征购”与“集体储备”这些粮食处置方式可以看出，在农村经济体制改革前，农民不能自由地处理自己的劳动产品，不仅要贡献粮食，还被迫贡献生猪，“支援

---

① 武力：《1949—1978年中国“剪刀差”差额辨正》，《中国经济史研究》2001年第4期。

② 路遥：《平凡的世界》，《路遥文集》（第1卷），人民文学出版社2005年版，第414页。

国家建设"，"支援第三世界"。[①] 从"收入低微""超支欠款"可以看出，农民几乎是无偿地劳动。他们付出了牛马力，也很难改变赤贫的景况。年轻力壮、还有些文化、一心通过辛勤的劳动养家糊口的孙少安，就遇到无法解开的困惑：

按说，他年轻力壮，一年四季在山里挣命劳动，从来也没有亏过土地，可到头来却常常是两手空空。他家现在尽管有三个好劳力，但一家人仍然穷得叮当响。当然，村里的其他人家，除过少数几户，大部分也都不比他们的光景强多少。[②]

可见，农村的贫困不是农民靠自身的努力可以改变的。孙少安在农业上付出的努力再多，也摆脱不了人生的窘境：

现在，孙少安更加痛切地感到，这光景日月过得太恓惶了！儿子来到这个世界上，他作为父亲，能给予他什么呢？别说让他享福了，连口饭都不能给他吃饱！这算什么父亲啊……连自己的老婆和孩子都养活不了，庄稼人活得还有什么脸面呢？生活是如此无情，它使一个劳动者连起码的尊严都不能保持！[③]

孙少安后来经过扑腾，到底发家致富了，但那靠的是办砖厂、搞企业，而不是靠种地出卖农产品。这说明农民、农业和农村，只要还姓"农"，就难以走出历史宿命对他（它）的刻薄。

缺吃少穿与心灵创痛

路遥小说中城乡分治的二元体制，造成了农村普遍性的贫困。人民公社化以后，农民为国家生产农产品。无责任主体的集体生产方式抑制了农民的生产积极性，将大量劳动力捆绑在一起，低效率地对土地进行掠夺性的耕种，以保障国家工业建设和支援世界革命的需要。农业集体向国家出卖大部分农产品以后，所剩难以满足生产者的基本生存需要，全国农村普遍缺吃少穿，土地贫瘠的地区尤其严重。饥饿由此成为路遥小说中惨痛的

---

① "公社每年根据国家的要求，给每个大队硬性分配生猪交售任务。……国家要拿猪肉支援第三世界。"［路遥：《平凡的世界》，《路遥文集》（第 1 卷），人民文学出版社 2005 年版，第 164 页。］

② 路遥：《平凡的世界》，《路遥文集》（第 1 卷），人民文学出版社 2005 年版，第 407 页。

③ 同上。

人生体验之一。路遥小说里有大量的饥饿描写，这些小说里的饥饿，不仅发生在全国大饥荒时代，也存在于“文化大革命”后期。《在困难的日子里》和《平凡的世界》就分别描写了处在身体发育阶段的农家子弟马建强和孙少平的饥饿体验，在他们身上，我们看到的也是令人触目惊心的一幕。

《在困难的日子里》这个以第一人称讲述的故事，发生在 1961 年，“正是我国历史上那个有名的困难时期”①。提到这个年头，人们首先想起的就是饥饿和饿死了很多人。历史学家至今也没有就这个历史事件给出一个说法：到底饿死了多少人？为什么会发生大饥饿？饿死的多数是城里人还是乡下人？只有文学家，通过小说，以形象记忆的方式，讲述悲惨的故事。

路遥将这个关于饥饿的故事放在县城里，让我们看到，即使在那个全国普遍大饥荒的环境里，城乡还是有别。这样，农村人被饥饿严重伤害和蹂躏的，就不只是身体——与城里人一样的血肉之躯，还有心灵——与城里人一样需要被尊重的名誉和人格尊严。

小说的主人公马建强是一个才十几岁的少年，在 1961 年那个难熬的艰难贫困的年头，竟然以全县第二名的成绩考入了县上唯一的一所高级中学。这对一个农村少年来说，是多么幸运而又荣耀的事情！可是对他的农民家庭来说，却成了不幸：贫病交加的父亲、缺衣少食的家根本就拿不出粮食供他进城上学。后来还是崇拜功名的好心的乡亲救助了他，使他得以背着“百家姓粮”走进了他所热烈向往的本县的最高学府。进校后，又因为升学考试成绩好而被分到“尖子班”，更严重的困难便接着到来——除了饥饿这一主要威胁，他在精神上也遇到巨大的压力：农家子弟的寒酸使得他在这个干部子弟居多的班集体里抬不起头来。给予他双重压力的，正是他不得不接受的城乡差别：

> 这个班除了我是农民的儿子，全班所有的人都是干部子弟，包括县上许多领导干部的儿女。尽管目前社会普遍处于困难时期，但贫富的差别在我和这些人之间仍然太悬殊。他们有国库粮保证他们每天的粮食；父母亲的工资也足以使他们穿戴的体体面面，叫人看起来像个高中生的样子。而我呢？饥肠辘辘不说，穿着那身寒酸的农民式的破

---

① 路遥：《在困难的日子里》，《路遥文集》（第 5 卷），人民文学出版社 2005 年版，第 101 页。

烂衣服，跻身于他们之间，简直像一个叫化子！[1]

“农民的儿子”与“干部子弟”处在同一个环境里，立刻显示出贫富的差别，而他们之间的差别不是来自自身，而是来自父母各自所处的生存世界，即城市或乡村。饥饿和贫与富的残酷对比，带给这个农民子弟的是身心的双重煎熬。由于只有开学时带来的那点“百家姓粮”，乡下毫无办法的父亲托人捎来话，说他这半年是再也无法送来一颗粮食了，“我”只能一再地压缩每天吃粮的数量，“这样一来，一天就几乎吃不到多少粮食了。两碗别人当汤喝的清水米汤就是一天的伙食”，以致饿得连路都走不动，“一阵又一阵的眩晕。走路时东倒西歪的，不时得用手托扶一下什么东西才不至于栽倒”。[2]开始，为了不被饿死，在本能的驱使下，他只能走向山野，“在城郊的土地上疯狂地寻觅着：酸枣、野菜、草根，一切嚼起来不苦的东西统统往肚子里吞咽”[3]。后来，饿得“连到野外的力气都没有了，因为寻觅的东西已经补不上所要消耗的热量”[4]。饥饿使他对吃的东西产生病态的欲望，在课堂上产生幻想，结果无法坚持正常的学习，导致他引以为傲的学习成绩一落千丈，失去了唯一的精神安慰。

由饥饿所反映的贫穷带来的，还有心灵的伤害。处在对外界和异性最敏感的年龄，这个因贫寒而自卑的农村学生，最害怕的是被人看不起、被人欺负、损害尊严。但他害怕的情况偏偏发生了。“每当下午自习，我就饿得头晕目眩，忍不住咽着口水。而我的同桌偏偏就在这时，拿出混合面做的烤馍片或者菜包子之类的吃食（他父亲是县国营食堂主任），在我旁边大嚼大咽，还故意吧咂着嘴，不时用眼睛的余光扫视一下我的喉骨眼；并且老是在吃完后设法打着响亮的饱嗝，对我说：‘马建强，你个子这么高，一定要参加班上的篮球队！’”这个好恶作剧的同桌，有一天还在全班劳动时，“竟然当着周围几个女同学的面，把他啃了一口的一个混合面馒头硬往我手里塞，那神情就像一个阔佬耍弄一个贫儿”。[5]像这样的侮辱伤害不断发生。宿舍里的一个同学丢了一个玉米面馍，大家马上怀疑他，因为只有他这号“饿死鬼”才会偷吃一个微不足道的玉米面馍。这

① 路遥：《在困难的日子里》，《路遥文集》（第5卷），人民文学出版社2005年版，第106页。
② 同上书，第114页。
③ 同上书，第110页。
④ 同上书，第114页。
⑤ 同上书，第107页。

使他感觉到“无数鄙夷的目光像针一样扎在了我的心上”[①]。国庆节学校食堂会餐，需要人帮灶，帮灶的人和炊事员一样，下午的饭菜不限量。班上的生活委员吴亚玲，好心地建议让他去，却引起同学们的哄笑。他觉得这又是一个侮辱，“全身的血轰地涌上头，感到自己的意识和灵魂立刻就要脱离开身体，向外界飞去”[②]。他的自尊心又一次受到严重的伤害。而凡是人格像这样受到践踏的情况，他都归结为“仅仅是因为我家境贫寒”。实际上，因贫困出身导致的自卑，反而使他过于自尊，这样的心理更易受到刺激，因而加深内心的痛苦：“痛苦已经使我如疯似狂。在没人的地方，我的两只脚在地上踢，拳头在墙壁上打；或者到城外的旷野里狂奔突跳；要不就躲到大山深沟里去，像受伤的狼一般嗥嚎！”农村出身的印记，使闯进城市生存圈的马建强要处处提防身份指认引起的嘲笑，这是比物质贫困更可怕的摧残。“啊！饥肠辘辘这也许可以过去，但精神上所受的这些创伤却折磨死人了。这个困难的岁月，对别人来说，也许只是物质上的短缺罢了；而对我来说，则是物质和精神的双重的难关。我本来已经够不幸的了，经常身无分文，那点可怜的‘百家姓粮’也只能使我不至于马上饿死。可现在还要在精神上承受这么大的打击和折磨！”[③] 这是一个贫寒的乡村知识青年，向盛气凌人的城市世界发出的多么委屈的感叹。

《平凡的世界》一开头也是从贫困和饥饿写起，主人公也是从农村到城里上学的高中生。时间是 1975 年，跟大饥饿的尾声[④] 1961 年相隔整整 14 年。十几年过去了，“革命”热热闹闹，农村的贫困却依然如故。与当时要求批判的资产阶级、修正主义和孔孟之道相比，“对于黄土高原千千万万的农民来说，他们每天面对的却是另一个真正强大的敌人：饥饿”。农民面临的是生存的窘况：“生产队一年打下的那点粮食，‘兼顾’了国家和集体以外，到社员头上就实在没有多少了。试想一想，一个满年出山的庄稼人，一天还不能平均到一斤口粮，叫他们怎样活下去呢？有更为可怜的地方，一个人一年的口粮才有几十斤，人们就只能出去讨吃要饭了……”[⑤] 从这样的乡村来到县立高中的“农家子弟”孙少平，每天领饭菜，连跟同学们一起排队都不敢。学生们预定的菜是分为甲、乙、丙三等

---

① 路遥:《在困难的日子里》,《路遥文集》(第 5 卷),人民文学出版社 2005 年版,第 108 页。

② 同上书，第 116 页。

③ 同上书，第 109 页。

④ 20 世纪全国范围的大饥荒发生在 1959—1961 年。这一时期通常被称作“三年自然灾害”时期。

⑤ 路遥:《平凡的世界》,《路遥文集》(第 1 卷),人民文学出版社 2005 年版，第 121 页。

的。主食也分三等。孙少平因为家贫，连清水煮白萝卜的丙等菜也买不起，主食订的也是最低等的高粱馒头。因为吃不起好饭，在因年轻而敏感的自尊心的驱使下，他要躲避公众的目光，趁人都走尽了，才悄然出现，取走自己那两个不体面的“黑家伙”，以免遭受无言的耻笑。这样的吃食，怎么能满足一个还在长身体、要读书还要参加体力劳动的年轻人的需要啊！

> 像他这样十七八岁的后生，正是能吃能喝的年龄。可是他每顿饭只能啃两个高粱面馍。以前他听父亲说过，旧社会地主喂牲口都不用高粱——这是一种最没营养的粮食。可是就这高粱面他现在也不充足。按他的饭量，每一顿至少需要四五个这样的黑家伙。现在这一点吃食只是不至于把人饿死罢了。①

肚子填不饱，还要参加“开门办学”的劳动。“每天的劳动可是雷打不动的，从下午两点一直要干到吃晚饭。这一段时间是孙少平最难熬的。每当他从校门外的坡底下挑一担垃圾土，往学校后面山地里送的时候，只感到两眼冒花，天旋地转，思维完全不存在了，只是吃力而机械地蠕动着两条打颤的腿一步步在山路上爬蜒。”② 跟马建强一样，再严重的饥饿都还能忍受，让孙少平“感到最痛苦的是由于贫困而给自尊心所带来的伤害。他已经十七岁了，胸腔里跳动着一颗敏感的心。他渴望穿一身体面的衣裳站在女同学的面前；他愿自己每天排在买饭的队伍里，也能和别人一样领一份乙菜，并且每顿饭能搭配一个白馍或者黄馍。这不仅是为了嘴馋，而是为了活得尊严”③。

路遥对饥饿体验的描写，跟张贤亮的《绿化树》和阿城的《棋王》一样④，达到了经典化的程度，通过艺术的刻画，使饥饿这种身体和心灵的双重体验具有了很强的艺术效果。不过，在路遥对饥饿和饥饿感的形象表现中，看不到张贤亮、阿城的那种轻盈的笔意，看不到对饥饿心理的审美的玩味，因此，我们难以把它看成饥饿美学，而只能是饥饿社会学。饥饿是身体对物质贫困的最直接、最深刻的体验，而马建强、孙

---

① 路遥：《平凡的世界》，《路遥文集》（第1卷），人民文学出版社2005年版，第7页。

② 同上书，第8页。

③ 同上。

④ 《绿化树》和《棋王》的主人公分别是章永璘和王一生，他们各自在“三年困难时期”和“文化大革命”中遭遇了饥饿。

少平们承受的不只是物质贫困给予的身体的痛楚，更有人格尊严受到打击的心灵创痛。

以饥饿为最突出的经验形式，路遥全面地写到了黄土高原上的农村人在城乡二元时代遭受的远远严重于城里人的人生困苦。不仅缺吃，而且少穿。连自己最优秀的子弟，父兄们都无力给他们一身哪怕稍微像样点的衣服。马建强和孙少平都到了懂得讲究点穿戴的年龄，但因为农村的家都穷到骨头上，他们在学校里不是穿得破烂不堪，就是衣不蔽体。路遥小说写到农村的贫困和农民的生存景况，用得最多的词就是"少吃没穿""缺吃少穿"。吃和穿是人之为人最起码的需要，可是就是这最起码的需要对农民来说都存在问题。在那个年代，农村岂止是缺吃缺穿，住的、用的、花的……人过日子所需要的一切，哪一样不缺？在《平凡的世界》里，双水村的人经常连盐都买不起。生产队长孙少安好不容易找到了个不要彩礼的媳妇，却连结婚的窑洞都没有，还是生产队借给他一间与队上的一群牛驴为邻的饲养院破窑。他的弟弟妹妹长年都在别人家借宿。即使到了改革开放时期，村里人吃饭的问题基本解决了，但纯粹务农还是照样贫困。"缺吃少穿是普遍现象。有些十七八岁的大姑娘，衣服都不能遮住羞丑。一些很容易治愈的常见病长期折磨着人；严重一些的病人就睡在不铺席片的光土炕上等死……没有什么人洗脸，更不要说其他方面的卫生条件了。大部分人家除过一点维持活命的东西外，几乎都一贫如洗。有的家户穷得连盐都吃不起，就在厕所的墙根下扫些观音土调进饭里……"[①] 这就是苦难乡村的人生图景，对于孙少平这样的从城市里看到了另一种世界的知识青年来说，它是苦厄中奋斗的动力，也是永远抹不去的心灵阴影。

被折断的理想

路遥小说中城乡二元的社会结构，把农民围困在农村中，"实际上就等于剥夺了农民选择职业、随意流动的自由"[②]。这种由户籍制度造成的限制和围困，对于农村知识青年来说是挫败人生理想的强大力量。路遥在他的杰作《人生》里，表现的就是农村知识青年理想受挫的悲剧。悲剧主人公高加林称得上是新时期文学中的典型形象，这并不是因为这个人物的原型是路遥的弟弟，路遥是怀着兄弟一样的感情来写他的，而是因为这个人物性格上的矛盾，正是城乡二元体制在农村知识青年身上造成的普遍

---

① 路遥：《平凡的世界》，《路遥文集》（第1卷），人民文学出版社2005年版，第348页。

② ［日］安本·实：《路遥文学中的关键词：交叉地带》，刘静译，《小说评论》1999年第1期。

性矛盾，高加林的悲剧是他们共同的悲剧，他们的命运也是共同的命运。

成长在城乡交叉地带的高加林，对于近在咫尺却又形同霄壤的两个世界——乡村和城市，都有切身的了解和复杂的感情。从农村到县城读书，高加林发现了与他出身的“小地方”不同的“大世界”，这个由城市所象征并切实存在的“大世界”，就成了高加林的人生理想之所系。受过现代教育，通过书本和报刊开阔了视野，懂得什么是现代文明，况且切身体验了城市生活，看到了跟当农民完全不同的生存方式的现代知识青年，不可能安于父辈的生存方式，窝在闭塞的农村。落后而贫困的乡村与现代化的城市，劳苦而贫穷的农村人与快活而富足的城里人，对比是如此强烈，差别是如此之大。高加林虽然出身于农村，但是经过教育和文化的塑造，早就发生了精神的蜕变。精神的高加林，不仅不是他父亲那样的农民，甚至不是一般的城市市民，由于有读书写作的爱好并拥有人文和科学知识，高加林是比普通市民甚至某些国家干部合格得多的城市人。高加林不仅有志于而且有能力到城市里去发展自己，而不是屈居于闭塞落后的乡村，从事极为原始的劳动，浪费自己的知识和才华，受制于愚昧，看不到前途，忍受肉体和精神的双重煎熬。对城市的向往，其实是对现代文明的向往。所以，农民出身而拥有现代知识的高加林，“虽然从来也没鄙视过任何一个农民，但他自己从来都没有当农民的精神准备”就很容易被理解，“他十几年拼命读书，就是为了不像他父亲一样一辈子当土地的主人（或者按他的另一种说法是奴隶）”① 也是合理的。从社会发展和人类文明的进步角度看，成长于20世纪七八十年代的高加林是一个具有现代性性格的知识青年。这正是路遥对这一人物进行塑造具有历史合法性的地方，也是作者对主人公的人生追求予以肯定的理由。但是，在小说世界里我们看到的是，高加林的正当追求以失败而告终，他的人生抱负和理想不可避免地遭到严重的挫折。

高加林的失败，在于他的人生追求是一种超越了现实环境和历史条件的个人奋斗行为。横亘在他奋斗路途上的是不合理的现实和城乡二元的社会体制，这注定了他的人生之路艰难而孤苦，除非出现偶然的机遇，否则他的被挫败就是必然的。被高考制度抛回农村的高加林，本来已获得了逃脱当农民的机会：他凭县城中学高中毕业生的学历当上了民办老师，取得了文化人的身份，继续努力的前景就是转为公办老师，彻底成为一个“工作人”。有天分，有学识，本人又努力，高加林不愧为一名称职的乡

---

① 路遥：《人生》，《路遥文集》（第4卷），人民文学出版社2005年版，第5页。

村学校老师。可是，大队书记高明楼为了自己从学校毕业回村的儿子，竟利用手中的权力，与教育干事勾结，悍然撤销了高加林的民办教师职务，把他抛进了人生的深渊。高加林遭遇的是权力的滥用。它虽然只是发生在社会基层的权力与知识的错位，但一位满怀理想的农村知识青年的前程顷刻就被断送了。在政治权力面前，知识和它的主体，原来如此脆弱。虽然陷入了愤怒和痛苦的高加林，因为落难而意外地得到了纯洁爱情的舔舐，但是被爱情抚慰减轻的伤痛并没有完全消失，他在内心深处无法接受强加给他的农民身份，破灭了的理想仍时时碎玻璃片似的刺激着他，直到幸运再一次对他垂青。

如果说，高加林在乡村里遭到权力的挤对，被生生夺走适合他并为他所钟爱的教师职业，他的愤恨还有一个明确的对象——土皇帝、大队书记高明楼——的话，那么，他第二次遭到更严重的褫夺、更惨重的人生打击，作为受害者的他以及所有惋惜、同情他的人，就连想都没有想过造成农村知识青年人生悲剧的究竟是一种什么样的力量。因叔父从部队转业到地区当劳动局局长，经媚权者操作，高加林一夜之间由农民身份变成了国家干部，彻底脱离了农村，进了梦寐以求的城市，走上了既光荣又能发挥他的才智的工作岗位——担任县委通讯干事。有知识、有能力、有进取心的高加林很快在这个岗位上施展出了他的才华，显得那样称职。县城的文化生活也让他如鱼得水。以记者身份频频出现于会场，以潇洒的青春姿态活跃于周末的球场，他俨然“成了这个城市的一颗明星”①。城市给了他发挥生命潜能的最好舞台，在这里他的事业蒸蒸日上，另一种爱情也热切地光顾，更美好的人生前景在远方向这个本来就不安分的灵魂亲切地招手……可是，这一切又转瞬间化为泡影！高加林靠“走后门参加工作”的事被人告发，一夜间，从城市户口到国家干部身份，被剥夺得一干二净，城市毫不留情地把这个以不正当程序钻进来的农村青年踢了回去。沉浸于对更美好的前途的热烈幻想中的高加林，从绚丽的天空中跌到了冰冷的地面。与前一次的打击相比，这一次对于人格尊严和人生理想的摧残几乎是毁灭性的。

那么，是一种什么样的无形力量给高加林的人生奋斗造成了悲剧呢？表面看起来，是高加林人生得意后，抛弃了一个字也不识、没有文化的农村恋人巧珍，与老同学黄亚萍旧情复萌，从已经确定恋爱关系的张克南与黄亚萍之间横刀夺爱，因而激怒了张克南的母亲。这个本来就鄙视农村人

① 路遥：《人生》，《路遥文集》（第4卷），人民文学出版社2005年版，第112页。

的“国家干部”，以“维护党的纪律”为理由，给地纪委写信检举揭发高加林，致使高加林“走后门”参加工作的问题被地纪委和县纪委迅速查清落实予以处置——立即坚决地把他退回了农村。这样，高加林的人生挫折也就似乎主要是他自己私生活不道德造成的。连高加林自己也这样认为：“这一切怨谁呢？想来想去，他现在谁也不怨了，反而恨起了自己：他的悲剧是他自己造成的！他为了虚荣而抛弃了生活的原则，落了今天这个下场！”[①] 也就是他自己的人生失误导致了这场悲剧。高加林为此悔恨自责，小说描写也明显地把高加林的人生奋斗与失败引向道德领域。[②]

其实，高加林的悲剧还有更深层的原因。高加林即使没有移情别恋并开罪于人，他进城后的人生之路也不见得会一帆风顺。对于突然由农村人一跃而为城里人，高加林在喜极之余不是没有隐忧。“高加林进县城以后，情绪好几天都不能平静下来，一切都好像是做梦一样。他高兴得如狂似醉，但又有点惴惴不安。”[③] 这说明在潜意识里他已认同了对自己的农村出身不可随意僭越。在终于被“组织”从身上扒走突然得来的一切，变得“像个一无所有的叫花子一般”，“孤零零的，前不着村，后不靠店”[④] 之后，高加林“甚至觉得眼前这个结局很自然；反正今天不发生，明天就可能发生。他有预感，但思想上又一直有意回避考虑。前一个时期，他也明知道他眼前升起的是一道虹，但他宁愿让自己把它看作是桥！”[⑤] 这说明胸怀远大但出身卑贱的农村青年高加林，不是没有意识到理想的实现对于他们这些人来说，存在多么难以逾越的鸿沟。“他希望的那种‘桥’本来就不存在；虹是出现了，而且色彩斑斓，但也很快消失了。”[⑥] 这就是他不能不接受的现实。高加林纵有超群的才能，但他的命运被一种冥冥中的无形而强大的力量所控制，在他渴望成功的心灵里，似乎埋伏着一种原罪感[⑦]，似乎只要他的人生稍稍得意，惩罚就会随即而至。

对这种笼罩在他头上的无形力量，连他的父辈都早有感应。在赤手空拳离开县委大院的前夜，高加林让同村开拖拉机的三星事先将他的铺盖卷

---

① 路遥：《人生》，《路遥文集》（第4卷），人民文学出版社2005年版，第168页。

② 王富仁对《人生》由社会主题向道德主题的发展，有深刻的论述。参见王富仁《“立体交叉桥上的立体交叉桥”——影片〈人生〉漫笔》，载马一夫、厚夫主编《路遥研究资料汇编》，中国文史出版社2006年版。

③ 路遥：《人生》，《路遥文集》（第4卷），人民文学出版社2005年版，第97页。

④ 同上书，第168页。

⑤ 同上书，第159页。

⑥ 同上。

⑦ 这里的原罪感包含的是背叛行为带来的心理压力，不安于农村就是对自己出身的背叛。

捎了回去，对于儿子的被逐，他的父母竟没有感到意外和伤痛："玉德老两口倒平静地接受了三星捎回来的铺盖卷，也平静地接受了儿子的这个命运。他们一辈子不相信别的，只相信命运；他们认为人在命运面前是没什么可说的。"① 被农业社会的历史固置在土地上的老一代农民，不敢奢望他们的后代有更好的命运，自然也不具备怀疑现实合理性的思想能力。然而在城乡交叉这样的生存环境里获得了另一种人生参照的农村新人高加林，同样不能理性地知解左右他们人生奋斗成败的社会历史真相，足见小说中城乡二元的社会体制的惯性力量和它对于底层人的精神压抑作用有多么强大。打击高加林的无形力量，就是后来的研究者多有提及的城乡分治社会体制。② 这一体制造成的城乡差别以及随之形成的等级观念，不知使多少出身农村的"俊杰"蒙受人生的屈辱（如高加林到城里掏粪受到张克南母亲的无理责难），失去人生进取的机会，甚至不得不承受遭到人生重创后的痛苦。路遥根据自己的人生体验，通过高加林这一形象写出了在城乡二元社会里的农村知识青年的人生悲剧，这种悲剧近似于英雄悲剧，因为它的主人公所要抗争的是一种不可知的强大力量，所以它引发的就是带有崇高意味的悲剧美感。高加林乐极生悲，在省城学习还没回来就被县委常委会撤掉了城市户口和正式工作，变得一无所有，不得不离开这个给过他光荣和梦想、更给了他打击和耻辱的城市，向着他的来路逆行，"他走在庄稼地中间的简易公路上，心里涌起了一种从未体验过的难受"③，回想已经走过的短暂而曲折的生活道路，后悔失去了巧珍"火一样热烈和水一样温柔的爱"，"他忍不住一下子站在路上，痛不欲生地张开嘴，想大声嘶叫，又叫不出声来！他两只手疯狂地揪扯着自己的胸脯，外衣上的纽扣'嘣嘣'地一颗颗飞掉了"④。这是压抑后的爆发，多么惨痛，又多么苦涩。小说结尾，他扑倒在慷慨而宽容地再一次收留了他的故乡土地上，发出的那一声沉痛的呻吟，其间包含着对错误地抛弃了巧珍的无比痛悔，但又何尝没有包含对无辜被城市抛弃的无限委屈。

---

① 路遥：《人生》，《路遥文集》（第 4 卷），人民文学出版社 2005 年版，第 164 页。

② 也就是日本学者安本·实表述的："……中国存在的二元社会结构，即中国革命'在农村包围城市'取得胜利之后农村所处地位。更直接地说，就是户籍制度把农民限制在了农村，他们的自由被限制了。"（［日］安本·实《一个外国人眼里的路遥文学——路遥"交叉地带"的发现》，载马一夫、厚夫、宋学成主编《路遥再解读——路遥逝世十五周年全国学术研讨会论文集》，陕西人民出版社 2008 年版，第 101 页。）

③ 路遥：《人生》，《路遥文集》（第 4 卷），人民文学出版社 2005 年版，第 169 页。

④ 同上书，第 170 页。

三 底层俊杰的自我奋斗：路遥小说的人生愿景

“世胄蹑高位，英俊沉下僚。”① 在古代，这种已形成的权势集团自身延续，对下层社会加以排斥的政治机制，在渴望进取的下层俊杰那里引起过强烈不满。现代社会不再存在门阀制度，但是由于城乡差别依然存在。路遥小说中城乡二元社会结构里的城市，就是高踞于乡村之上的权利构成，它以户籍制度和干部体制为保护措施，对乡村加以排斥，使乡村各方面都处于劣势。这样的社会排斥机制使得体制外的俊杰失去了与体制内的人员公平竞争的机会，人生价值的实现受到严重的影响。路遥小说里的主角——农村里的有为青年，都受到这种社会机制的排斥，得不到应有的机遇，只能通过更艰苦的自我奋斗在逆境中前行。马建强、高加林、孙少平……一个个年轻俊杰，不仅天资过人，而且有极强的进取心，不安于平庸，不停止奋斗，但在试图实现由乡而城的梦想的努力过程中，不是遭到打击，就是遇到冷漠，进入上层社会的路对于他们来说比登天还难，是那样漫长、曲折而坎坷。路遥自己走过的就是这样的人生之路，并且是幸运的成功者。他用他的成功证明了这条路只留给那些不坠青云之志、不畏艰难困苦、经得起打击和考验、百折不挠、意志坚定的强者。他懂得出身贫寒的俊杰只有靠自我奋斗才能赢得尊严、得到承认。路遥在艰苦的奋斗过程中领悟了人生的意义，于是把他的小说主人公推上了追求人生理想的朝圣之路，延续了高加林被挫败的进城之路的孙少平，就是一个甘受磨难、寻找“耶路撒冷”的执着的朝圣者。

夹缝中的一代

路遥是靠自己的写作才华和勤奋遇到伯乐，得到赏识，从而得以叩开体制的铁门。② 所以他倾情关注并为之立传的，是跟他一样出身贫寒而又会读书的年轻人，因为自古以来会读书的人，才被看作人中之杰。路遥小说里得到欣赏的寒门翘楚，都是在读书考试中显示出他们的可贵天分和骄人资质的。马建强生在荒僻的山村，从小丧母，靠病弱的父亲在极端的贫困中把他拉扯大，他竟以全县第二名的成绩考上县立高中。后来因为家贫而中途辍学的孙少安，初小考高小时，成绩在全公社考生中名列第一。高

① （晋）左思：《咏史》其二。

② 路遥在农村当过民办教师，后又进县城打工。1973 年在申晹、申沛昌兄弟等人的帮助下，进入延安大学学习，取得“铁饭碗”，改变了农民身份。（参见马一夫、厚夫主编《路遥研究资料汇编》之“前言”，中国文史出版社 2006 年版。）

小毕业后，“他参加了全县升初中的统一考试。在全县几千名考生中，他名列第三名被录取了”①。全村人都说他是个念书的好材料，老年人都认为他日后一定会有光宗耀祖的大功名。他的妹妹孙兰香，差点儿跟哥哥一样为家人考虑准备放弃读书，而她“头脑特别聪颖，尤其有一种闪电般穿越复杂‘方程式’网络而迅速得出结论的天赋”②，后来继续读书，成绩一直冒尖，高中毕业考上全国重点大学，学习天体物理专业。这些没有任何靠山和别的资本的农家子弟身上体现出来的学习天赋，正是他们有可能走进上层社会的唯一凭恃。令人扼腕可惜的是，同一血统的优秀农家子弟，高加林、孙少平们，却没有机会在读书考试上发挥他们的天赋，也就没有办法直接取得进入“铁饭碗”行列的资格，他们的人生奋斗之路就格外艰辛，被理想与现实所撕扯的青春，异常沉重而布满伤痕。

在路遥的作品中，孙少平们的不幸，在于他们是夹缝中的一代。高加林、孙少平们读小学、读中学的阶段，正规的学校教育，已经被革命思想教育取代，青少年的部分课堂知识学习也变成了“开门办学”的体力劳动：

> 这年头“开门办学”，学生们除过一群一伙东跑西颠学工学农外，在学校里也是半天学习，半天劳动。至于说到学习，其实根本就没有什么课本，都是地区发的油印教材，课堂上主要是念报纸上的社论。开学这些天来，还没正经地上过什么课，全班天天在教室里学习讨论无产阶级专政理论。③

一个人在成为专业人才之前应该接受的基础教育就这样完全被打乱了、破坏了。即使在这样的环境里，孙少平爱好学习的天性还是表现了出来。他不顾身体的饥饿，“迷恋上了小说，尤其爱读苏联书”，后来还在田晓霞的影响和帮助下，坚持读《参考消息》，经常谈论国际问题，不仅有文学情趣，而且有了放眼世界的视野，具备比其他同学要优秀的内在品质，就像高加林身上有一种让城里的女同学感到惊奇的一般农村男生没有的“气质”一样。可是他们毕竟没有系统地学习过在中小学阶段应该完全掌握的知识，当历史发生转折，高考恢复，这批人却因原有的知识体系

---

① 路遥：《平凡的世界》，《路遥文集》（第1卷），人民文学出版社2005年版，第92页。

② 同上书，第316页。

③ 同上书，第7页。

与高考的要求不对接而多半失利。“少平和他高中时的同班同学都去应考了，但一个也没考上。[①] 他们初、高中的基础太差，无法和老三届学生们匹敌，全都名落孙山了。这结果很自然，没有什么可难受的。当年不正常的社会生活害了他们这一茬人。在以后几年里，除过一些家在城市学习条件好的人以外，大学的门严厉地向他们关闭了；当老三届们快进完大学的时候，正规条件下的应届毕业生又把他们挤在了一边。”[②] ——孙少平这一代农村子弟就这样被历史的夹缝拽住了，无法迈向通往理想的人生坦途。

由于出身上的差异，孙少平与他那些同等个人资质的同学，走的就是完全不同的两种人生道路，分别进入宛如天地之隔的不同社会环境。同学田晓霞和顾养民，出身于领导干部或知识分子家庭，家都在城里，学习条件好，稍加努力，就同时考上了大学，一个进了有名的黄原师专，一个进了省医学院。而回乡后没能再参加高考的孙少平，等待他的就是当农民的命运。除了考大学，一个地道的农民的儿子，即使有再强的能力也难以获得为人艳羡的“吃官饭”、进入上层社会的机会。后来他自己进城在城里打工做苦力时，他哥哥的昔日恋人、在团地委负责少儿部工作的田润叶给他谋了个短期差事，去带地委行署的子女搞夏令营。有文化又懂文艺的孙少平，“很胜任这个夏令营的辅导员”，把活动搞得有声有色，家长的满意都反映到团地委书记武惠良那里了。满意之下，他很快让润叶带着来看了一次少平，对少平大加赞扬，并且感慨地对润叶说：“咱们团委正缺乏这样的人才！”润叶乘机说：“那把少平招到咱们团地委来工作！”结果是——

> 武惠良苦笑着摇摇头：“政策不允许啊！现在的情况就是如此，吃官饭的人哪怕是废物也得用，真正有用的人才又无法招来。现在农村的铁饭碗打破了，什么时候把城市的铁饭碗也打破就好了！”[③]

让武惠良感到无奈的难以打破的“铁饭碗”，就是小说中的城乡二元社会结构里居于主导性地位的干部体制，它所形成的缺少流动性的僵化的生存界域，严重限制了底层俊杰生命潜能的发挥，最终阻碍了社会的进

① 《人生》里写高加林也一样：“很快，高中毕业了。他们班一个也没有考上大学。农村户口的同学都回了农村，城市户口的纷纷寻门路找工作。”［路遥：《人生》，《路遥文集》（第4卷），人民文学出版社2005年版，第21页。］

② 路遥：《平凡的世界》，《路遥文集》（第1卷），人民文学出版社2005年版，第401页。

③ 同上书，第415页。

步。人的生存和发展的权利是生而平等的，但是城乡二元体制却以国家发展的名义，剥夺了许多有为青年的生存和发展权利，这至少是不公平的。《人生》里的高加林，走上县委宣传干事的岗位后，以忘我的精神投入工作，很快取得成绩，各方面都显得比一般的干部和城里人优秀，但他却被城市以“搞不正之风”的罪名踢了出去！决定高加林去留的，不是他的工作能力和社会贡献的大小，而是出身的贵贱，这是多么不合理的用人机制！谁也没有想过，应当受到谴责的，是剥夺农村青年人生存和发展权利的社会体制，而不是对工作满怀热情、对未来满怀憧憬的英姿勃发的文化青年。在一个本来就缺少公平公正的语境内，高加林和孙少平都一样，缺少的仅仅是一张按照他们的天赋本来可以取得的书面凭证，但历史形成的夹缝卡住了他们，断送了他们原本可望拥有的另一种前程。

对于有着特殊人生境遇的这一代人，路遥以自己深刻的人生体验发现了他们，并给予了深切的关注。在小说里，作家还站出来，对他们加以评价：“是的，他在我们的时代属于这样的青年：有文化，但没有幸运地进入大学或参加工作，因此似乎没有充分的条件直接参与到目前社会发展的主潮之中。而另一方面，他们又不甘心把自己局限在狭小的生活天地里。因此，他们往往带着一种悲壮的激情，在一条最为艰难的道路上进行人生的搏斗。他们顾不得高谈阔论或愤世嫉俗地忧患人类的命运。他们首先得改变自己的生存条件，同时也不放弃最主要的精神追求；他们既不鄙视普通人的世俗生活，但又竭力使自己对生活的认识达到更深的层次……”① 路遥以青春和生命为代价创作的百万字巨著《平凡的世界》，以底层知识青年孙少平“带着一种悲壮的激情，在一条最为艰难的道路上进行人生的搏斗”为叙事主线，其创作动机与伦理意义在这段话中得到了充分的揭示。

为了远方的召唤

孙少平们“不甘心把自己局限在狭小的生活天地里”，意味着在这个天地之外有一个更广阔的世界。这个世界就是城市。与贫穷、单调、简陋、静止的乡村相比，城市是富有、多彩、丰富、动态的，它能够满足人无论是物质上还是精神上的需求，并给人以学习和创造的机会，使人最大限度地实现自己的价值。城市不只是一个生存的场所，它还是一个具有不确定性的、充满神秘感的文化存在，激起人探究的欲望。在城乡分治的社会格局里，由于乡村处于被封闭和被支配的地位，作为压抑机制的城市反而更具有召唤性，同时，作为一个陌生的世界，城市让乡村人对它比城里人更为在意。

① 路遥：《平凡的世界》，《路遥文集》（第1卷），人民文学出版社2005年版，第173页。

对于孙少平、高加林这些从乡村到城市求学的农家子弟来说，城市给予他们的不仅是“震惊体验”，也是美丽的诱惑和缥缈的想象——城市以它的全部丰富性，成为乡村青年美好的人生愿景。这样，对于那些尚未成为城市的主人的人来说，城市不仅是一个物质的存在，也是一个精神的存在。而精神的存在对愿望主体更有吸引力，更能成为一种折磨。一个城里人不会像高加林、孙少平那样对城市感到那么兴奋、激动。人对已拥有的东西不会产生想象，所以城市更能激发乡村人的想象。亲近过城市而后回到乡村的高加林、孙少平，城市对于他们重又变成了精神的存在，在他们的精神世界里，城市反而成了故乡（故乡原本就是心理的存在而不是物理的存在），就像他们要告别乡村时才蓦然产生对家乡的感情一样。这大概是高加林们眷恋和向往城市的心理上的原因吧。

承认城和乡在心理上可以换位，才能对高加林和孙少平他们的离乡行为做出客观的评价。《人生》发表后，学界就高加林背离乡土出现过有矛盾的看法。多数人肯定高加林的进城是现代意识的反映，也有学者把高加林背离乡土与他背叛巧珍混为一谈。今天看起来，在事业上肯定高加林的积极进取并同情他受到的打击，与从道德上批评和谴责他在爱情上的不负责任的选择和对巧珍的背叛，这两者并不矛盾，[①] 路遥自己也有意尊重生活，写出转折时期一个青年人性格的复杂性。但同样是社会变革时代，生活复杂，难以完全看出它的流向，作家本身也处在由传统向现代蜕变的过程中，对现实和类似小说人物的人生选择有困惑难解之处，[②] 他的乡土观念也在其中起了一些作用，那么就可以看出小说对高加林人生奋斗的态度不是没有暧昧之处，而在20世纪80年代的现代化叙事语境中，批评家认为路遥没有坚持现代化诉求也不是没有道理。然而，当时——甚至到后来——各种看问题的角度在这个问题上的一个共同的盲区，是忽视了高加林为了更好的前程而背叛乡土、背叛巧珍，既有功利因素，也是精神的原因，这是连高加林自己也把握、主宰不了的。它反映的是人类对未知世界不倦追寻的天性。高加林对黄亚萍说他联合国都想去，

---

① 有人认为《人生》体现了作家的矛盾：“尽管高加林更应该到城市去，但最后还是回归到土地；同时作为高加林离弃乡里的对比与参照，作家又树起了德顺爷爷这个丰碑，又象征了高加林的不该。作家刚刚触及这个问题，显得惶惑与不安。”（张喜田：《论路遥的农本文化意识的表现》，《河南师范大学学报》1999年第5期。）

② 路遥说他写作《人生》为其中涉及的“大量复杂的多重的交错关系”和“对主题的发展线索没有深邃的理解”而“苦闷了三年”。[参见路遥《关于〈人生〉和阎纲的通信》，《作品与争鸣》1983年第2期。收入《路遥文集》（第5卷）。]

自然到了县城还想去南京。孙少平也一样，从双水村到原西县城上过学，后来又到地区城市黄原市——目标永远在远方，人永远在路上，这就是生命真正的存在方式，并无传统和现代之分，因为在传统社会，漫游正是文人士子的爱好。高加林、孙少平这些在城市里真正打开了耳目的年轻人，他们总是感觉到远方在召唤，那其实是自我心灵的呼唤。路遥对他描写的乡村知识青年的精神症候，未必完全自觉，但是他在价值判断上的变化却是明显的。80 年代前期，路遥还让他的主人公在城市和土地之间选择，接受道德审判。到了 80 年代后期，路遥让他的主人公毫不犹疑地选择了城市。对于孙少平离乡进城，再也没有人从正当性方面加以质疑。孙少平进城不是享福，而是受苦，但他矢志不渝，宁愿做一个都市流浪汉，这只能用精神的需要来解释。

城市和乡村，既是自然形成，又受人为规限，既对立，又交叉，游走于其间的文化青年，就拥有了二元交叉的精神场所，这样的精神场所必然造就出混合型的精神气质。路遥对这种精神气质把握得很准确。他这样分析孙少平：

> 孙少平的精神思想实际上形成了两个系列：农村的系列和农村以外世界的系列。对于他来说，这是矛盾的，也是统一的。一方面，他摆脱不了农村的影响；另一方面，他又不愿受农村的局限。因而不可避免地表现出既不纯粹是农村的状态，又非纯粹的城市型状态。在他今后一生中，不论是生活在农村，还是生活在城市，他也许将永远会是这样一种混合型的精神气质。①

路遥的这一艺术发现，毋宁说是一种自我人格认同。路遥刻画在城乡交叉地带活动的文化青年，一个重要的艺术贡献，就是彰显了一种从社会划定的人生界域里洋溢出来的精神魅力。这种精神也可以理解为一种并不成熟的青春激情：“毫无疑问，这样的青年已很不甘心在农村度过自己的一生了。即就是外面的世界充满了风险，也愿意出去闯荡一番——这动机也许根本不是为了金钱或荣誉，而纯粹出于青春的激情……”② 它已经超越了功利的需要和感性的满足，指向了一种独特的富有理性色彩的精神类型，也是一种人格类型。孙少平把一个短期的夏令营辅导员工作干得那么

---

① 路遥：《平凡的世界》，《路遥文集》（第 1 卷），人民文学出版社 2005 年版，第 400—401 页。

② 同上书，第 401 页。

认真、那么出色，并不是以“入公家的门”为目的，而是为了“证明他并不比其中自以为高人一头的城市青年更逊色”①。孙少平到城里来到底要寻找什么，也许还是飘忽的，他只是觉得“人活这一辈子，还应该有些另外的什么才对”②，但有一点是确定的，那就是“独立地寻找自己的生活”。“这并不是说他奢想改变自己的地位和处境——不，哪怕比当农民更苦，只要他像一个男子汉那样去生活一生，他就心满意足了。无论是幸福还是苦难，无论是光荣还是屈辱，让他自己来遭遇和承受吧！”③ 孙少平进城是为了寻找，而寻找的意义就在寻找本身。

关注自我人格，要求自立，是这一代农村知识青年最重要的性格特点。它是历史场景转换后，人格自觉的作家给他的小说人物注入的新质。从高加林到孙少平，路遥塑造了具有新质的人物形象，④ 为艺术世界提供了新的人物类型，这是他在新的文学和文化语境里坚持现实主义创作原则的胜利，也是当代文学的自我超越。伴随着历史的自我否定（农村从合作化到生产承包责任制，当年走合作化道路的带头人田福堂成了孙少安带头改革农村生产方式的阻力），较之 20 世纪 50—70 年代的文学新人形象（如梁生宝），80—90 年代的新人形象（高加林、孙少平）提供了新的社会信息，那就是人生的路不再靠一种宏大的历史观念和理论话语来引导，而是靠具体的知识和自我的心灵来引导。

高加林、孙少平这代农裔知识青年，执意背弃父辈的活法，寻找自己的活法，⑤ 固然说明了城市的诱惑力，但诱惑能产生效果还是因为主客双方具有相同或相近的属性。高加林、孙少平能成为文化青年，都是文化的

---

① 路遥：《平凡的世界》，《路遥文集》（第 1 卷），人民文学出版社 2005 年版，第 415 页。

② 同上书，第 347 页。

③ 同上书，第 90 页。

④ 雷达认为，高加林是“一个‘应运而生’的新生儿，虽然必不可避免地带着旧的胎记，但总起来看，他在精神上是一个新的人物，但不是通常所说的‘新人’（‘新的人物’应该是与‘社会主义新人’完全不同的概念。）”（雷达：《简论高加林的悲剧》，《青年文学》1983 年第 2 期。）如果说这一判断把握住了高加林性格的复杂性和局限性，但同时也暴露了 20 世纪 80 年代对“新人形象”的理解还受限于“十七年”文学观的话，那么孙少安、孙少平这些人物身上的个人实现新质，就给“新人形象”赋予了不同于“十七年文学”的全新内涵。

⑤ 高加林进城后变了心，与巧珍断绝关系，他父亲拉着德顺老汉进城规劝。德顺老汉提醒他：“归根结底，你是咱土里长出来的一棵苗，你的根应该扎在咱的土里啊！你现在是个豆芽菜！根上一点土也没有了，轻飘飘的，不知你上天呀还是入地呀！”但得到的回答却是：“你们有你们的活法，我有我的活法！我不愿意再像你们一样，就在咱高家村的土里刨挖一生……”［参见路遥《人生》，《路遥文集》（第 4 卷），人民文学出版社 2005 年版，第 140 页。］德顺老汉的生活哲学没有能够说服沉浸在生活幻想中的高加林。

城市予以塑造的结果，是学校的现代文化科学知识和城市的现代文明对现代型人格主体的生成与建构。高加林和孙少平有一个共同的爱好，那就是关注国际问题，而国际知识的来源，都是《参考消息》。《参考消息》在那个年代就是了解世界的窗口。有意思的是，《参考消息》的来源，都是知识女性，分别是黄亚萍和田晓霞。知识、城市和女性三位一体，构成了对农村青年的不可抗拒的诱惑。读高中时，因为有同乡关系，又欣赏孙少平非凡的气质，田晓霞主动借给他《参考消息》和各种在学校里找不到的书籍，是她用知识把孙少平“引到了另外一个天地”，使“他的灵魂开始在一个大世界中游荡”①。正是凭借身处城市，得知识的风气之先，田晓霞才成了孙少平的精神导师（可见城市对一个人的文化生成有多么重要）。城市、知识和女性，是浑融在一起进入孙少平心灵—生命之中的。城市就这样成了他真正的精神原乡。毕业后孙少平又从“大世界”回到原来的“山乡圪塄”里劳动，一个人独处地老天荒的山野，对另一个世界的怀想就不可克制地从内心升起：“他老是感觉远方有一种东西在向他召唤，他在不间断地做着远行的梦。”② 这种召唤他的东西，其实是城市和女性两个形象的叠加，经过这样的叠加，城市就有了女性的气息，对她的追寻就是这些青年男性自我生命的对象化。

负重前行与殉难精神

路遥小说世界里的青年奋斗者，精神昂奋，但身影沉重，不论走到哪里，乡村的苦难和低下的出身都如影随形。但也正是经过苦难的磨砺，他们才变成了精神上的强者，坚忍不拔，为追问人生的意义而甘愿负重前行。底层出身让他们从小就浸泡在乡村的苦难里，他们几乎不敢奢想城里的特别是吃公家饭那样的轻松而有尊严的生活，相反，不见尽头的苦难和随时而至的打击，使他们在精神上对苦难有一种依赖和期待。他们不仅习惯了负重前行的生存处境，也过分看重苦难对于人生完成的意义。③ 这不是一种正常的生存价值观。但是面对生活的艰辛和命运的挑战，他们又别无选择，因为固然理想可以在别处，但现实就在脚下。对于底层人来说，

---

① 路遥：《平凡的世界》，《路遥文集》（第2卷），人民文学出版社2005年版，第184页。

② 同上书，第92页。

③ 孙少平在给妹妹兰香的信中说：“不要鄙薄我们的出身，它给我们带来的好处将一生受用不尽……不要怕苦难！如果我们能深刻理解苦难，苦难就会给人带来崇高感。”并引用名人的话：“痛苦难道是白忍受的吗？它应该使我们伟大！”［路遥：《平凡的世界》，《路遥文集》（第2卷），人民文学出版社2005年版，第329页。］可见路遥非常看重苦难对于人格形成和人生完成的意义。发掘苦难的价值，是路遥重要的叙事动机。

没有体制内的资源可以分享，生活就是负重，哪怕它超过了血肉之躯的承受力，也只能咬紧牙关挺住。这些年轻知识者所承担的责任和迎战困难的勇气、决心和毅力，以及所受到的折磨、屈辱和留下的创伤，跟他们的年龄很不相称。为了生存，为了肯定自我和对他人尽责，也为了赢得他人对自己的意志力、责任感、吃苦精神、做人的尊严和独立人格的肯定，他们不惜以整个生命相搏，往往表现出崇高的殉难精神。

路遥偏好这样的人物性格，在他的小说世界里，有一个这样的形象系列。《在困难的日子里》的马建强以路遥自己为原型，这个从小就饱受贫穷的农村少年，还没有进城就做好了吃苦受难的准备，并以此为安慰："我知道在那里我将会遇到巨大的困难，因为我是一个从贫困的土地上走来的同样贫困的青年。但我知道，正是这贫困的土地和土地一样贫困的父老乡亲们，已经教给了我负重的耐力和殉难的品格，因而我觉得自己在精神上是富有的。"[①] 后来他在学校的表现正印证了他的这种精神品格。《人生》里的高加林，虽然因为耽于自我的人生的梦想，把自己和爱他的人的生活都搞得一团糟，招致道德谴责，但他本人也一直承受着现实给予的种种难以承受也不应该承受的压力。高加林虽是读书人，但吃起苦来让庄稼人都感到震惊。当集体真的需要他时，他的胸中立即升起牺牲的豪情。进县城当县委宣传干事得到的第一次工作机会，是在暴风雨中报道救灾情况。他主动要求承担这个任务，冒雨奔向救灾现场。"他一路上热血沸腾。他性格中有一种冒险精神——也可以说是英雄主义品格。""他在这种时候，精力充沛，精神集中，动作灵敏，思路清晰，一刹那间需要牺牲什么，他就会献出什么！"[②] 读过书、明白大义的高加林，在关键时刻一点也不含糊地表现出无畏的献身精神。《平凡的世界》更是有意识地展现底层青年奋斗者的吃苦精神和殉难品格：在磨难中通过牺牲获得崇高感，是路遥赋予孙家兄弟少安、少平的最主要的精神属性。

孙少安也是路遥倾注了大量心血塑造的典型，是《平凡的世界》里与主角孙少平相辉映的主要人物形象。严格说来，孙少安在农村还算不上知识青年，而是一个有文化的青年农民，但他具有过人的天分和奋斗精神。要不是因为家贫而中途辍学，孙少安完全可以有另一种人生。即如果社会正常的话，凭他的天资，可以像他的妹妹兰香一样，叩开重点大学的门扉，成为国家的栋梁之材。少安是《平凡的世界》里被命运亏欠最多

---

① 路遥：《在困难的日子里》，《路遥文集》（第5卷），人民文学出版社2005年版，第105页。

② 路遥：《人生》，《路遥文集》（第4卷），人民文学出版社2005年版，第101页。

的人，因为乡村的贫困荒废了他的读书天赋，还拆散了他最美好的爱情。作为人物形象，孙少安跟孙少平一样都带有理想的成分。在小说中一出场，他就扮演了负重前行的角色。少安十三岁高小毕业，知道上有老祖母、下有要念书的弟弟妹妹的贫穷的家，供不起他到城里上中学，主动跟他父亲提出回家一起劳动，一定要把弟弟妹妹的书供成，他们考到哪里，就把他们供到哪里。他自己只是有一个心愿，就是进一回初中的考场，向村里村外证明，他不上中学，不是因为考不上。他的父亲听了这番话在他的面前抱头痛哭，他自己也哭了。他多么不情愿放弃读书，可是他更理解生活艰难的父亲。就这样，“他参加了全县升初中的统一考试。在全县几千名考生中，他名列第三名被录取了。他的学生生涯随着这张录取通知书的到来，也就完全终结了！”① 他从此便心平气静地开始了自己的农民生涯，跟父亲一起，扛起这个家庭的生活担子。由于精明强悍和可怕的吃苦精神，他十八岁被全队社员一致推选为生产队长，肩上的担子变得更加沉重。为了完全负起生活的责任，他忍痛拒绝了跟他青梅竹马、已进城当了老师但对他仍一往情深的田润叶的爱情，为自己留下了又一难以忘却的人生憾痛。为改变自家和生产队不堪的生存景况，他使尽了浑身解数，不放过任何一个可能实现的机会，在家是主心骨，在外是带头人，大事小事一身担，照顾老人，关爱弟妹，怜爱妻儿，干农活，办砖厂，搞责任制，吃最差的饭食，干最重最苦的活。虽遭到一次又一次的打击和挫折，经受了一重又一重的忧患和磨难，不知忍受了多少痛苦和烦恼，吞咽了多少委屈和酸楚，他仍不低头，不放弃，为亲人和邻里奉献了一个有一定文化但视界毕竟有限的青年农民的全部智慧和能力。终于致富之后，他做的第一件善事就是用自己的血汗钱重修小学校……只有负重，而没有安闲可言，孙少安当得上路遥的一句座右铭：像牛一样劳动，像土地一样奉献。

如果说，孙少安主要给人负重前行的印象的话，那么，孙少平就让人看到一个近乎痴迷的用生命挑战苦难的殉难者的性格。孙少平身上，寄托了路遥热烈的艺术理想与人格理想。比起没有上过中学的孙少安，孙少平受过城市的现代文明的熏陶，有开阔的视野，特别是有审视自我的能力。孙少安把生存和生活当作人生的重大任务，而孙少平更关心的是生命的价值和生活的意义。正是有孙少安作为映衬，孙少平性格内涵中最闪亮的一面才得以凸显。孙少平对生活的认识，以及思考生活的习惯，既来自乡村和家庭苦难的经历，也来自对书籍的阅读。严酷的现实和出乎意料的灾

① 路遥：《平凡的世界》，《路遥文集》（第 1 卷），人民文学出版社 2005 年版，第 84 页。

难，加快了他心灵的成熟。还在读高中的时候，他就形成了对世界和磨难的看法：

> 以前，每当生活的暴风雨袭来的时候，他一颗年幼的心总要为之颤栗，然后便迫使自己硬着头皮接受捶打。一次又一次，使他的心脏渐渐地强有力起来，并且在一次次的磨难中也尝到了生活的另一种滋味。他觉得自己正一步步迈向了成年人的行列。他慢慢懂得，人活着，就得随时经受磨难。他已经看过一些书，知道不论是普通人还是了不起的人，都需要在自己的一生中经受许多的磨难……①

这是一个贫苦出身的年轻人对于人生磨难的精神准备——对于一个农村人来说，你生下来就应该准备接受磨难。高中毕业回乡当了几年民办教师后，他任课的初中部解散，孙少平没有接受命运对他的安排，像他的哥哥一样把自己交给家乡的土地，甘心当一个合格的农民，而是循着远方的召唤，走向前途难卜的世界，去同命运搏斗。他身上带着十几块钱，背着破烂被褥，来到了他心中的大城市——黄原城，开始了赤手空拳的打拼。跟高加林凭关系、以不合法的手续进城当干部、做文化人不同，孙少平来到城市并不想寻找依靠，尽管黄原城里有他的好朋友金波，有对他家兄弟有特殊感情、在地区当团委干部的润叶姐，更有父亲有权力而又与他在心灵上能真正沟通的异性朋友田晓霞。一无所有的他，宁愿做一个城市漂泊者，在磨难中寻找证明自己的机会。他隐藏起自己的学生出身和当过教书先生的经历，加入社会的最底层，做了个城市里的揽工汉，靠出卖苦力在这里换得寸尺存身之地。他完全抱着一种圣徒的心理，匍匐在朝圣的路上，捶楚身体，咀嚼苦难，赢得精神的升华。

作为一个“圣徒”，孙少平接受的第一个严酷考验，就是当小工背石头。这是建筑工地上“最重的活”，根本不是读书人的体力能够承受的劳动。“背着一百多斤的大石块，从那道陡坡爬上去，人简直连腰也直不起来，劳动强度如同使苦役的牛马一般。”②

> 每当背着石块爬坡的时候，他的意识就处于半麻痹状态。沉重的石头几乎要把他挤压到土地里去。汗水像小溪一样在脸上纵横漫流，

---

① 路遥：《平凡的世界》，《路遥文集》（第 1 卷），人民文学出版社 2005 年版，第 41 页。

② 路遥：《平凡的世界》，《路遥文集》（第 2 卷），人民文学出版社 2005 年版，第 109 页。

而他却腾不出手去揩一把；眼睛被汗水腌得火辣辣地疼，一路上只能半睁半闭。两条打颤的腿如同筛糠，随时都有倒下的危险。这时候，世界上什么东西都不存在了，思维只集中在一点上：向前走，把石头背到箍窑的地方——那里对他来说，每一次都几乎是一个不可企及的伟大目标！

三天下来，他的脊背就被压烂了。他无法目睹自己脊背上的惨状，只感到像带刺的葛针条刷过一般。两只手随即也肿胀起来，肉皮被石头磨得像一层透明的纸，连毛细血管都能看得见。这样的手放在新石茬上，就像放在刀刃上！

第三天晚上他睡下的时候，整个身体像火烧着一般灼疼。[①]

粗硬而沉重的石头，把年轻文化人还柔弱的身体，摧残得皮开肉绽，让人目不忍睹。后来他换了一个地方干活，还是背石头，身上旧伤未愈又添新伤。“少平尽管脊背的皮肉已经稀巴烂，但他忍受着疼痛，拼命支撑这超强度的劳动，每一回给箍窑的大工背石头，他狠心地比别的小工都背得重。”[②] 对于底层劳动者的生存方式，这的确是毫不夸张的写实。但放到一个读过书、当过教师，而且有关系密切的女性朋友在同一个城市里念大学的知识人身上，还是太残酷，显得太不公平。孙少平揽这样的苦工，显然超出了家里有地可种的农村人的谋生需要，而具有认证自己的社会地位、鉴照自己的生活态度和考验自己的生存意志的意义。在潜意识里，则是对社会排斥和命运不公的一种身体反叛，是对自身文化价值被否定的血泪抗争。而在这样的反叛与抗争中，一种殉难的冲动得到强化，于是更需要用自虐式的体力劳动来压抑内心的幽愤，暂时遗忘精神的痛苦，[③] 就像高加林被人无端拿掉民办教师的职位，断掉了通往理想前程的指望之后，只能用摧残身体的可怕的劳动来宣泄一腔孤愤，平衡理想与现实的落差。

与一般的底层体力劳动者不同，孙少平在承受牛马般的劳动的同时，还利用打工生活的间隙读书。这使他可以拉开距离，从书本世界里审视自己的生活。“但无论如何，这使他无比艰辛的生活有了一个安慰。书把他从沉重的生活中拉出来，使他的精神不致被劳动压得麻木不仁。通过不断地读书，少平认识到，只有一个人对世界了解得更广大，对人生看得更深

---

① 路遥：《平凡的世界》，《路遥文集》（第2卷），人民文学出版社2005年版，第109—110页。

② 同上。

③ 《平凡的世界》中多次提到劳动转移精神痛苦的作用。

刻，那么，他才有可能对自己所处的艰难和困苦有更高意义的理解；甚至也会心平气静地对待欢乐和幸福。”① 读书帮助他超越了人生的困厄，更重要的是使他在超越现实社会的文化里获得了对人生的理解。一个有了明确的人生目标、稳定的职业和安逸的生活的人，不需要天天去思考人活着的理由和生存的价值，但是像孙少平这样的漂泊流离、不知道自己生存位置在何处而又在书籍和上层人那里找到了人生参照的“畸零人”，奋斗并思考就是他的人生日课。

“艰难困苦，玉汝于成。”这是“文化大革命”结束后在中国社会一度流行的古典价值观。深受传统儒家文化［如推崇“岁寒，然后知松柏之后凋也”（《论语·子罕》）、“苦其心志，劳其筋骨，饿其体肤，空乏其身”（《孟子·告子上》）的人格修成方式］和苏联革命文化的人生观（以《钢铁是怎样炼成的》为代表）影响的路遥，将另一种混合性气质灌注进小说人物身上，铸造了孙少平的殉难型人格。经过底层艰苦生活的历练，孙少平的精神人格和生存能力都得到了锻炼和检验，同时收获了丰厚的人生回报，赢得了晓霞的爱，还意外地获得了正式工作——当煤矿工人。在离开黄原城的前夕，他来到他揽工生涯开始并多次在这里盘桓的劳务市场东关大桥头，“他在那‘老地方’伫立了片刻。他用手掌悄悄揩去满脸的泪水，向这亲切的地方和仍然蹲在这里的揽工汉们，默默地告别。别了，我的忧伤和辛酸之地，我的幸运与幸福之地，我的神圣的耶路撒冷啊！你用严酷的爱的火焰，用无情而有力的锤砧，烧炼和锻打了我的体魄和灵魂，给了我生活的力量和包容苦难而不屈服于命运的心脏！”② 这是孙少平也是作家路遥对磨难成就人生的肯定。经过了这样的洗礼，孙少平在此后新的人生考验中才能继续以牺牲自我的精神负重前行。

四　作为对应物的爱情：路遥小说的爱情模式及其人文功能

爱情是文学最重要的母题之一。路遥在描写青年知识者的人生奋斗和命运归宿时，总要写到他们的爱情。路遥小说的文学性在很大程度上来自爱情描写。路遥写这些农村出身的青年知识者的爱情，有一个基本的模式，那就是，与他们发生爱情的，通常是城市知识女性，且多半是他们的高中同学，最典型的是高加林与黄亚萍（《人生》）、孙少平与田晓霞（《平凡的世界》）。有的没有发展为情爱关系，只是情感纠葛，但也会是

① 路遥：《平凡的世界》，《路遥文集》（第2卷），人民文学出版社2005年版，第149页。
② 同上书，第421页。

城乡缘，如马建强与吴亚玲（《在困难的日子里》）、高广厚与卢若琴（《黄叶在秋风中飘落》）。它们的共同特点是，苦出身的农村青年，赢得了家境好的城里姑娘的欣赏或爱。这些异性情感纠葛的另一个特点是，它往往是以三角恋的关系出现。最后，这些爱或情，都带有悲剧色彩。

路遥热衷于城乡恋，与他自己的爱情经历有关系。乡村出身的路遥，年轻时在县城里先后两次追求的姑娘都是北京知青，最后与之结婚的是第二次追的北京知青。①我们无须猜测这位陕北青年当年追求北京姑娘的情爱心理，只要看看他在小说里设置的一对对城乡之恋，而且总是让主人公以超越其出身的气质、才情和奋斗精神吸引了城里的优秀女性，就知道路遥是如何把异性之爱看作人生的证明，用跨越社会阶层的性际沟通来表达对生命平等的诉求，用爱情的悲剧美感来抚慰备尝艰辛的人生。路遥小说的爱情描写还寄托了对女性道德理想和人格的期待。这种理想的表达，体现了浸浴过黄土文化而又受到现代文化熏陶的作家路遥复杂的女性观。

城乡关系中的爱情

路遥小说中的优秀农家子弟，靠着学习上的天分，在进入城市新的生活环境后，首先感到困扰甚至痛苦的，是农村的经济贫困带给他们的窘迫与寒酸，具体表现在吃和穿等最基本的生存需要方面。由于缺吃少穿，他们的生活条件就与身边的同学，特别是城里的同学，形成明显的差距。在开始懂得注意形象的年龄，乡村的物质贫困却通过食物的匮缺与衣着的寒碜明确地写在他们青春的身体上，昭告着经济地位的低下，一种不平等的关系就在同学与同学之间建立起来，无形中使贫困出身的学生受到不公正的社会评价，这对于处在敏感的青春期的高中生来说，是莫大的精神打击。人有自我意识就需要社会评价，这是自我认同最真实的含义。所谓自尊心受到伤害，就是社会评价因自身以外的原因而被严重降低所导致的，它反映出的是环境对象对主体价值的错误否定。无法由自己选择的出身和经济地位，就是这些农村学生被评价时的自身以外的因素。自卑有时会带

---

① 参见晓雷《男儿有泪》，载马一夫、厚夫、宋学成主编《路遥纪念集》，人民文学出版社 2007 年版，第 122—142 页。马一夫（马泽）、厚夫（梁向阳）还对“回乡青年”路遥当年追求北京来的“插队知青”的情爱心理进行过分析，说：“‘插队知青’与‘回乡青年’的巨大反差，强烈地刺激了回归土地的路遥与他的同类，也激起了路遥们冲决土地的束缚，改变自己命运的抗争情绪；来自城市的女知青，也自然成为幻想浪漫爱情的路遥们追求的对象。”（马一夫、厚夫主编《路遥研究资料汇编》之“前言”，中国文史出版社 2006 年版。）这里的分析还没有指出这种低追高的爱情追求的深层心理原因。

来过度的自尊。所谓自尊心的过度表现，就是主体强烈要求外界排除自身以外的因素，根据自身条件重新做出评价。对社会评价的期待，也是人的本质力量的对象化，是自我生命价值的实现。人的价值实现有多种方式和途径，但是爱情无疑是最重要的形式之一。因为在双边的情爱关系中，通过对象被确证的正是主体自身的价值，包括作为核心价值的男人作为男人、女人作为女人的性别价值。路遥小说里的青年主人公，后来都是通过爱情走出困扰的，因为在他们看来，异性热烈的爱对他们自身的价值作了最好的肯定。当然，他们并没有真正走出人生困扰，因为农村出身的阴影总是伴随着恋爱过程。路遥小说的爱情模式，与农村出身的知识者的自我实现需求构成了对应关系。

在路遥的小说里，农村出身的优秀知识青年，虽然出身贫寒，经济困窘，无论在学校还是走到社会上，都处于艰难的境地，但是他们却能赢得家在城里的女同学的青睐，多半还发展为爱情，如高加林和孙少平。爱情突破了城乡的界限，其内在的力量是生命自身的魅力，即这些农村青年身上的不凡气质和抗争命运的力量。爱情的产生，首先是自然性的，其次才是社会性的，即爱情是以性的吸引为基础，接着才是对社会因素的综合考虑。高加林和孙少平能够吸引黄亚萍、田晓霞这样聪明美丽又开朗大方的干部子女，首先凭的是自身先天条件——年轻俊杰的外貌和不同一般的气质，即男性美。小说有很多这样的描写。如写高加林：

> 他……是很健美的。修长的身材，没有体力劳动留下的任何印记，但又很壮实，看出他进行过规范的体育锻炼。脸上的皮肤稍有点黑；高鼻梁，大花眼，两道剑眉特别耐看。头发是乱蓬蓬的，但并不是不讲究，而是专门讲究这个样子。他是英俊的，尤其是在他沉思和皱着眉头的时候，更显示出一种很有魅力的男性美。①

这正是他被农村姑娘刘巧珍热烈爱恋，也让城市姑娘黄亚萍动心的外貌基础。在学校里黄亚萍对高加林说他有气质，其实这是对高加林的混合进了文化知识和思想才情的男性特征的赞美。虽然因为同班学习的时间不长，他俩没有发展为爱情关系，但高加林的男性魅力已经在这个城市姑娘的内心刻下了很深的痕迹。后来高加林意外进城当了干部，并大展才情，搅起黄亚萍回忆和激起她想象的还是高加林的男性美：“她现在看见加林

---

① 路遥:《人生》,《路遥文集》(第 4 卷)，人民文学出版社 2005 年版，第 13 页。

变得更潇洒了：颀长健美的身材，瘦削坚毅的脸庞，眼睛清澈而明亮，有点像小说《钢铁是怎样炼成的》里面保尔·柯察金的插图肖像；或者更像电影《红与黑》中的于连·索黑尔。”[①] 这种男性美是黄亚萍这个富有好奇心的城市知识女性难以抗拒的，她不顾一切地坚决同已经确定关系而且家庭条件比高加林要好得多的另一位同班同学张克南断绝恋爱关系，而同高加林开始真正的恋爱。张克南在男性气质方面，远远比不上高加林，所以他家庭条件再好，经济地位再高，也不能赢得黄亚萍的心。

理想的男性美是外表美与内在美的统一，这种统一的美具有更强的征服力。孙少平身上具有的就是这样的美。城里的干部子女田晓霞在学校里感受到他身上独特的“气质”，拿他与她的堂哥田润生相比，并明确地扬此抑彼。但田晓霞一开始只是直觉地感到孙少平气质不凡，根本就没有想到会与孙少平建立恋爱关系。孙少平更是不敢奢望高攀田晓霞，因为他们实在太门不当户不对了。然而，在黄原城意外重逢后，地委书记的女儿大学生田晓霞与揽工汉孙少平在更大的社会差距上开始交往，竟然发展成十分深刻的恋情。而发生变化的契机，是晓霞被孙少平抗御苦难的男子汉性格所震撼。一次田晓霞怀着好奇心，跟来黄原的少安一起去探访住在工地的少平，意外地发现了少平的秘密：原来他住的地方是那样差，他正在经受的磨难是那么大，他身上的创伤那么严重！晓霞和少安好不容易摸到少平住的正在建设中的楼房门口，他们不由自主呆住了，看到的是：

> 孙少平正背对着他们，趴在麦秸秆上的一堆破烂被褥里，在一粒豆大的烛光下聚精会神地看书。那件肮脏的红线衣一直卷到肩头，暴露出了令人触目惊心的脊背——青紫黑瘢，伤痕累累！[②]

这伤痕累累的年轻男子的背脊，是生命意志和男性强力的血泪书写，是受难者对同情与爱的无声呼唤，它让晓霞感到无比的震惊。从孙少平的身上，田晓霞理解了什么是真正的男子汉：困难打不倒的人才是真正的男子汉，男子汉主要应该是一种内在的品质。思想性格不同流俗的田晓霞终于找到了自己的“对应物”，对孙少平产生爱情。获得爱情的孙少平，后来当了煤矿工人，在深深的矿井里挖煤，条件的险恶和劳动的艰苦，不亚于在黄原背石头，还时时有生命危险。大学毕业在省城当记者的晓霞，借

---

① 路遥：《人生》，《路遥文集》（第 4 卷），人民文学出版社 2005 年版，第 110 页。

② 同上书，第 344 页。

采访机会到煤矿看望自己的恋人少平，特意随他下井，惊讶于他是怎样在一个令人胆战心惊的地下世界里与困难、紧张、劳累和危险搏击，再一次受到震撼，也再一次感受到了那些生活在条件优越的环境里的人无法相比的男子汉品质。在她迄今为止的生活范围内，她感到只有少平哥具备她所要求的男人的素质。他没有上大学。他是煤矿工人。但他强健的体魄，坚定深沉的性格，正是她最为倾心的那种男人。

孙少平和高加林这些农民子弟，靠自身禀赋即男子汉品质打败了城里人,[①] 获得了城市女性的爱情，这是对他们自身价值的极大认可，又何尝不是对人生缺失的补偿。城乡二元社会形成的排斥机制，不给他们施展抱负的机会，既然如此，在爱情里把自己对象化，自身的优势在异性那里得到认可，受伤的心在女性的温情里得到抚慰，便是生命更深刻的体验，也是人生最难忘的记忆。由于生存地位的悬殊，孙少平经常不敢相信他一个掏碳工与一个省报记者的爱情能够成真。他不敢想象他们的结局，甚至认定会是悲剧结局，可见他们的爱情是怎样的超出了社会的限定。但是他仍然感到满足，当他第一次拥抱了田晓霞，并且亲吻了她，饱饮了爱的甘露，立即觉得：

> 他的青春出现了云霞般绚丽的光彩。他真切地感受到了什么是幸福。幸福！从此以后，不管他处于什么样的境地，他都可以自豪地说：我没有白白在这人世间枉活一场！[②]

对他这样的被社会抛弃的人来说，爱是对失意人生的最后的拯救：“哪怕他今生一世暗淡无光，可他在自己生命的历程中，仍然还有值得骄傲和怀恋的东西啊！而不至于像一些可怜的乡下人，老了的时候，坐在冬

---

① 《平凡的世界》里，孙少平、金秀和顾养民之间也构成了一个三角恋爱关系。考上省医学院的金秀，本来已与她哥哥的高中同学、比她先考进省医学院上学、现在已经考上了研究生、风度和学识俱佳的城市青年顾养民恋爱，但爱情的火燃烧一些时候之后，金秀渐渐感到他们之间有某种不和谐的东西。金秀觉得太学者气的顾养民缺少男性气质，而她“需要一个性格刚健的男友”。晓霞牺牲后，金秀去医院护理在煤矿井下舍己救人受伤住院的孙少平，才突然发现跟她家兄妹多年来一直亲密无间的少平哥拥有“强健的体魄，坚定深沉的性格，正是她最为倾心的那种男人”，“在她迄今为止的生活范围内，她感到只有少平哥具备她所要求的男人的素质”。她热烈而痛苦地爱上了少平，主动向他求爱。出身于知识分子家庭又上过大学、各方面条件都比当煤矿工人的孙少平优越得多的顾养民，在靠自身男性气质吸引异性方面，却比不过孙少平。[参见路遥《平凡的世界》,《路遥文集》（第3卷），人民文学出版社2005年版，第399页。] 路遥小说中的城乡三角恋，往往是农村女性比不过城市女性，而城市男青年比不过农村男青年。

② 路遥:《平凡的世界》,《路遥文集》（第2卷），人民文学出版社2005年版，第407页。

日里冰凉的土炕上，可以回忆和夸耀的仅仅是自己年轻时的饭量和力气……”① 爱情确证人生的人文功能在这里显然被扩大了，它恰恰说明被确证的主体对自己没有信心。爱情毕竟只是生活内容的一部分，再说爱情就是爱情，并且千差万别，并没有太多男女结合以外的意义，即使有意义，也各不相同。路遥把爱情模式化，并赋予它比较一致的功能，这说明路遥所着力刻画的精神强者，并没有走出社会分层给他们造成的阴影密布的心狱。孙少平真真切切地得到了田晓霞的爱，但他却暗地里自我折磨，对爱的心灵体验一会儿飞到云端，一会儿跌进深渊，担心社会地位的差异迟早让爱情夭折。他害怕这样的结局，而提前做了脱逃的打算，以免到时候承受不了那样的打击。爱越是给他无与伦比的幸福，让他心花怒放，他越觉得爱就像梦幻：

> 是的，梦幻。一个井下干活的煤矿工人要和省城的一位女记者生活在一起？这不是梦幻又是什么！凭着青春的激情，恋爱，通信，说些罗曼谛克和富有诗意的话，这也许还可以，但未来真正要结婚，要建家，要生孩子，那也许就是另一回事了！
>
> 唉，归根结底，他和晓霞最终的关系也许要用悲剧的形式结束。这悲观性的结论实际上一直深埋在他心灵的深处。可悲的是：悲剧，其开头往往是喜剧。这喜剧在发展，剧中人喜形于色，沉湎于绚丽的梦幻中。可是突然……②

他为此经常忧心忡忡，越考虑他们之间的差距，越觉得与晓霞“是不可能在一块生活了”。晓霞“将永远是大城市的一员”，而他自己绝不可能生活在她那个世界。生活中的孙少平很强大，再重的担子也扛得起，但在爱情中，一句话也能把他压垮。晓霞在信中提了一句报社里有年轻同事（有高干家庭背景又是大学毕业的高朗）对她有好感，他便感觉天塌了下来，马上陷入绝望，痛不欲生，暴露出脆弱的一面。路遥对孙少平恋爱心理的真实刻画，折射了社会压抑机制下底层人的生命情态。

农村女性的爱情悲剧

路遥写爱情，涉及城乡两个生存世界里的女性。作家处理这些爱情中的女性有一个特点，即将城市女性作为乡村俊杰的愿望对象突出她们的现

---

① 路遥：《平凡的世界》，《路遥文集》（第2卷），人民文学出版社2005年版，第402页。
② 同上书，第54页。

代性格，而将农村女性塑造成民族传统美德的化身①。这里略加考察，前者仍以黄亚萍、田晓霞为例，后者以刘巧珍为中心。

《人生》描写城乡交叉地带的爱情，具体写两类女性，即农村女性和城市女性，与一个有着双重身份的知识青年的情感纠葛。轴心人物是高加林，与她发生纠葛的分别是农村女性刘巧珍和城市女性黄亚萍。这是一个三角关系，三角关系在这里有象征意味，寓含了城乡交叉的文化地带和社会转型时期矛盾冲突的复杂性，以及人生选择的困难。

高加林这个城乡交叉地带的主角，面临的选择首先是对人生归属的选择，也就是做一个城里人还是做一个乡里人。由这一选择便连带出对爱情的选择，即是与一个没文化的乡下女子一搭过，还是跟一个城市里的现代女性共享文化人的现代人生。对于高加林来说，他的主观愿望是明确的，虽然他原先没料到日后会跟城里的黄亚萍恋爱，但他同样也没有想到自己会成为本村没读过书的刘巧珍的恋人。到城里受过现代教育，见了世面，一心向往大世界的高中毕业生，早就从心里告别了父辈们古老的乡村生活，他的梦想在远方。但他哪里知道，他自己却成了农村姑娘刘巧珍的对象，真个是他在桥上看风景，看风景的人在楼上看他。人生原来处在一种相对性的关系之中，局中人对它竟浑然不觉，其中的奥义局外人也难以索解。

在人生世界里的高加林，不像平凡世界里的孙少平那样，需要女性的爱来证明自己——奔向城市在潜意识里是奔向一个梦中的女性，倒是不知不觉间被不同阶层的女性当作愿望对象。就他和刘巧珍的关系而言，是刘巧珍主动闯进了他的生活世界，而不是他利用了巧珍。从后来巧珍遭到他的抛弃也不怨恨于他可以看出，可怜的巧珍清楚，真正抛弃她的是命运，而不是她爱而不得的这个男人。

巧珍是路遥小说里最富有悲剧性的女性人物。她的悲剧在于她是爱情的牺牲品，在更深层次上，她是现代化进程下的传统道德的殉葬品。《人生》不是爱情小说，然而它花了那么多笔墨来写巧珍的爱情，以及她在爱情中体现出来的传统美德，用以反衬高加林在人生选择上的失误和道德缺失。但由于作家在这一乡村女性身上寄托了太多的审美理想和对乡村失踞的忧思，巧珍的爱情悲剧就有了道德训诫之外的意义。同时，由于凸显

---

① 路遥自己就把高加林在爱情选择上的变化，上升到“资产阶级意识和传统美德的冲突”。在他的心目中，传统美德存在于农村女性身上。（参见路遥《面对新的生活》，《中篇小说选刊》1982年第5期。）

了汉民族民间精神的丰富性，巧珍自身的人生悲剧更具有独立的审美价值。对此，后文将作具体分析，这里主要谈谈巧珍爱情悲剧发生的原因。

巧珍爱情的悲剧性首先在于她对高加林的爱带有太强的主观性。巧珍明知他俩存在文化上的差距，但仍以为靠自己的俊和对对方的爱，就可以赢得从高处跌下来的加林。殊不知作为有抱负的男性，高加林的精神世界是任什么样的爱情也填不满的，再美好的异性之爱，也不能抹去他的功名欲和功利心。高加林在沉沦中被巧珍大胆表白的爱情所感动，在不幸的时候得到了幸福，但他很快又产生“懊悔的情绪”，“后悔自己感情太冲动，似乎匆忙地犯了一个错误。他感到这样一来，自己大概就要当农民了”①。他认为自己是在“没有认真考虑的情况下”接受了巧珍的爱情，亲了巧珍的。他俩的爱缺乏基础，是不对等的。这样的爱，并不稳固。所以，进城之后，高加林与更有魅力的知识女性黄亚萍发生恋情也是正常的。他俩从高中时就相互欣赏，有共同的志趣和语言，性情相投，都喜欢浪漫，现在又不存在城乡差隔，更何况黄亚萍还能帮助加林实现进入大城市的梦想，因此，从思想与感情基础到功利要求的满足，黄亚萍都比到了城里只知对爱人讲母猪下了几只小猪的刘巧珍更适合于改变身份后的高加林。在功名欲的驱使下，本来就狠心的高加林，在道德与功利之间，毅然地选择了后者，导致了巧珍被抛弃的命运。高加林抛弃巧珍是必然的，因为他的归属应该是城市而不是乡村。跟巧珍是传统美德的化身不同，黄亚萍是城市和它象征的现代文化的化身。黄亚萍可以把高加林带去更远更大的城市，那里正是文化青年所梦想的远方。所以拥抱黄亚萍不只是爱欲的实现，也是加林跻身城市欲望的满足。毋宁说是城市、城市女人和城市现代文化合伙夺走了巧珍的最爱，因此她需要的是去文化化（因为文化遮住了她心上人爱美的眼睛）、去城市化（因为城市夺走了她的爱人）。她自己没有这个能力，城乡分治的体制帮助了她，每每高加林在城市的高墙上碰壁而归，她既为自己爱的人受创而痛苦，同时又欣喜若狂，因为只要断了高加林进城的路，她的爱情领域就有了安全。

巧珍爱情的悲剧性还在于她的爱情同时也是传统道德的牺牲品。没有读过书的巧珍，尽管精神世界丰富，但其主要内容不过是对爱的幻想，也就是一心找个中意的人，把爱献给他，用她的美貌和心灵打动他。与其说是想爱别人，不如说是想被别人爱。这是一种没有自我的、失去主体性的爱，是一种先爱人之忧而忧、后爱人之乐而乐的以彻底奉献为目的的爱

---

① 路遥：《人生》，《路遥文集》（第4卷），人民文学出版社2005年版，第36页。

情。巧珍为高加林所做的一切，都是为了讨得他的喜欢，连穿着打扮也只为取悦于所爱的人，与旧时代的“女为悦己者容”没有区别。在两人的关系中，巧珍从来都把自己置于依附性的地位，对于未来的婚姻生活，她最高的设计也无非是：“将来你要是出去了，我就在家里给咱种自留地、抚养娃娃；你有空了就回来看我；我农闲了，就和娃娃一搭里来和你住在一起……”① 只要能和加林“一搭里过”，她就实现了全部的人生愿望。以爱情为人生目的的巧珍与以事业为人生目标的高加林，距离只能越来越远。他们的爱情从一开始就存在危机，于是巧珍一味用加倍的奉献去克服这样的危机，这是中国农村妇女失去自我主体性的悲哀。由于在爱情追求里包含有狭隘的自我认同的目的，巧珍对高加林的爱就没有任何回头的余地，就像箭射出去以后，箭弓可以转移到别的手里，而箭头只能朝着原来的目标飞去。高加林进城后有了新的人生目标，可以背叛她，而她只能为爱而牺牲自己。高加林找到新的恋人后，她忍痛把自己的身体嫁给了她并不爱的马拴，而仍然把心留在了高加林那里。当高加林再一次遭到人生的重创，落魄还乡，她为心爱的昔日恋人的不幸而彻心彻肺地疼痛。为了加林，身为人妇的她特地赶回娘家，不仅跪求姐姐不要伤害加林，还央求姐姐一起去找其公公高明楼，并在他的面前哭求，让他安排加林再去学校教书。在巧珍的心中，只有对加林的爱，而没有自己和别的亲人。她把自己北方女子的美丽身心当作祭品，供在了能够证明她的美好的爱情祭坛上。在“痴心女子负心汉”的故事里，被乡土文化浸染过的路遥，无比伤感地为乡村谱写了一曲深长的道德挽歌。

知识女性：爱情中的人格美

爱情中的城市女性跟农村女性相比，是完全不同的另外一种情态。黄亚萍和田晓霞（与她俩出身和性格很相近的还有吴亚玲）自小在城里长大，父母是干部，家庭经济和社会地位都很优越，城市和干部家庭给了她们良好的学习条件，这使她们视野开阔，性格开朗，聪明大胆，有独立意识和自由精神，身上有农村女性没有的丰采。对于生活和人生中的事情，她们喜欢根据自己的理解由自己来决断。对于爱情，她们既相信自己的感觉，又能够加以理性的审视，尤其是田晓霞，爱情对于她来说，是两个人一起对人生意义进行追寻的长途，是与力量相当的对手开展的一场愉快的思想博弈。如果说，囿于时代的思想格局，作家对黄亚萍的性格行为和现代爱情追求有些态度暧昧，既有赞赏，又有嘲讽，那么，他对田晓霞这位

① 路遥:《人生》,《路遥文集》（第4卷），人民文学出版社2005年版，第76页。

出身高贵的年轻知识女性，不敢有哪怕一点点的亵渎。

作为城市女性和干部子女，她们在有农村学生的高中班里，如鹤立鸡群，尤其在农村同学的眼里好像仙女。即使是在学习上冒尖的男生，也倾倒于她们身上神秘的魅力。而在同龄人中，她们扮演了慧眼识珠的伯乐，毫不怀出身偏见地从那些农村同学里发现了英才，有意同他们纯洁地交往并给予热心的帮助，以先行者的身份把他们带进新的知识领地。也许是家庭出身和教养的缘故，她们在高中阶段也不对异性作非分之想，而与同学保持单纯的友谊。直到走出校门一段时间后，她们才在偶然的邂逅中发现与谁人相互倾慕的种子，早就在当初的共同探讨中埋下，知识作了联结心灵的红丝线。这就是路遥小说城乡之恋的发生过程，不能说它一点也不老套，但路遥自己重复自己多少遮蔽了故事的新意。比如《人生》里不光彩的“三角恋”，抹杀了黄亚萍追求心灵自由的正当性。又如《平凡的世界》里“公子落难，小姐搭救”的叙事原型，掩盖了田晓霞超越世俗，摒弃门第观念，以独立意识和强大人格去撞击社会区隔的人文实践。田晓霞是路遥小说众多女性形象中最富有现代品格的艺术形象。

田晓霞的现代品格主要体现在对独立人格的尊重。首先是尊重自己的人格，有很强的主体意识。她出生在干部家庭，父亲田福军最后官至省委副书记，兼任省城的市委书记。但田晓霞从不利用父亲的权力抬高自己的社会地位，也不利用父亲手中的权力谋取优越的生存条件。在黄原读大学时，父亲是市委书记了，但她隐瞒自己的社会关系，以免被庸俗包围，浪费自己的生命。在爱情上，她的选择是以双方建立平等的对话关系为标准，真正使爱情成为自我本质的对象化。这种要求，在她和少平还没有发展为恋爱关系时就已经提出来了：“生活不会使她也走和他相同的道路——她不可能脱离她的世界。但她完全理解孙少平的所作所为。她兴奋的是，孙少平为她的生活环境树立了一个‘对应物’；或者说给她的世界形成了一个奇特的‘坐标’。”① 这跟孙少平不断通过爱情来检讨人生很相似。她希望精神的独立使自己变得强大，但又不是一般的女强人，而是充满生机勃发的女性魅力。因而她与少平交往时，既让少平觉得她有头脑、有主见，又让坚毅的少平被女性的温情所包围所融化。

晓霞的主体意识还表现在有自己从对生活的实际感受中形成的价值观，而不是以流行的价值为价值，譬如对男子汉的理解。被少平受伤的背脊震撼后，她立即联想到学校里流行的对艺术形象的可笑模仿：“现在，

---

① 路遥：《平凡的世界》，《路遥文集》（第2卷），人民文学出版社2005年版，第174页。

女同学们整天都在谈论高仓健和男子汉。什么是男子汉？困难打不倒的人才是真正的男子汉！男子汉不是装出来的——整天绷着脸，皱着眉头，留个大鬓角，穿件黑皮夹克衫，就是男子汉吗？有些男同学就是这么一副样子，但看了就让人发笑。男子汉主要应该是一种内在的品质，而不是靠‘化装’和表演就能显示的。”① 这正是她能够排除世俗偏见，与一个揽工汉相恋的强大的精神基础。

其次是对他人人格的尊重。她和少平相爱，两人地位悬殊极大，但她从不怀优越感，不以同情、怜悯的态度对待少平，而在两人间建立起绝对平等的关系，让少平意识到自己虽然在生活上处于窘境，但在人格上与任何人都平等。她打破城乡等级观，与一个农家子弟建立爱情关系，就是最有说服力的证明方式，证明少平的男性魅力和生命价值，在一个不平等的社会里赢得了精神上的平等。在经济和文化地位落差极大的城乡恋当中，尽管亲眼见到少平的苦难处境，她为之痛心不已，但她帮助而不施舍。爱人处在社会底层的苦力群体里，她一次次去看他，甚至不顾危险，下到漆黑的矿井，送去女性的阳光，给他温暖，给他荣耀，满足他的自尊心和荣誉感，使身处惊人磨难中的少平感到人生的幸福。晓霞对他人人格的尊重还体现为尊重他人的生命。作为一个有责任感和冒险精神的女记者，在灾害向人民群众袭来时，她以记者身份挤上省领导前去灾区指挥救灾的飞机，飞赴灾区报道灾情，在洪水中为救落水的小女孩献出了自己年轻而美好的生命……

孙少平与田晓霞的爱情，同样是悲剧结局，但这是另一种意义上的悲剧：晓霞的牺牲所显现的人格美，使这一对地位悬殊而心灵相通的年轻爱人的生死之恋着上了崇高的色彩，让人感到这样的爱情更具有文化价值，更富有永恒的意味。晓霞的意外殉职，或许是作家为在爱情中并不完全自信的孙少平设置的从困境中得以解脱的方式，也让怀疑这种爱情的世俗社会一睹真正的爱情所具有的精神意蕴。但也正是没有最终结合的爱情，使爱情的当事人彻底体味了人生之爱的全部含义，包括它难以言传的美与痛。从这个意义上，晓霞的死不是少平与她爱情关系的终结，而是得到普遍认可的缔结，它是路遥心目中的城乡之恋最后的完成及其全部人生意义之所在。

---

① 路遥:《平凡的世界》,《路遥文集》(第 2 卷),人民文学出版社 2005 年版,第 305 页。

五　《人生》的魅力：悲剧美

路遥的《人生》是新时期文学中少有的持续拥有大量读者的小说作品之一。当然，路遥小说的读者有一大部分是青年。也许获得这一特殊的阅读群体，可能会削弱路遥小说的艺术普遍性和思想深度，因为青年群体阅世经验的不足和情感反应的直接化，可以反射出作家的艺术创造对于期待视野的迁就，而这种迁就会导致作家有意摈弃时代的一部分最有探险性的思想资源，也无意提高艺术创新的难度。《人生》产生于20世纪80年代的文学变革时期，但它没有被归入当时最有冲击力的新潮文学当中，多少反映了路遥艺术选择的局限性。但从另一方面看，路遥独立不倚，不赶潮流，完全从自我生活经验和生命体验出发，满怀对现实主义文学的虔诚，深情地讲述发生在陕北黄土高原上的人生故事，正表明了他对占有了小说创作成功的最重要的元素（人的命运与人生纠葛）的自信。事实上，路遥的小说用真实的力量证明了写实型文学的美学价值。三十几年过去了，文学潮起潮落，但《人生》没有被读者遗忘，而水落石出般地从不同的文学思潮中凸显，以典型形象的悲剧美继续征服着今天的读者。

《人生》着力塑造，并达到"典型"这一艺术高度的人物形象，是农村知识青年高加林，作者路遥怀着复杂的心情，刻画了他的性格并展现了他的人生轨迹。与这一人物密切相关且同样富有典型意义的小说主人公，是农村女青年刘巧珍。路遥在这部小说里展开人生思考的创作主旨，并不是想通过这一人物的性格命运来体现的，但这一形象的成功描绘，给小说带来了强烈的艺术魅力。作者的本意可能是借这个人物的爱情追求的不幸，对造成她人生不幸的人进行道德谴责，以表达自己对人生价值实现原则①的理解。然而，由于作者在塑造这一形象时倾注了极大的同情，对乡村青年女性的性情、心理和人生追求有深透的了解，并进行了逼真的描绘，巧珍因此成了《人生》世界里的又一个主角。整个《人生》故事，就是以她和高加林的戏剧性情爱纠葛展开情节，并以各自人生理想的破灭产生悲剧效果的。

有抱负、有才华的回乡知识青年高加林，与外貌和心灵都异常美好的乡村女子巧珍，一个追求事业，一个追求爱情，是那样地专注与炽烈，然而在一个并不能由他们自己把握的历史命运的左右下，他们的理想追求都

---

① 路遥在作品《人生》里称之为"生活原则"。参见路遥《人生》，《路遥文集》（第4卷），人民文学出版社2005年版，第154页。

遭到挫败，他俩都成为悲剧的承受者。所不同的是，高加林自己参与了对其人生悲剧的制造，他的悲剧结局，给人以咎由自取的意味，而巧珍却好像是无辜的，她的悲剧就更让人同情、怜悯和惋惜，也就是说，在读者的心灵里，巧珍的不幸更能引发悲剧的美感。《人生》正是通过这两个主人公，写了两类悲剧，一类是在高加林身上体现的人生奋斗的悲剧，一类是巧珍身上体现的爱情悲剧。两者都带有宿命色彩，但前者更偏重社会性，而后者更富有人情味，它们从不同的方面表现了出身农民的作家路遥对于生活的悲剧感，同时满足了读者特别是青年读者或有底层生活经验的读者对悲情艺术的期待。

高加林的悲剧是农村知识青年的个人奋斗的悲剧，确切地说，是小说中城乡分治的二元社会结构下农村青年才俊的人生悲剧。高加林生在农村，父母是老实巴交、胆小怕事、认命吃苦的农民，但他自己不甘于走父母的路，一心想逃离农村，逃离祖祖辈辈的农民身份和务农生涯。高加林背弃乡村与父辈，是因为他有了比窝在农村当农民要好得多的人生目标，那就是做一个城里人，靠知识来谋取生存的位置，实现人生的价值。高加林从农村考进县城念书，就注定了他不可能安于父辈的生存方式。进城和读书，让他看到了跟农村完全不同的世界和跟当农民完全不同的生存方式。落后而贫困的乡村与现代化的城市，劳苦而贫穷的农村人与快活而富足的城里人，对比是如此强烈，差别是如此之大，更何况现代教育为高加林拓开的视野，哪里仅仅局限于一座县城，而是寰球世界！（用他的话说，“我联合国都想去!”）然而，正如前文所分析的，高加林的人生追求是一种超越了现实环境和历史条件的个人奋斗行为，而横亘在他奋斗路途上的政治权力和社会体制必然让他的人生理想一次次被挫败。先是突然被剥夺民办教师资格，后是被对他来说已是如鱼得水的城市一脚踹了出去，重新变得一无所有。这种谁都害怕经受的巨大人生失落，正是《人生》的悲剧感所在。高加林所遭受的一次比一次更大的打击，强化了人物命运的悲剧氛围，它在地位低下、心有不平之气的读者中，尤其能够引起共鸣，产生“净化”的悲剧审美效果。

巧珍的悲剧是爱情悲剧。这样的悲剧古往今来不知在人间多少次重演，也不知在多少艺术作品里得到过千姿百态的表现。但《人生》里的巧珍的爱情悲剧还是那么独特、那么动人。尽管这个人物并不是作家路遥作为诠释人生道理的主要对象来加以塑造的，而是作为男主人公的陪衬来刻画的，但是这个美好的乡村女子的爱情悲剧却给人以更深刻的感动和更强烈的美感。巧珍是高家村“二能人”刘立本的第二个女儿，“漂亮得像花朵一样”，“看起来根本不像个农村姑娘”，是“川道里的头梢子”，被誉为“盖满川”。唯一的缺憾是，她有钱的父亲没有让她念书，害得她斗大的字识不了几升。然而这个没读过书的美丽乡村女子，精神世界却让人想象不到的丰富。就像她“装束既不土气，也不俗气”一样，她对爱情的追求也有超越世俗的标准，而且一旦有爱便无比热烈、执着。更可贵的是，她有一颗无比美好而又善良的心。外表美和心灵美，是那么完美地统一在她的身上。在《人生》里，巧珍是作为美的化身存在的，作者让她像一面纯洁无瑕的镜子一样，照出主人公高加林的人生失误和道德缺陷，的确起到了加强主人公人生选择的悲剧性，产生悲剧感染力的作用。但是，刘巧珍自身的人生悲剧，因凸显了汉民族民间精神的丰富性，而具有独立的审美价值。

巧珍美丽而没有文化，但正因为有缺憾才显出她的美，就像断臂的维纳斯一样。没有文化，是生活世界里的巧珍爱情不幸的根源。但是在艺术世界里，因为没有文化，巧珍在爱情追求中才绽放出她青春生命的全部美艳。“刘立本这个漂亮得像花朵一样的二女子，并不是那种简单的农村姑娘。她虽然没有上过学，但感受和理解事物的能力很强，因此精神方面的追求很不平常。加上她天生的多情，形成了她极为丰富的内心世界。村前庄后的庄稼人只看见她外表的美，而不能理解她那绚丽的精神光彩。可惜她自己又没文化，无法接近她认为‘更有意思’的人。她在有文化的人面前，有一种深刻的自卑感。她常在心里怨她父亲不供她上学。等她明白过来时，一切都已经为时过晚了。为了这个无法弥补的不幸，她不知暗暗哭过多少回鼻子。”① 没有读过书的人，一样有文化认同，一样有强烈的自我意识，一样有超越自我的愿望，这正是巧珍这一个性给我们的文化启示，是文学的属人本性带来的生活发现。与高加林一心走出农村，在事业追求中证明自己不同，意识到自己一辈子只能待在农村的巧珍，能够实现她的人生价值的只有爱情。“她决心要选择一个有文化、而又在精神方面很丰富的男人做自己的伴侣。”而对于山村就是她的全部世界的刘巧珍来说，高加林就是这样的男人——

> 巧珍刚懂得人世间还有爱情这一回事的时候，就在心里爱上了加林。她爱他的潇洒的风度，漂亮的体形和那处处都表现出来的大丈夫气质。她认为男人就应该像个男人；她最讨厌男人身上的女人气。她

① 路遥：《人生》，《路遥文集》（第4卷），人民文学出版社2005年版，第27页。

> 想，她如果跟了加林这样的男人，就是跟上他跳了崖也值得！她同时也非常喜欢他的那一身本事：吹拉弹唱，样样在行；会安电灯，会开拖拉机，还会给报纸上写文章哩！再说，又爱讲卫生，衣服不管新旧，常穿得干干净净，浑身的香皂味！
>
> 她曾在心里无数次梦想她和这个人在一起的情景：她把她的手放在他的手里，让他拉着，在春天的田野里，在夏天的花丛中，在秋天的果林里，在冬天的雪地上，走呀，跑呀，并且像人家电影里一样，让他把她抱住，亲她……①

这是多情女子对可心男人一往情深的爱恋，也是其对迷人爱情的想象。巧珍暗恋上了同村的读书郎高加林，爱得那样深、那样专一。由于人类在历史进化过程中给男女赋予了不同的使命，社会把所谓事业更多地交给了男人，也因此通常只有女性才能把全副的身心都交给爱。刘巧珍对高加林的爱就是传统社会遗传下来的女性心景的充分体现。任何人都没有理由怀疑乡村女子刘巧珍对爱的炽热与真诚。但她的爱既不盲目也不功利，而是明智的选择。“就她的漂亮来说，要找个公社的一般干部，或者农村出去的国家正式工人，都是很容易的；而且给她介绍这方面对象的媒人把她家的门槛都快踩断了。但她统统拒绝了。”她要找的是真正“合她心的男人”。在她眼光所及的世界里，只有高加林是这样的人。谁也不知道，高加林是她的心上人，“多年来，她内心里一直都在为这个人发狂发痴”。②可以看出，巧珍对高加林的爱，含有文化崇拜的成分，它出自人格认同的需要。正因为这样，巧珍对高加林的爱情，就近似于一种宗教情感。这种情感是人类对高于自我存在的对象的最圣洁的情感，其极端就是牺牲精神。小说介绍刘巧珍，“如果真正有合她心的男人，她就是做出任何牺牲也心甘情愿。她就是这样的人！”③ 应该不是一种夸张，亦不是作家出于男性自我证明需要的一厢情愿。

文化崇拜，来源于文化上的差距。高加林还在城里读高中时，巧珍就偷偷地喜爱上了他：“每当加林星期天回来的时候，她便找借口不出山，坐在她家院子的硷畔上，偷偷地望对面加林家的院子。加林要是到村子前面的水潭去游泳，她就赶忙提个猪草篮子到水潭附近的地里去打猪草。星

① 路遥:《人生》,《路遥文集》（第4卷），人民文学出版社2005年版，第28页。

② 同上。

③ 同上书，第27页。

期天下午，她目送着加林出了村子。上县城去了，她便忍不住眼泪汪汪，感到他再也不回高家村了。”① 但这是一种无望的爱，因为巧珍知道，读书的加林迟早要远走高飞，她不可能得到他。痴情的巧珍就这样被梦想和无望折磨着，但爱却是不可改变的。文化上的差距也使巧珍在所爱的人面前产生自卑感。自卑感一旦沉入潜意识，又成为寻求人格认同的能量，致使爱的欲求更加强烈，所以尽管“她的自卑感使她连走近他的勇气都没有”②，“她的心思和眼睛却从来也没有离开过他”③。就像城乡有别是高加林实现人生梦想的鸿沟一样，文化差距是刘巧珍实现爱情梦想的障碍。这一差距注定了她的爱情是一场悲剧，并且爱得越真挚越深沉，悲剧的色彩就越浓烈。

《人生》不是爱情小说，但它花了那么多笔墨来写巧珍的爱情，目的是说明巧珍有一颗金子般的心，谁得到她谁就拥有人生最大的幸福，不懂得珍惜就是人生最大的失误。高加林得到了她却又轻易将她抛弃，这是他犯的最大的错误。照作者和小说中的乡亲们（首推乡村哲学家德顺老汉）看来，高加林丢掉了城里的工作，不是他最大的人生悲剧，因为农村也照样可以活人。高加林更大的人生悲剧，是鬼迷心窍移情别恋抛弃了巧珍，等于自己丢掉了到手的金子，且不可复得。为了突出这样的悲剧，小说就要不惜笔墨来渲染巧珍的美好、善良和对爱的执着，特别是要把她的富有牺牲精神的爱写得无与伦比，因为只有这样，巧珍的失恋才是美的毁灭，而高加林失去巧珍才是人生最大的遗憾，读者自然会跟着迭声叹息。“悲剧是对于比一般人好的人的摹仿”，“怜悯是由一个人遭受不应遭受的厄运而引起的”。④ 巧珍是少见的好人，但她却遭受了不应遭受的厄运。从这个意义上说，《人生》的魅力，很大程度上来自巧珍爱情的悲剧性。这种悲剧性即是前面已指出的，首先在于巧珍对高加林的爱带有太强的主观性，还在于巧珍是爱情的牺牲品。

从巧珍身上可以看到，《人生》饱蘸笔墨，真切而细致地刻画了美和美的自虐，用它触动读者的爱美之心和怜悯之情，产生了感人至深的悲剧美。

---

① 路遥：《人生》，《路遥文集》（第 4 卷），人民文学出版社 2005 年版，第 28 页。

② 同上。

③ 同上。

④ ［古希腊］亚理斯多德：《诗学》，罗念生译，人民文学出版社 1962 年版，第 38 页。亚理斯多德又译作亚里士多德，下同。

第三章 小说里的社会与人生

一 《太阳出世》：生命意识、责任感与人的觉醒

在“新写实”艺术群落中，池莉的小说是较多亮色的，《太阳出世》① 可以说是最为鲜明地把她的创作同“暴露文学”划开了界限，强化了她即使在展示庸常人生沉重的一面时，背后仍然闪烁的女作家谛视人生时的昂扬情绪。《太阳出世》的问世，使得她的成名作《烦恼人生》也叫人不得不重新理解，仿佛引发读者产生对既定的刻板沉重生活的莫可奈何感，并不是作者的真实目的，而是在典型化的艺术形象身上，让读者看到自己是如何不屈不挠地拼搏并战胜了生活。我们可以指出，在透视生活的底蕴方面，《太阳出世》并没有在《烦恼人生》的基础上更深入一步，反而有所后退，它常常在戏剧性地克服生活波折后的破涕为笑中，掩盖了人类为生存而挣扎的悲剧事实，这在一定程度上削弱了文学的代偿功能，使新写实小说之一类由此蒙上了“浅薄”的恶名。但是，我们也有理由肯定，《太阳出世》是作者在看清了生活本身的繁难和缺乏诗意、人在生存中的被动性之后，依然去接受它，并使尽浑身解数在揪扯中求其发展，就是说，作者对生活的悲剧性不是没有意识到而是不肯屈服，不是不承认而是试图换一种方式去对待。因而无疑，这种小说在某些方面是对当前文学的一种超越：它不满足于读者借文学作品释放因生活而造成的烦恼、苦闷甚至痛苦，而要催促读者从文学的娱乐效应中再往前走一步，带着从文学中获得的发现，以应有的姿态去开始新一轮的生活拼搏。

如果不是因为创作动机与蔓延了的生活形象，作者意识到故事含义与作品对时代精神的潜在的契应不相一致，即后者“大于”前者的话，《太阳出世》的这种积极意向，很容易被看成“媚俗”，事实上也存在这样的危险。“太阳出世”无疑是“创造生命”的同义语，这篇小说的命名来自

---

① 池莉：《太阳出世》，《钟山》1990 年第 4 期。

在女作家心中滚动已久的一个原生意象，来自她当年作为一名实习医生第一次为人接生，托出一个新生命的那一次难忘的经历，那是令她无比感动、受到巨大撞击的一个辉煌的瞬间。[①] “太阳出世”这个晶莹的意象，于那时就在创作母体内着床了。然而，经过十月怀胎，作为一个活生生的艺术形象终于诞生于世时，这篇小说已经远离了作为她的生发点的极富冲击力和凝缩力的那一份诗意。作品展现在我们面前的原本是一个司空见惯的故事，不，说不上是故事，不过是千篇一律、一再重复的一对平凡男女庸常生活的一个并不新奇的段落。年轻人结婚，生孩子，还有什么比这更平淡无奇呢？但是，作家的高妙，或者说文学的奇谲就在这里，无论什么样的生活原型，只要作家借了浓郁的思辨、情感和审美兴味加以调和而再塑，它就会不同程度地放出异样的光彩，会比原有的生活多出不少东西，令人亲热、震惊或回味。赵胜天、李小兰这对都市中的普通青年职工结婚、生孩子的生活公式对他人来说是枯燥的，然而对它的证明和运演过程却趣味横生。《太阳出世》正是在对赵胜天、李小兰这对年轻夫妇人生经历的一个特定段落极精细的重演中，让我们发现也体味了大多数人所共有的在虽然平凡却又并非简单的生活场景里所表现的尴尬、坚韧、反复、苦闷和逞意。也许在文学化了的生活里，物性的碰撞和抱缠生活的胜负并不重要，最能撄人心索的，是作为生活的受动者也是施动者的人的情感变化、精神沦起的过程。情感为情感所打动，精神可以被精神所振作，文学具有特殊的功能。《太阳出世》顺乎的正是文学的这种功能。在形象创造中起作用的是作家全部的生活经验和她的人生观点。创造新生命的写作意图是这篇小说得以生成的一个重要契机，但也仅仅是一个契机。作品最终奉献给读者的，是更丰富的生活内容以及作家对生活所怀有的热烈情感。

需要进一步探讨的是《太阳出世》有没有提供作家在小说中一再提到的生活启示以外的东西。李小兰从一个娇小而且娇气、浪漫而又有点放肆的女孩，很快成为一位吃苦耐劳、恪尽职守的母亲，气质颇为文雅的女性；赵胜天从一个嘻嘻哈哈、吊儿郎当的“混蛋马大哈”一变而为感情丰富、责任心强、值得信赖的丈夫和父亲，一个比较成熟、追求上进的男子汉，奇迹的发生有根有据，这就是作家带领读者目睹的创造新生命的艰苦卓绝而又美丽诱人的过程。赵胜天、李小兰这对年轻人、新婚夫妇、初为人父人母者，就是在这并不算长但在一个人的一生中又最为重要和特殊的阶段里，完成了一种创造，同时自身也得到了改造。如果说生儿育女并

---

① 参见池莉《就是那瞬间》，《中篇小说选刊》1990 年第 6 期。

无什么独特性可言，那么，李小兰、赵胜天在完成这一项人生义务时，却表现出对他们这代人来说极为可贵的责任感（一些中国人最缺乏的就是责任感），这是这对青年人身上特别值得我们刮目相看的地方。小说几乎突变式地完成了责任感在一对男女青年身上降临至茁长的短促过程。这对开初相当懵懂的年轻人，在要孩子、生孩子、养孩子这件事情上，表现得近乎偏执，近乎热狂，一意孤行，不容干涉。应当称奇的是，他们正是在不容改变的坚执中，改变了他们行为的性质：从懵懂走向了自觉。如果说他们在要孩子和怀孩子时更多地出于一种生命本能的话，那么，在抚养孩子时，理性在他们的思想和行为中就占了上风。而更深一点看，在他们决定要孩子的热情里，已经具有了理性的因素。赵胜天、李小兰获得的理性，就是他们对生命所怀有的责任感。小说用许多细节描写了这两人为夫、为妻、为父、为母时的简直有点超常的责任心，尤其是奶粉事件，把他俩对下一代成长的高度负责精神渲染得淋漓尽致，洋溢着喜剧气氛，我们几乎分不清是主人公的情绪还是作家的情感让我们心旌震荡，令我们击节赞赏。

为了突出李小兰、赵胜天伴随新生命的创造而树立起来的责任感，《太阳出世》一再将赵胜天这一代同他父母一辈相对比。两代人最大的区别在哪里？就在于上辈人不仅没能替自己负责，更不懂替下一代负责，他们也生儿育女，但他们只是盲目地生，草草地养，在物质和精神方面都亏欠了下一代人。而赵胜天这一代，在懂得了生命和自我的价值以后，能以忘我的精神为下一代创造最良好的生存和发展条件。奶粉国籍之争实际是两代人生存观和责任心的区别。小说用一段理直气壮的话点明了事情的实质：

> 是的，他们从小喝稀饭米汤长大成人了。他们的父母只要儿女长大成人就行了，就尽到责任了。赵胜天李小兰可不只是要女儿存活下来。他们要女儿有第一流的体质，第一流的智商，以便将来在那激烈竞争的时代里成为强者。到朝阳这一代人，中华民族不能再缺钙缺铁缺什么微量元素啦，要身强力壮去创造去发明，富强我们的祖国，富强我们的民族，富强我们的小家庭。多少年多少代，穷得太久，该过过好日子！

赵胜天的鸡胸罗圈腿，李小兰的四环素牙，“铭刻着历史罪恶”，控诉了那种对后代不负责任的行为，而当他们身为人父人母时，则是在替自己负起责任的同时，对下一代人倾注以加倍的责任心。比起赵太婆之于儿女是“怨恨的化身”，李小兰立志为朝阳做一个“腹有诗书气自华”的好母亲。比起就会往家里揣公家的小东西，纵容自家的孩子以大欺小、以强凌弱的父亲，赵胜天在工厂是以主人翁姿态出现、受到重用的技术工人，在家里是妻子和女儿的守护神。这对年轻夫妇的“苦操奇行”，并不是小说家的杜撰。作为新写实小说的代表作，《太阳出世》所反映的社会现象的真实性不容置疑，因为赵胜天、李小兰这样的年轻父母在今天的社会里，尤其是都市中随处可见。

责任感与生命意识并生。李小兰、赵胜天前后的惊人变化，或是说注定会发生的醒悟，其转捩点是一个跟他俩息息相关的新生命的意外到来，这是这对刚刚开始真正挑起生活的担子而又尚无其他更高的人生目标来分散注意力的普通知识青年的生活中最为重要的事件。如果这一对青年人不是处在一定的文明程度和相近的文化层次上，怀孩子生孩子这个人生课目就不会对他们的精神世界产生那么大的冲击力，以致彻底搅动，更不见得在很短的时间内奇迹般地改变他俩外在的行为方式。当他们意识到怀上了孩子时，很快地，“孩子”这个意象就被一个更神圣、更富有价值内涵的意象——“生命”所代替了。他们仿佛醍醐灌顶般地领悟了“生命”的全部含义和价值。生命对他们来说是如此地新鲜、醒目和诱人。生命给他们带来了不曾有过的狂喜和慎重感。不能不指出，李小兰和赵胜天恰好处在了能够领悟生命的真谛、理解生命的价值这个水平线上。赵胜天的父母尽管得到过数倍于儿子的机会，但他们没法领悟、不可能理解。即使是同代人的赵胜才，又何曾领悟和理解。他们的文明程度和文化层次还够不上。赵家父母不用说，赵胜才也只有小学文化水平，他骂的那句话——“我没想到武汉市还是这他妈的不文明”，就表明他跟文明还有不小的距离。因此，像他们这种文化修养的人，或曾有血缘亲情、人伦之爱，但他们永远也不可能领会生命的含义。赵胜天的母亲不就是“儿子们的名字全叫小杂种，女儿叫臭丫头。孩子们的生日她全弄混淆了。张口闭口说不如早点死了好，腰又疼了”吗？新一代的李小兰、赵胜天却同他们判若云泥。这一代有着全然不同的文化准备，因此新生命的信息一传来，他们就心有灵犀一点通地感应到了，并在精神世界里受到猛烈的震击。强烈的生命意识和责任感自然而然地联袂前行，小两口的精神形象交响乐般地迤逦以进，步步升华。李小兰怀孕四个月时，母爱喷薄而出，立刻变得容光焕发，用女性的柔情吸引了丈夫；七个月时，她“忽地变得非常像个母亲”，以坚强的毅力战胜了重“孕”在身的难受劲儿，把做家务当作锻炼，“全部的生活只有一个目的：为了未出世的孩子”。为了迎接小生命的到来，她无师自通地把该做的事做得有条不紊，显示出了她的求实和创造精神，令不知所措的丈夫暗暗称奇。孩子出生以后，李小兰融入了理性精神的母爱更是感人至深。为了积攒养孩子的费用，为了让小朝阳能喝上最有利于她成长的进口奶粉，这个从前爱好打扮的女子，不仅卖掉了新婚嫁妆中的奢侈品，并不惜克扣自己，不买衣服，不进美容厅。在公园里，她有选择地交友，为周琳娜的音乐修养和王珏的知识女性风度所倾倒，并学以致用，立下以一个有修养的母亲形象来熏陶下一代的新目标而开始眼下的努力。事实上，当她重新上班时，以崭新的风貌引起了人们的惊叹。同样，赵胜天自从跟李小兰一起在医院妇产科门口领悟了人生中至关重要的一课，他的情感世界就不断地充实进激动人心的崭新内容。在产房外守候的那一夜，李小兰和其他产妇的叫喊使他深受震动和教育。当他在婴儿室里见到刚出世的美玉无瑕的女儿，立刻为这个终于可以触摸的新生命而泪水盈眶。在医院照料了初产的妻子三天，他进一步发现了生命的奇迹，深深感到了自己的浅薄，涌起要跟女儿一起学习生活的愿望。以前，他用一双冷漠的眼睛看着世界，而现在，他变得多情善感，人与人之间的任何一点爱意都在他的心底激起波澜。一个嘻嘻哈哈的毛头小伙牛仔哥，变成了善于体贴、勤勉踏实的出色丈夫、合格父亲。对于李小兰和赵胜天来说，孩子是他们生命的结晶，又是他们人格形象自认的一面镜子，是一注将他们从混沌人生中唤醒的灼热光亮。是的，他们不能不这样对在他们精心养育下进步惊人的孩子发出感慨："你爸爸结婚那天打架，你妈妈穿着新娘婚纱骂大街，多么调皮多么轻浮多么无知多么浪漫的一对年轻人，是你默默无声地把他们变成了稳重的成年人。从前他们不知有爱，现在他们对你对其他孩子对老人对所有人都充满爱意充满宽容。自然，会爱的同时也会了恨。都是因为有了你，孩子。"

然而，积极的生命意识和植根其上的责任感是否就是《太阳出世》的全部内涵，或者说，我们对这部小说题旨的领会是否就只需就此止步了呢？老实说，笔者从不认为池莉的小说有多么深刻的哲学思想，何况流行于20世纪的分析哲学也为作家疏于对生活现象做形而上的思考找到了借口。芸芸众生，饮食男女，柴米油盐，似乎这些就是人生的全部哲理，所谓现象即本质。从池莉表白的"我觉得作家有责任让越来越多的人读小说，通过小说唤醒周围的人，让他们觉得生活是不是应该更好一些，让他们在日常生活中更文明一些"[①] 就可以看出，这位女作家并没有打算比她

① 丁永强：《新写实作家、评论家谈新写实》，《小说评论》1991年第3期。

的读者和笔下的人物站得高出多少。她不想做生活的导师，这个时代也不相信导师。但是，这并不意味着《太阳出世》没有触及时代交给我们的一个严峻课题，即人的觉醒。笔者以为生命意识也好，责任感也好，它们都是文学深层主题的外在表现，是新生活天平一端先放上去的砝码。既然生活的主体是人，健康的、正常的、有希望的生活的标志，就是主体在历史杠杆上的平衡：一头是生命意识和责任感，一头是人的觉醒。没有生命意识和责任感，就谈不上人的觉醒。而没有觉醒的人，就不会有生命意识和责任感。赵胜天的父母认识不到生命的价值，对儿女缺乏责任感，他们终其一生都处在愚昧的状态，他们的人格形象是枯萎的甚至是丑陋的。李小兰的父母，身为处级干部，但这种高居于千百人之上的位置并不能保证他们有多高的人的觉悟。在他们那里，奶粉的国籍比奶粉的功效更重要，教条比生活现实更重要，抽象观念比活生生的生命更重要，究其实，他们的人格形象未免不是僵化的、可怜可笑还有点可憎的。李小兰和赵胜天，却轻而易举地激灵出了人的精神，涌起了人的血潮，得到了人的复苏。尽管他们身上还带有这代人常见的这样那样的弱点和缺点，尽管他们平凡得往往被湮没，但他们尊重生命，崇拜知识，不满足于现状，用切实的努力去靠拢更美好的未来，因而他们是以人的形象从生存的地平线上挺直了他们的腰杆。不可忽略，是特定的一代人的知识准备和历史新时期时代思潮的因缘际会和相互作用，才催生出了新的人文景观。赵胜天一点儿也不重男轻女，他和李小兰都把知识同生命的创造和更新搅在一起，反映了这一代人的新的价值观，也说明了时代的特点。池莉说她的创作“目的是使整个人类的素质得到提高”①，这一做法是符合历史发展要求的。“五四”时代，人的觉醒曾作为文学的中心主题，但那时的文学多半描写的是底层人的被侮辱被欺凌的遭遇以及麻木不觉悟的病态情状，那是些还有待疗救的处于被动态的非正常的人，而20世纪90年代的中国文学再一次奏响人的觉醒的旋律时，作家笔下的人物已站到了新的起点上，他们在自觉追求一种有质量的生存方式。我们由此看到了生活的发展和民族的进步。百姓的生存质量一度较低，只有到了当代，才出现新的生命观、生存观和生存态度。赵胜天和李小兰身上传达了新的时代信息，但是在他们的追求成为普遍性事实之前，人的觉醒仍然是需要与实文学大声疾呼的课题。“太阳出世”是新生命的诞生，也是集生命意识与责任感于一身的健旺的人格形象的诞生；在新生活的地平线上，我们首先需要升起人的太阳——这才

---

① 丁永强：《新写实作家、评论家谈新写实》，《小说评论》1991年第3期。

是池莉这篇小说给予我们的最重要的启示！

二　《两位富阳姑娘》：阳光下的剥夺

麦家的短篇小说《两位富阳姑娘》[①]，是新世纪文学中不可多得的杰作。小说发表于2004年，在中国小说学会主办的中国小说年度排行榜上，这篇作品被列为短篇小说第一名，[②] 可见它得到了权威性的认可。《中国现代小说史》的作者夏志清说："文学史家的首要任务是发掘、品评杰作。"[③]《两位富阳姑娘》的被发现，正显示出文学研究的重要目的和意义，而对它的品评，则可以不断呈现真正的小说杰作所包含的丰富的思想与美学意蕴。

悲剧的力量

《两位富阳姑娘》讲述的是一个美被无端毁灭的悲剧故事。故事的背景是"全国人民学习解放军"[④]，"一人参军，全家光荣"[⑤]，穿军装、戴领章帽徽最被人艳羡、追慕与景仰，青年人"几乎都满怀当兵的理想"的"文化大革命"时期，具体时间是1971年冬天。被毁灭的这位富阳姑娘本来有着无比美好的人生前景，命运已经眷顾于她：作为一个美丽纯洁但普普通通的农村姑娘，她被招了兵，穿上军装，到了部队，即将戴上领章帽徽成为无上光荣的女兵。但是灾难却在她毫无知觉的情况下遽然降临。在到部队后的复审体检中，由于她的同乡、跟她一起入伍的另一位富阳姑娘的嫁祸与军医的失职，她被错当成"作风不好""有问题"的人而被遣送回家，回家后又被盛怒的父亲毒打和严逼，蒙受巨大冤屈、遭到沉重打击的她，无奈之下只有以死洗冤，喝农药自杀。她死后才真相大白，她是那样清白无辜！她的死因而让人无比痛惜。在清楚了她蒙冤受屈的原因，目睹了她横祸飞来却被蒙在鼓里，被冤枉受到残酷的打击，无法反抗更不知道应该反抗什么，无以申诉更不知道需要怎么申诉，面对伴随着暴力的道德与伦理的巨大压力和必须做出的生死回答，她只能无助地自己结束自己的生命的过程，这时，故事内外的每一个活着的人，都无法不产生巨大的惋惜与伤痛，也难以不受到良心和道义的谴责。这位富阳姑娘的遭

---

① 麦家：《两位富阳姑娘》，《红豆》2004年第2期。

② 参见中国小说学会、齐鲁晚报社主编《2004中国小说排行榜》，作家出版社2005年版。

③ 夏志清：《中国现代小说史》，复旦大学出版社2005年版，第33页。

④ "文化大革命"也是一个全民学习的时期。当时的口号是"工业学大庆，农业学大寨，全国人民学习解放军"。

⑤ 征兵时使用的极有影响力的标语口号。中华人民共和国成立后，文学艺术领域里的革命叙事，造成了当代社会的军旅崇拜现象，至"文化大革命"时期，人们对解放军的崇拜达到高潮，这一口号更是常用常新，具有极强的号召力。

遇，让每一个有良知、有爱美之心、有恻隐之心的人不忍面对，不敢面对。这样的悲剧故事，使《两位富阳姑娘》成为新世纪文学，也是当代文学中最有悲剧艺术力量的小说之一。

亚理斯多德说："喜剧总是摹仿比我们今天的人坏的人，悲剧总是摹仿比我们今天的人好的人。"[①] 写好人而产生悲剧效果，即引人产生怜悯与恐惧之情，是因为这里所写的是一个人遭受不应遭受的厄运，[②] 也就是"好人受困难的折磨"[③]。《两位富阳姑娘》的悲剧力量就来自"比我们今天的人好的人"遭受不应遭受的厄运。故事的主人公是个19岁的纯洁的姑娘，皮肤白嫩，胆小听话，"'就像一只小绵羊一样'，性格内向，懦弱，自小到大对父母亲的话都言听计从"，不会也不敢做出任何出格的事情，尤其在男女关系方面，事后也证明她还是个处女。但就是这样一个清清白白的姑娘，受到天大的冤枉，被当成最为人不齿的"破鞋"，不仅有"作风问题"，而且有"欺骗组织的问题"，因而受到十分严重的处置，遭到劈头盖脸的打击，在当时的境况下，除了死没有什么能证明她的清白，洗雪她的冤屈。无辜而被加害，清白受到玷污，弱者遭受暴力，真正是"一个人遭受不应遭受的厄运"。这个人越是美好，越是无辜，她所遭受的厄运就越有悲剧力量。美好、无辜的人遭受的厄运后果越严重，悲剧故事的感染力就越强。《两位富阳姑娘》就具有这些基本的悲剧要素。在这个悲剧故事里，不仅主人公是美好而无辜的，她遭受厄运的结果也让人惨不忍睹。但它的艺术震撼力，还来自更重要的悲剧因素，那就是富阳姑娘这个十分美好的生命，是被迫自己结束自己的生命的，并且是至亲的人（他的父亲）在误会和误解中致使她结束自己的生命的。悲剧冲突的双方都是好人，而且是至亲的人，这种在亲人的误会中造成的好人的悲剧，是悲剧中的悲剧。它引起的情感反应不是一般的怜悯和恐惧，而是巨大的憾痛与惋惜。对于悲剧的当事人来讲，更难承受这种悲剧的结局的是施加毁灭性力量的一方，因为真相大白后他需要在无可挽回的结果中承受无尽的悔恨。一个人在有生之年承受这样的心灵折磨是比失去生命更可怕的厄运，因为失去生命等于磨难已经终止。只有在这个意义上，《两位富阳姑娘》的悲剧效果中才带有让人恐惧的成分，它缘于"这个这样遭受厄运

---

① ［古希腊］亚理斯多德：《诗学》，罗念生译，人民文学出版社1962年版，第8页。

② 亚理斯多德说："怜悯是由一个人遭受不应遭受的厄运而引起的，恐惧是由这个这样遭受厄运的人与我们相似而引起的。"（［古希腊］亚里斯多德：《诗学》，罗念生译，人民文学出版社1962年版，第38页。）

③ 杨辛、甘霖：《美学原理》（第三版），北京大学出版社2003年版，第239页。

的人与我们相似”。

艺术作品所创造的悲剧性，来自悲剧叙事。麦家是个叙事意识很强且善于叙事的作家，《两位富阳姑娘》这个故事，其强烈的悲剧审美效果，是从逼真而生动的场面、人物动作与心理的刻画，形象和细节的描绘，以及事件经过与原因的叙述，也就是从叙事行为与过程中产生出来的。小说用十分富有匠心的结构一步步展现了悲剧事件的发生及其前因后果。铺垫、蓄势、悬念、突转等手法的运用，让故事在层层剥笋后显露出它惨白的悲剧内核，使得故事内外的人心灵不由得剧烈震颤。作品一开头用陌生化的手法交代了事件的起因：一位富阳姑娘在部队新兵复审体检中被查出不是处女，于是按“老规矩”被退回原籍。接着就推出了它的后果：这位被遣送回来的姑娘服毒自尽了。出人意料的死的结局，是故事讲述兀然出现的一个高峰。因为小说描述给我们的是痛苦而惨烈的死：她是喝了半瓶剧毒农药敌敌畏七窍流血而死的。一个鲜活的生命，转眼间变成了一具冰凉的尸体。这具尸体的姿态和颜色是那样怪异、骇人，“让人感到瘆人”，连“在战场上什么样的尸体都见过”的军人都“倒抽了一口冷气”。小说这样写她死后的身体姿势：

> ……说她是平躺着的，其实头和脚都没着地，两只手还紧紧握着拳头，有力地前伸着，几乎要碰到大腿。总之，她的身体像一张弓，不像一具尸体，看上去她似乎是正在做仰卧起坐，又似乎在顽强地做挣扎，不愿像死人一样躺下去，想坐起来，拔腿而去。

可见她死得多么不情愿、多么不得已、多么惨烈。小说还这样写她服毒而死后身体的颜色：

> ……她脸上、手上、脖子、脚踝等裸露的地方，绵绵地透出一种阴森森的乌色，乌青乌青，而且以此可以想象整个人都是乌青的。……她本来是很白嫩的（这一带的姑娘皮肤都是白嫩的，也许是富春江的水养人吧），想不到一夜之间，生变成了死，连白嫩的皮肉也变成了乌青，像这一夜她一直在用文火烤着，现在已经煮得烂熟，连颜色都变了，吃进了当归、黑豆等佐料的颜色，变成了一种乌骨鸡的颜色。

这是一种多么可怕的死法。不仅白嫩的身体变得乌青，“她的嘴角、鼻孔、耳朵等处都有成行的蜿蜒的污迹”——“这是血迹”。可以想见这是多么痛苦的死。就算她有道德问题，不够资格当兵，难道就应该接受这样的惩处，领受这样痛苦而可怖的死亡？在死亡而且是自杀带来的死亡面前，生命的尊严和价值陡然凸显出来，原有的是非观念被质疑，悲剧性事件通过情感的冲击唤醒了人们对死者的同情心，同时瓦解了小说开始时设置的道德评判。而这种情感的冲击是由小说叙事的文字创造的强烈的视觉冲击力带来的。

自杀是生命对无法承受的存在困境的彻底逃避，是一个人留给世界的最后的语言。对于陷于罪错压迫的个体而言，消极的自杀是对蒙受冤屈的最有力的申辩。根据小说叙述的暗示，这个富阳姑娘的死就可能属于这种情况，它意味着这一悲剧事件另有隐情。它引起读者新的阅读期待。随后的叙述和交代，就证实这个姑娘的死是被逼的，她在死前留下了遗言，告诉她的亲人，她是冤枉的。既然是被逼死的，自然需要回答是谁逼死了她。又一次让人感到意外和吃惊的是，做出回答的是她的父亲，父亲说：“是我把女儿逼死的。”小说叙事把事件过程引向了悲剧的内核，即悲剧冲突发生在亲人（在这里是“父亲”和“女儿”）之间，并且是强者对弱者施加不应施加的暴力招致悲惨的结果。这一次是通过人物动作的描写来制造悲剧效果的。还沉浸在女儿参军的荣耀里的当村长的父亲，突然遭遇让他发蒙的变故——他刚参军的女儿被部队退了回来，由人武部的同志送到家里，还“白纸黑字告诉他女儿犯了什么错”。女儿当兵未成，反有辱家门，这巨大的打击使他又羞愧又恼怒，于是有了根本不问情由，完全丧失理智的思想和行为。据叙述人描述：

> 他不知道说什么好，也不想说什么，只想打死这个畜生。他这么想着，上去就给女儿一个大巴掌。后来，在场的人武部同志告诉我，那个巴掌打得比拳头还重，女儿当场闷倒在地，满嘴的血，半张脸看着就肿了。但父亲还是不罢手，冲上去要用脚踢她，幸亏有人及时上前抱住他。

父亲的暴行还不只如此。慑于人武部的警告，他一时不敢再打女儿，而是盘问女儿“是哪个狗东西睡了她”，女儿一再否认并说是冤枉的，这样他愈加认定错在女儿，忍无可忍，再一次对女儿暴力相加：

> 当时一家人刚吃过夜饭，桌上的碗筷还没收完。父亲抓起一只碗

> 朝她掷过去。女儿躲开了。父亲又操起一根抬水杠，追着，嘴里嚷着要打她。开始女儿还跑，从灶屋里跑到堂屋里，从堂屋里跑到猪圈里，又从猪圈里跑回堂屋，跑得鸡飞狗跳，家什纷纷倒地。回到堂屋里，父亲已经追上她，但没有用手里的家伙打她，而是甩掉家伙，用手又扇了她一耳光。还是下午那么严重，她也像下午一样倒在地上，一脸的血，不知是嘴巴里出来的，还是鼻子。

如果说前面描写的这个姑娘死后的样子让人惨不忍睹，那么在这里，懦弱、听话的女儿在不知道自己到底闯了什么祸犯了什么错的情况下，只能毫不反抗、连躲避也不可能地承受盛怒的父亲的痛打，被最应怜爱自己疼惜自己的人打得那么严重，这样的情景令人更为不忍。

人伦中最可宝贵的父女亲情，被野蛮惩罚的暴行所替代，实是人心中最美好神圣的感情遭到了残酷的践踏，这也是一个人可以舍弃这个世界的最大理由。突然而至的悲剧冲突要以死亡来平息了，于是故事讲述出现了最富悲情的一幕。当狂怒的父亲高喊着“打死这个畜生”，被母亲奋力挡住，母亲喊女儿快跑时，“女儿爬起身，却没有跑，反而扬起一张血脸朝父亲迎上来，用一种谁也想不到的平静的语调，劝父亲不要打她，说她自己会去死的，不用他打”。无辜受辱被逼，她只有以死维护自己的尊严，也让受连累的亲人得到解脱，何况不明真相的父亲暴怒若狂，没有留给她活路，父亲要她做的选择是：“你要么报出那条狗的名，要么死给我看。”她无法再用语言为自己辩护，只有选择死才能证明自己的清白（她不知道是什么说明她不清白，因而不知有简单的办法可以证明她十分清白）。她做出死的决定，意味着她与父亲的悲剧冲突宣告结束，因此她说出这一决定是那样冷静，冷静得“让在场的人都吃了一惊”。急管繁弦的叙述突然出现一个静场，视觉冲击被内在的悲情替换，悲剧故事向人们的良知发出了询唤，悲剧本来有了回旋的余地。但可惜没有人听懂这样的询唤，因为误会这只制造悲剧的魔掌使人们闭目塞听，没人能够抓住改变事情结局的机会。悲剧不可逆转，悲剧冲突的双方都受着蒙蔽。直到人死后对遗体进行检查，才发现是把人弄错了。经过几经起伏的铺垫和峰峦迭起的蓄势，叙事用一个突转，解开了悬念，暴露出事件的悲剧实质，让人大惊诧，大悔恨，大遗憾。小说叙事这样揭示事件形成过程与真相，使悲剧效果更强烈，它的确是“将人生有价值的东西毁灭给人看”①，唤起人们对

① 鲁迅：《鲁迅全集》（第一卷），人民文学出版社 1981 年版，第 279 页。

悲剧主角的大同情。在知道真相后再回头看这个不明不白受冤枉而死的姑娘，原来是一个多么纯洁美好的生命，真正是一个“比一般人好的人”。她被部队弄错检查结果后，是在亲人的逼迫下，在亲人抛下她之后，一个人死在自己家里的——不，不是家里，而是在她家的猪圈里。她不愿意她的死玷污亲人的房屋，就是死，她也为活着的亲人着想，可见她一点也不埋怨（她自杀前一个人在堂屋里呜呜哭了半夜，那是委屈和伤心以及对亲人挽留的等待）误解她和为了自己的名声而不惜伤害她的亲人。特别是父亲对她那样凶神恶煞，把她往死里逼，她不但不反抗，甚至不怨恨，而甘愿遵从父亲的意志，以死作答，仅给她的严父留下令人心痛的遗言：“爸爸，我是冤枉的，我死了，你要找部队证明，我是冤枉的。”事实证明，她的确是冤枉的。好人受冤枉得到悲惨的结果，这是人类最恐惧的悲剧。作者在进行这样的悲剧叙事时，故意采用不介入的态度和冷静的语调，与他的当事人身份和故事的离奇、悲惨形成反差，造成悲剧叙事的方法与悲剧事件的视觉的和心灵的冲击力之间的艺术张力，强化了悲剧效果。《两位富阳姑娘》的悲剧力量大概来自这些方面吧。

谁是加害者

中国小说学会的小说年度排行榜评委会自称有“学会的标准”，即“兼容历史内涵、人性深度和艺术水准”①。《两位富阳姑娘》能以第一名进入 2004 年度中国小说排行榜，想必符合中国小说学会的这一评审标准。除了上面所谈到的艺术魅力之外，《两位富阳姑娘》这篇小说应该有丰富的历史内涵和一定的人性深度。

有价值的东西被毁灭的悲剧，往往由人性与历史的合谋造成。《两位富阳姑娘》这个悲剧，又是由哪些因素导致的呢？或者说，是谁加害于那位清白无辜的富阳姑娘，使她断送了鲜花般美好的人生呢？

从小说向我们讲述的事情经过中，我们似乎不难找出把这位富阳姑娘推上绝路的几个人。一是她的父亲。如果不是她的父亲得知她有作风问题而被部队退回，恼羞成怒，发狂般地对她施以暴行和威逼，她最多是蒙羞而活，断不至于丢掉性命。设若她的父亲珍视女儿的生命胜过珍视自家的名声，理智地对待和处理这件事情，说不定还可以查清问题，还女儿清白，甚至女儿重返部队也不是不可能。是父亲的不理智和狂暴将她逼上了死路。

---

① 陈骏涛：《兼容历史内涵、人性深度和艺术水准——写在中国小说学会〈2004 中国小说排行榜〉前面》，载中国小说学会、齐鲁晚报社主编《2004 中国小说排行榜》，作家出版社 2005 年版，第 1 页。

父亲是最直接的加害者，也唯有他的加害使这个故事最富有悲剧性。二是跟她一同参军的同乡，另一位富阳姑娘。她才是失去贞操、有作风问题且不老实、应该被遣返回家的人。她在部队对新入伍的女兵进行例行复检时，被查出已不是处女。由于心虚、感到丢脸和害怕，她在体检军医的询问下，谎报了她老乡的姓名（刚刚入伍，在女兵中她只知道她最熟悉的老乡的名字），借以逃脱肯定有的歧视和可能有的处罚。是她的嫁祸，使自己的同乡蒙受冤屈，不明真情，无法回答父亲的责问，以致更加激怒了父亲，无端与父亲形成悲剧冲突，最后在道德、伦理和暴力的多重压迫与打击下悲惨死去。这个富阳姑娘犯了女性当兵的禁忌而又不敢承担责任，是这场悲剧的起因，所以她是真正的肇事者。不管是否出于故意，都是她害死了自己的同乡。所以，“用军医的话说，即使把‘她’枪毙都够罪！”三是曾经诊断死者“有问题”的那位军医，一个牛高马大的胶东人，军区某部长的夫人。是她的粗心大意、简单从事，以致张冠李戴，让好人受冤领罪。悲剧发生后，她被派到死者的家乡再度查体，发现弄错了人，一脸惊恐，说明她不是没意识到自己充当了悲剧制造者的同谋。事实上，对于姑娘的冤死，她犯有不可推脱的过失。她在夸大别人的罪错时，其实是在掩盖自己的草菅人命。四是作为悲剧事件的见证人，负责遣返姑娘回乡的司令部军务科长。他是被动地卷入这个悲剧事件的。为执行公务，他经手了这件事，经历了他先前没有料到的变故，美差变成噩梦，也因此了解了悲剧的全部过程以及悲剧产生的原因。本来姑娘的死跟他没什么干系，尽管人是他送回的，人死后是他负责善后。但当真相查清后，他始而震惊紧张，继而厌倦恐惧，最后也反思了自己，不由忏悔起他也加入了制造悲剧的行列这一事实。在送这位姑娘回富阳的火车上，不明何故遭到遣返、十分畏惧的姑娘，曾恳求他告诉她犯了什么错误，他也完全可以告诉她，然而在一念之间他却打了官腔，致使这个姑娘失去了洗清冤屈、纠正错误处置的最好的也是唯一的一次机会，才堕入本来可以避免的命运的深渊。

我们似乎有理由认定这几个人就是悲剧主人公富阳姑娘的不同性质的加害者，他们在不同程度上对好人遭受厄运负有责任。虽然他们并不是恶的化身，他们并未料到自我开脱、自我保护、对荣誉的顾惜、对耻辱的规避等这些情有可原的做法，会致他人于死地，但是他们身上存在的人性的弱点，也就是人的自私本性，吊诡地趋善行恶，合伙制造了悲剧。然而，麦家讲述这个发生在特定年代里的悲剧故事，肯定还带有拷问历史的意向。从叙述的设计就可以看出，故事在引导我们追索悲剧的真正导演。这个故事的起点，是一种反讽表达。作为语言多义性的一种形态，反讽是

“语境对于一个陈述语的明显的歪曲”①，它“表示的是所说的话与所要表示的意思恰恰相反”②。在小说的反讽式叙述中，文字与意义并不相配。“反讽可以毫不动情地拉开距离，保持一种奥林匹斯神祇式的平静，注视着也许还同情着人类的弱点；它也可能是凶残的、毁灭性的，甚至将反讽作者也一并淹没在它的余波之中。”③《两位富阳姑娘》的故事之所以成为悲剧，它的逻辑起点在今天看来十分荒诞，女兵到了部队首先要接受检查，看处女膜是否完好。这个荒谬的做法，在小说叙述中并没有受到质疑，相反，它是作为一个真理在故事中被所有的人所维护，不管是制造悲剧，还是承受悲剧，或是制造悲剧同时又承受悲剧的人，都丝毫不怀疑它是否合理。叙述者正是毫不动情地拉开距离，平静地、克制地讲述这个以处女膜为轴心的故事的，处女膜好像一面镜子，照出了人性的弱点。处女膜问题是一个叙事前提，从这个轴心开始，展开了惊心动魄、伤心惨目的悲剧，但它自己却安然无恙地注视着因为它所发生的一切。这就是这篇小说的高妙之处。只有真正理解小说的特点与功能的人才会这样处理有价值的题材，这样讲故事。只要我们感受到叙事的反讽意味，就能领悟这篇小说真正的思想意蕴。就是说，只要逆着悲剧展开的方向，回到故事的轴心上去，制造悲剧的黑手就能被我们捉住。处女膜是故事的纽结。处女膜竟决定一个人的生死祸福，它也就成了祸源和悲剧的诱因。

小说的历史批判意识，也在这里得到显露。姑娘处女膜完好才有资格当兵，这不是军人职业的需要（鸭板脚不能当兵才是，因为鸭板脚影响行军），而是道德需要。处女崇拜反映的是一种道德观念。女性参军需接受处女膜检查，体现了部队对入伍者严格的道德要求。革命队伍追求人的高度纯粹化。毛泽东号召中国人做“一个高尚的人，一个纯粹的人，一个有道德的人，一个脱离了低级趣味的人，一个有益于人民的人”④。然而对这一思想的不合理的阐释则导致了消极的结果。《两位富阳姑娘》以个案形式做出了回答。由于处女膜检查的失误，害得一位姑娘自杀，凶手不就是杀死过无数中国妇女的贞操观念吗？原来，道德营构过程中，尚未完全清除腐朽的封建旧观念。是旧观念假人之手杀死了这个本该有着美好

---

① ［美］布鲁克斯：《反讽——一种结构原则》，载赵毅衡编《“新批评”文集》，中国社会科学出版社 1988 年版，第 335 页。

② 参见朱立元主编《当代西方文艺理论》，华东师范大学出版社 1997 年版，第 111 页。

③ ［美］华莱士・马丁：《当代叙事学》，伍晓明译，北京大学出版社 1990 年版，第 227 页。

④ 毛泽东：《纪念白求恩》，《毛泽东选集》（第二卷），人民出版社 1991 年版，第 653—654 页。

人生的姑娘。但它的泛道德化也有可能造成对生命的戕害。这就是小说貌似平淡的故事讲述中隐含的道德的悖论。《两位富阳姑娘》从一个全新的角度，以独特的方式检讨了20世纪的道德历史。

处女崇拜又是一种权力崇拜。道德标准说到底是权力意志的体现。“新兵入伍后，部队要对他们作一次身体和政治面貌的复审。”复审合格，才能戴上领章和帽徽，真正成为部队的人，领章和帽徽象征着一种政治荣誉和权利。所以在相当长的一段时间里，当兵这一公民的义务，在一些人那里，衍化为对一种政治权利的享受。部队在一些人眼中无形中演变为一个利益团体，它实行严格的准入制。身体和政治面貌就是两个基本尺度，也是绝对尺度。作为男权社会的遗存，女性进入这一团体，还有贞操这个附加条件。失去了贞操，就失去了当兵的资格；失去了当兵的资格，也就失去了一种政治权利。这种政治权利具有巨大的诱惑力，在反复的强化中，它的重要性和价值可以超过人的生命自身。那位女儿被部队遣送回家的父亲，在得知女儿是因为有作风问题而被退回后，立即羞愧难当，恼怒至极，一方面是新旧合一的道德感使他蒙受耻辱，更重要的是已经获得的政治利益的丧失使他发急、感到绝望。所以，在逼死女儿，醒悟到女儿受了冤枉，经过坚持，为女儿洗清了不白之冤后，他向部队提出的唯一要求竟是让部队带走他的才十五岁、不够参军年龄的小女儿。这样的顶替，既可以挽回家族的荣誉，又能够获得失去的权利。只要达到这个目的，就算已经知道部队对女儿的死负有主要责任也无须提出赔偿要求了。

对权利的趋附是人类的本性，但富有悲剧色彩的是，追求权利，必为权利所役。况且在道德化的权利分配背后，往往隐藏着君临一切的权力意志。《两位富阳姑娘》最有价值的地方，就在于展示了权力意志通过道德召唤来实现对人的思想控制的现实。8名女兵中的一位富阳姑娘被查出处女膜是破的，这就说明有作风问题了。不仅有作风问题，还有更大的问题，由于她只有十九岁，自己说连男朋友都没有谈过，说明她表上填的和嘴上说的都有问题，这是欺骗组织的问题，比作风问题更大。“欺骗组织，就是对组织、对党、对人民不忠诚”，所以她的问题被看得比那个查出是鸭板脚的男兵的要大得多，“大得到了简直吓人的地步”。就是说，道德缺陷比生理缺陷更严重，因为生理止于身体，看得见，道德关乎思想，不好控制。在这样的情况下，人的隐私自然是不能保留的，女兵检查处女膜于是天经地义。政治荣誉和权利的获得，是以隐私权的被剥夺为代价的，其后果是人的生存被扭曲。小说里自杀而死的富阳姑娘的因痛苦扭曲变形的身体，极富象征性，那是道德化的统治意志对生命的扭曲与戕害，也是生命对非人道德的控诉与抗议。死者是被扭曲的，活着的人也无不被扭曲。死者扭曲的身体，折射出加害于她的人灵魂的扭曲。“父亲”是最突出的例子。女儿遭人所害遇到危难，最能给予安慰、保护和解救的本应是父亲，但恰恰是父亲给了女儿致命的打击，万万不该地亲手掐灭了女儿生的希望，也表明道德观和利欲早就泼熄了他人性中爱与善良的火焰。

三　《卖女孩的小火柴》：元小说抑或反元小说

鬼子的短篇《卖女孩的小火柴》[①] 是2004年最为奇特而又饶有意味且富有叙事震撼力的小说，是一篇最有小说性——小说的基本特性是虚构——的小说。小说是叙事的，这篇小说所叙之事是一篇小说如何虚构一个故事的故事，也就是说，它是关于叙事的叙事，作为一种虚构行为，它所虚构的是虚构。因此，它是一种元叙事，这篇小说似乎是一篇典型的元小说。

元小说？

“元小说”当然是外来的概念，是西方叙事学理论中的一个引人注目的名词术语。这一术语20世纪80年代就被引进，90年代初美国文论家华莱士·马丁的《当代叙事学》被翻译出版后，更是为我国的理论批评界所熟知，并在文学批评中得到运用。元小说又被称为“超小说”“自觉小说”“自恋文本”“自我意识小说”和“自反小说”。这是“一种充分自觉的、以虚构和叙述行为本身为虚构与叙述对象的小说新文体”[②]，它“在一篇叙事之内谈论这篇叙事”[③]，公开讨论“‘虚构叙事/现实’之间的关系”，“将叙事本身加以主题化”，[④] 有意显示“叙事的成规性”[⑤]，总之，它是“关于小说的小说”[⑥]。

元小说的出现，标志着小说艺术自身的进步，因为“如果我谈论陈述本身或它的框架，我就在语言游戏中升了一级”[⑦]。但元小说绝不只是代表着一种有意味的小说技法，也不意味着写小说的目的就在于游戏。产生于后现代文化背景中的元小说，蕴含着深刻的艺术哲学，它有目的地颠

① 鬼子：《卖女孩的小火柴》，《莽原》2004年第5期。

② 王宏明：《后现代主义诗学与“自觉小说”》，《外国文学评论》1989年第4期；转引自陶东风《文体演变及其文化意味》，云南人民出版社1994年版，第190页。

③ ［美］华莱士·马丁：《当代叙事学》，伍晓明译，北京大学出版社1990年版，第229页。

④ 同上书，第226页。

⑤ 同上书，第222页。

⑥ 同上书，第228页。

⑦ 同上书，第229页。

覆了传统的、主要是现实主义的文学观，对文学这种语言陈述与世界的关系给予了新的解释，回答了什么才是我们所要追寻的意义这个人类行为的基本问题。现实主义文学为追求真理而要求小说必须真实地反映现实，但是现实主义小说通过隐藏叙述行为以求得似真性的阅读效果，其实是在掩盖小说是一种虚构这一基本的事实，它所追求的真实仍然值得怀疑。与之相反，元小说有意暴露叙述行为，揭穿讲故事的虚构性本质，反而突出了故事讲述者态度的真诚，也保证了话语本身的真实性。正所谓“‘小说’是一种假装。但是，如果它的作者们坚持让人注意这种假装，他们就不再假装了。这样他们就将他们的话语上升到我们自己的（严肃的、真实的）话语层次上来”[①]。正是意识到“对于幻觉的揭露把意识提升到一个新的层次”，华莱士·马丁才给予了这样的辨正：“现实主义的许多拥护者认为寓言、元小说和滑稽模仿（总之，任何一种显示一篇叙事的成规性的公开标志）都是某种形式的游戏，显示着一位作家或批评家实际上的不严肃。但这种看法是不对的；自我意识小说的提倡者们也像其他人一样，可能是轻浮的，也可能是明智的，或者可能比我们大多数人更加严肃（例如乔西普维奇）。”[②] 更重要的是，现代小说将注意力从现实世界转移到语言陈述自身上来，是以新的（主要是后现代主义的）哲学与文化观为基础的，这才是元小说的革命性意义之所在。

对此，陶东风的《文体演变及其文化意味》一书，有较为全面的论述。它告诉我们，从结构主义的语言观到后结构主义的语言观，文本与现实的关系被彻底否定。根据德里达、巴尔特等人的见解，文本之外没有任何东西，语言本身无所谓真假，那么“语言的意义是由语言自己创造的，相应地文本的意义也是由文本自己决定的，它与外在世界无关”[③]。依照这样的语言哲学观念，自然可以接受这样的判断：“任何用语言说出来的话，写出来的句子，文章，就只能是虚构。”（杰拉尔德·格拉夫语）[④] 虚构是本体论意义上的，生活本身也是虚构。因而，“文学（包括小说）是虚构的这一文体学的命题是与世界是虚构的、人生是虚构的、意义是虚构的等文化哲学命题联系在一起的，它深刻地揭示了人类对于人生与世界之真实意义的怀疑，揭示了小说家对于文学可以揭示人生真谛这一传统使命

---

① ［美］华莱士·马丁：《当代叙事学》，伍晓明译，北京大学出版社1990年版，第229页。

② 同上书，第222页。

③ 陶东风：《文体演变及其文化意味》，云南人民出版社1994年版，第193页。

④ 参见陶东风《文体演变及其文化意味》，云南人民出版社1994年版，第189页。

感的背弃”①。承认这一点，就等于承认了虚构可以使意义成为可能，只不过它选择的是另一种成规惯例。所以陶东风认为“在现实主义小说文体与后现代小说文体之间的选择，实际上是在两种文化价值观念之间的选择”，元小说代表的文体变迁具有这样的文化意义，即“从现实主义的藏匿叙述行为到后现代主义暴露叙述行为的文体变化，深深地折射出文化的变迁，如果说文化赋予人以本质，而文化的本质又是语言，那么，文化、人以及世界的真实性都取决于语言惯例，即取决于虚构的方式”。②

有了上述理论背景，《卖女孩的小火柴》的叙事类型及其意义应该说就不难认识了。小说的题目有点“滑稽模仿”的味道，看上去不严肃，让人觉得有意取巧，耍小聪明吸引眼球，但也暗示这将是一个荒诞的故事，或许会带给我们喜剧的快乐。同时它也提示，这个故事将是“一个有关于讲故事的寓言”③。小说也的确是叙述了一个叫作吴三得的地方作家按照当地报纸文学版给定的题目编故事的故事。虽然这个关于小火柴卖女孩的故事并没有编完，没能最后形成一个符合小说叙事成规的完整的文本，但作为小说叙事的言语—行为都发生过了，它（小说—故事）已经讲故事了，并且讲了不止一个故事，准确地说，它讲了一个故事从发生到结局的多种可能性——要是按照现实主义的要求，文学应该给我们以知识的话，这个故事的多种讲法给了我们更多的知识。小说里的小说作家吴三得如何构思《卖女孩的小火柴》这篇命题小说，成了《卖女孩的小火柴》这篇小说的主体部分，小说完整地记述了这一构思过程；这一构思活动再清楚不过地让这篇小说的读者进入小说作坊观赏了小说虚构故事的过程。它首先介绍了故事主人公（叫“小火柴”的小男孩和婴儿——小女孩）的身份、来历，接着就按小说的叙述程式/叙事成规，从开头（小火柴在街上摆卖小女孩）讲到故事的缘由（卖女孩的缘故，这是故事的核心部分，它讲了可供选择的五种缘故）及过程（出于“拟作者”的意图——拷问人性），最后是出人意料的结尾。通常，读者只能看见艺术家的“手中之竹”，这一次却目睹了丰富多彩的“胸中之竹”。关于虚构的虚构比一个让人信以为真的故事似乎有着更大的魅力。

这篇小说的元小说特点，还体现在故事的构思过程中，作者（或叙述者）不断地对构思的情节加以评论。这种评论在叙事学里被称为“自

---

① 陶东风：《文体演变及其文化意味》，云南人民出版社 1994 年版，第 195 页。

② 同上书，第 197 页。

③ ［美］华莱士·马丁：《当代叙事学》，伍晓明译，北京大学出版社 1990 年版，第 226 页。

我意识评论”。“所谓自我意识评论，确切地说，是指叙述者在文本中对叙事话语本身的评论，又称为元叙事。”[1] 20世纪80年代中期先锋小说兴起时，元叙述就是对叙事行为本身加以评论，成为“新时期文学”文体自觉的主要标志。马原、洪峰、叶兆言都非常成功地运用过这一叙事方式，有意识地“裸露技巧”，强调艺术符号本身的性质，极大地更新了人们的文学观念，反映在“把文学同生活区分开了，不再过高地估计文学对生活的作用”[2]，也就是改变了对文学文本与现实的关系的看法。鬼子在《卖女孩的小火柴》里，对元叙事手法运用得很频繁。比如写到在构思“小火柴”的来历时考虑要不要设计一个与小火柴有关的老教师时，就发评论：“当教师的，血脉里总是多多少少地流着一些安徒生的血液的……当然也可以与安徒生无关……无关可能更好一些，加了安徒生就等于加了文化，可加了文化也就等于加了酸水，显得有些做作。现在的小说，很多毛病就出在做作上……”这不只是在考虑要不要在这个故事里加进文化因素，实际也评价了文化因素给小说带来的阅读效果，进而也评价了当今读者的期待视野。又如，在构思“卖女孩的缘故①”时，写到谁帮小火柴写卖其妹妹的求告书的字时，叙述者又出面说话了：“……写字的人怎么可以眼睁睁地看着一个小男孩要把自己的妹妹拿到大街上活生生地摆买？……良心呢？……当然，也不必什么事都往良心上靠，都有良心了世界哪里还有那么多的糟糕的事情？……可以把人物推到最阴暗的地方去，越阴暗的地方才越有深度……文学名著里的很多人性深度都是这么出来的，这是一个大道理，只是，这样的大道理，很多中国作家早已经抛弃了，问题恰恰在此，他们越是将这些东西抛弃，他们的作品就越写越是浅薄……”这不仅表现了叙述者对现实事件的道德伦理态度，借题发挥批判了世道人心，也对当今社会包括文学界对于文学的浅薄见解进行了反讽。又如，故事的叙述者在考量使用“写实”还是“荒诞”的思路时，有这样一些评断：“荒诞常常比写实更有深度。”“……但荒诞没关系，荒诞可以是任何人，写实则要小心……如果要表现有什么美的东西在里边，

① 罗钢：《叙事学导论》，云南人民出版社1994年版，第230页。

② 毕光明：《文学复兴十年》，海南出版社1995年版，第195页。其理由是：“叙述世界同事实世界并非没有联系。但二者发生于不同的时间，空间更有本质的不同，前者只是独特思维主体受某种触发对经验到的事实世界的某一角度的符号化的重新组织和编排，它是作为审美客体提供给人们的阅读材料，并且它只提供给那些有特殊兴趣的人们。它不可能是对已逝事实世界的全面反映和全部解释，同样，它也不奢望对正在进行和将要发生的社会生活施加指导，产生作用。”（参见毕光明《文学复兴十年》，海南出版社1995年版，第195—196页。）

那最好是表现在小火柴身上……否则小火柴这个人物的意义就会被他人夺走……”叙述者对自己理解文学及处理故事的能力好像颇为自信、很有把握，但文化环境给予他的这种自信与把握并非不值得怀疑，所以又是一个反讽。

类似的带有反讽性的自我意识评论在小说里频频出现，增强了小说的元叙述色彩，小说因而越发像一篇地地道道的元小说。然而引起我们疑惑的是，在元小说在新时期文坛一度走红 20 年之后，鬼子来这么一下，酣畅淋漓地操作一把元叙述，他就不怕人家笑他炒别人的现饭吗？鬼子若真的认同元小说，那么这篇小说要呈现给读者的只是叙述言语行为即文本自身的意义生成而不是通过故事让读者走出文本，直面现实，追问我们的生活意义何在吗？

反元小说

答案不难找到。

《卖女孩的小火柴》确然叙述了一个如何讲故事的故事，小说的“猪肚”部分用呈现代替了叙述，叙述中又遍布自我评论。然而这些都是作者有意模仿、有意制造的假象。小说的写作目的正是要破除这些假象，让读者抵达被叙述的丛林所遮挡和掩盖的生活现实——一个真实存在的世界，一个我们许多人自以为了解、其实并不了解的世界。

如果我们不是只注意小说叙述中呈现的故事的讲述［即（构思备忘）部分］，而从整体结构着眼，留心反讽语句的真意，我们就会发现，鬼子的这篇小说不是“叙述如何讲卖女孩的小火柴的故事”，而是“叙述写《卖女孩的小火柴》这个故事的故事”；这篇小说的真正主人公是瓦城作家吴三得，而不是卖女孩的“小火柴”；小说的主题不是讲故事的技巧，不是叙述行为本身，而是吴三得讲故事遭遇的心理挫折、造成自命不凡的作家遭受打击的外部力量。虽然小说中经常有对叙事行为的评价，符合元小说的要件，但它多半并不是由叙述者来评价叙事行为，而是由作为叙述对象的人物来评价，来自反。[①] 它的确暴露了叙事行为，但它所暴露的是虚构的，暴露也就堕入虚假。因此结论可能是，这篇小说是以元小说为题材的小说，是关于元小说的小说，而不是元小说。准确地说，这是对元小说进行戏拟的小说，从主观意图看，是要解构元小说，因此可看作反元小

① 套用华莱士·马丁的比喻就是：叙述者没有让我们注意造成逼真效果的眼镜和框架（技巧与结构），实际上是让我们的兴趣中心或曰兴奋点放在画面的中央，而画面的中央画的是一个镜框。（［美］华莱士·马丁：《当代叙事学》，伍晓明译，北京大学出版社 1990 年版，第 222 页。）

说，尽管在主题表现上它成功地利用了元小说的技巧增强了艺术效果。

那么这篇小说的真实意图（犯忌了——意图谬误）是怎样曲折（文似看山不喜平——难怪鬼子故弄玄虚）实现的呢？

首先给我们以迷惑的是它的题目《卖女孩的小火柴》。对妇孺皆知的童话作家安徒生的名作的题目进行改写，的确异想天开而又别出心裁。它诱导我们猜想、关注这个不无蹊跷的故事。而实际上，它是两个小说题目的重合。《瓦城晚报》的编辑给了这个题目，让吴三得作文，这是小说情节中的内容，是作品中的主人公即小说人物需要处理的题目，而不是作家鬼子要处理的题目，也就是说是吴三得需要讲一个卖女孩的故事，而不是鬼子（实为拟作者）要讲一个卖女孩的故事。鬼子要处理的题目应该是《吴三得与〈卖女孩的小火柴〉》，他要写的故事（大故事）是：一个叫作吴三得的作家写《卖女孩的小火柴》这篇命题小说的经历。《卖女孩的小火柴》是作家鬼子这篇小说之中的一个小故事的题目，结果它被用作讲述吴三得经历的小说的题目，就让人把故事中的故事当作故事本体了。实际上，鬼子这篇小说的叙事策略，是“虚构中的虚构”，而不是“关于虚构的虚构”，因此它的本体不是元小说。元小说是这篇小说的题材，而不是它的体性。

其次，故事用了嵌入式，而又将嵌进去的故事作为主体部分重点呈现，也起了“误导”作用。作家为了达到一种反叙事的叙事效果，有意夸张小说中的人物吴三得的叙事行为，极力描写他对于小说创作的良好的自我感觉，他对自己的虚构能力的满足，因为只有这样，他的想象与虚构遭到现实的否定时，他突然遭受的心理打击才有力。但在阅读过程中，作者所设置的叙述圈套确实容易使读者迷失其间。只有当我们走出这一迷宫之后，才有可能恍然大悟作家的真实用意所在。

最后，由于小说采用了故事之中有故事的叙事设计，“拟作者”、叙述者和人物就容易发生混淆，它导致的是反讽叙事的所指不明确。特别是吴三得在小说里具有双重身份——既是人物，又是叙述者，在以他的名义进行叙事时，他所做的自我意识评论和对待事件及文学自身的态度，以及他的价值观，就变得复杂起来。简单说，他的观点不等同于《吴三得与〈卖女孩的小火柴〉》这篇小说的叙述者的观点，也不等同于“隐含的作者”的观点。只有在否定之否定的逻辑关系中，才能找到小说“拟作者”即作家鬼子的价值观，也就是可以较为确切地把握到这篇小说的主题指向。

《卖女孩的小火柴》就是通过上述种种叙述策略，先将我们诱入一个

“元小说”形态的走迷宫的游戏里，在迷宫的出口处，再让我们猝然同一个完全超出我们想象的现实世界相遭遇。作者让“元小说”在作品里尽情表演，不是要肯定这种小说的叙事功能与文化意义，而恰恰是要颠覆这一曾经被赋予文体和文化创新意义的叙事策略。“元小说”像一个精灵，在我们的眼前那么活跃，那么炫目，而转瞬之间，它就被杀死。“元小说”在这里被谋杀，背后的叙事意图在于借此反省当今的文学。文学如果真的一味自恋于叙述行为和文本，那么作品的花枝在现实生活的风雨里很快就会枯萎。吴三得自以为“善于瞎编”，不到一个晚上，就编出了卖女孩的小火柴的故事，而且真像他自恃的——“不管什么点子，只要交给他，好像一分钟之内，就能给你想出五六个方向的思路来”，一口气为小火柴卖女孩编出了五种缘故，还为小说编出了他自以为出人意外的写实、荒诞各两种结尾。而结果呢？第二天在菜市场，他身边发生的事情，远比他编的故事要离奇！“善于瞎编”是吴三得自谦的话，真正的意思应该是“富于想象”，这足以使他自得。是故吴三得编这个故事，当然以为穷尽了所有的可能性，然而他哪里想到，现实世界的变化、生活的复杂远远超出了作家的想象！吴三得是比他老婆聪明，一拿到报社编辑给的《卖女孩的小火柴》这个题目，就想到“小火柴”不是物而是人，是一个“头大，脖子瘦，怎么看都像根火柴似的”小男孩，因而他一开始就把故事的主人公理所当然地确定为一个在街上摆卖女婴的小男孩。他压根儿也不会想到，故事的主角也可以是小女孩。所以，发生在他身边的小女孩拐走小女孩的事件让他那样震惊，不由“愣在了那里”。生活现实推翻了作家自鸣得意的构思：他只构思得出“卖女孩的小男孩（瘦的像小火柴）”，生活中却有“卖女孩的小女孩（瘦的像小火柴）”。它不仅超出了作家的想象范围，也超出了作家的想象能力。① 作家自以为高明，自以为对生活了如指掌，而实际上他对生活、对社会是那么无知！生活的复杂、人的异变远远超出了作家的想象！吴三得的智慧被现实残酷地否定了，这使他沮丧、气恼甚至愤怒！反省文学的出发点是对现实的关切与批判。回过头看，《卖女孩的小火柴》这个有失严肃的小说题目，隐含的是作家对当今这个世界的深重忧虑。同安徒生笔下的那个不幸的小女孩（可能是虚构的吧）相比，今天的许多儿童面临的又是什么样的生存威胁呢？发生在菜市场马蹄摊边的母亲一不留神小孩就被拐走的事，绝不是虚构。假如这

① 小说的欧·亨利式结尾，产生了强烈的叙事震撼力。“元小说”对之还是起了重要的铺垫作用。

样的事在光天化日之下随时都会发生，那么安徒生童话中那个可爱的小女孩不用等到半夜就要被人贩子抢走吧（也许有人会说，被抢走总比冻死饿死强吧）。小说中让我们不能释然的是那个被比她才大一点点的小女孩带走的小女孩的命运。何止是她，那个把她带走的小女孩，承受的又是一种什么样的命运呢？不难想象这个拐走女孩的小女孩后面的成人的黑手。小女孩是个工具，也是受害者。假如连儿童都得不到保护，时刻面临各种危险（小说写道："小孩被拐的事，菜市场里已经发生很多次了。"证之以现实社会，人贩子的猖獗，已到了无以复加的地步），那么我们又是生活在一个怎样糟糕的世界里呢？面对这样的世界，安徒生的童话显得太为轻飘，太过单纯（难怪吴三得的老婆说："这年月还有谁喜欢在报纸上读童话呢？"——不只出于世风日下造成趣味低下之故），吴三得们的"瞎编"又不够严肃，那么，作家要么仍然躲进自己"熟悉"的隐私世界里，继续做一个养尊处优的当代生活（多么混乱的生活！）的局外人，写诸如《贫民张大嘴的性生活》之类题目的小说供人取乐，要么重新捡起现实主义的武器，搏杀生活，提取意义：叙述行为并非不能产生意义，但是生活逼得至少是一部分文学保持及物的叙述——"语言"固然具有本体意义，"经验"也不必废弃。这大概就是《卖女孩的小火柴》这篇奇特而复杂的小说，通过双重叙述的争辩[①]，无奈地启示给我们的吧。

四　《说话》：权力对人生的败坏

新进女作家陈蔚文的短篇小说《说话》[②]，讲述的是一个知识女性因为说话的欲望遭到压抑，满肚子的语言找不到出口，而感到憋闷、难受，以致身体出轨，家庭生活遭到严重败坏的故事。

这是一个充满了强烈感性色彩的普通人的生活故事，真实得叫人觉察不出一丝虚构的痕迹。女主人公在崩溃前，有过漫长的挣扎，这挣扎是心

① 小说大故事的主人公（作家吴三得）在构思小故事时，始终"考虑到了给老婆的阅读和与老婆的对话"，"老婆"这个"隐含读者"实际上代表了作家所处时代的市民文学趣味，作家与之进行的"对话"，形成了两个叙述层面中的叙述者（各自与"拟作者"的距离不同）的价值观的争辩，实质上是在与流行的文学观与社会成规进行争辩。这种争辩，也表现于两个故事层面上角度不同的"自我意识评论"以及大故事里夫妻的辩论中，由于"叙述声音"复杂，这些"评论"大大增强了小说的艺术张力和文本意蕴的丰富性。如果深入分析，这篇小说有很强的复调性。这种复调性使我们不能简单评判作家对待不同文学传统与叙事成规的态度。一个善于操作元小说，有元叙述能力的作家，不会不知道言语行为和艺术观照现实的限度，因而其价值观更具包容性，这是需要注意的。

② 陈蔚文：《说话》，《天涯》2006 年第 1 期。

灵的，也是肉体的，是生命的自然需求被遏抑和扭曲而发生量变的过程。小说的感性化，来自造成伦理悲剧的生命能量的积聚与生活的压强成正比地增长。它的一朝爆发是对生活的报复，而报复的结果当然是两败俱伤，原本有的幸福和幸福感在不正当的补偿行为中被一并毁坏。小说结尾主人公的逃避，意味着曾经有过的希冀彻底破灭，因为纯洁的感情已经在生存压力造成的生命迷乱中被玷污，就如同本该完美的诗篇中出现了无可删除的败笔。

《说话》让人惊叹于女性感受的细腻与持久。叙述者与小说人物在身份上的同构，使文字所表达的女性内在感觉有如水一般丰盈、温暖而柔韧，同时又十分尖锐有力。陈蔚文的小说，并不停留于一般女性作家常会存在的沉溺于感性经验的局限，她喜欢探讨人生纠葛中的一些命定的因素，常感叹生活悲剧背后的那种无可规避的冥冥中的力量。《说话》的女主人公，无论生活赋予她怎样的境遇，似乎都无法改变她将要遭遇的陷落。不过，在这一次的男女故事里，陈蔚文给了生活悲剧以更多的现实解释，是现实社会的力量左右了人生，败坏了生活，作品因此增强了现实批判力量，更具有典型性。故事的冲突，建立于“说话”这一逻辑起点上，表现了作家独到的艺术发现。

说话，是一种再普通不过的生命行为。只要是一个健全、正常的人，就需要说话。说话是运用语言与人、与外界进行交流。能运用语言，是人之为人的最基本的也是最重要的标志。就是说，运用语言——说话，是人的本质的体现。正因为是人就应当能够说话，说话也就是人的一种权利。人不仅可以而且应该说话，人还应该而且可以自由地说话。正所谓人生而自由。然而在陈蔚文这个故事里，人并没有获得这个权利。主人公应碧，是个大学毕业生，而且是学文科的，并且是在宣传部门里工作，做的就是说话的事情，可她居然没有得到说话的权利。不仅没有一般的政治话语权，甚至连日常聊天的自由都要遭到干涉。小说里所写的说话，基本上是一种日常生活语言的运用，如聊天、拉家常，说一些无关他人更无关大局的私人性的生活语言。谁知连这样的日常谈天在单位里也犯了忌。这让她感到不可思议，感到愤激。但愤激归愤激，她生活中的一份不可缺少的快乐，更重要的是她作为一个公民的起码的权利，都生生地被剥夺了。

对于出身乡村、大学毕业后留城、在人际关系并不能让她适应的单位里工作的应碧来说，谈天说话不仅是释放女性生命能量的天性的需要，也是缓解环境压力、排解现代都市带给人的孤独感的不可或缺的生存需要：

> 从县中考进省城大学，应碧一直是个愿说话的女孩。她不喜欢闷着，一闷久她就觉得像溺水，呼吸一点点被堵严实了，心里一点点暗下去。话越说心里才越亮，这是母亲说的。应碧母亲是个对着石头也能说话的女人，无论点秧种菜还是喂鸡采瓜，她嘴巴从没闲着，她说你爸跟个闷罐子一样我再不说说话不就憋屈死了！

从这段话里，几乎可以看出说话聊天对于一个落入城市单位生活中的乡村女子所具有的生命哲学和文化反抗的意义。应碧的爱说话与其说是得了母亲的遗传，不如说是在悠久的男权文化历史下，对于通常被冷落、悬搁的女性，唯有说话是对灵肉寂寞的最方便、最有效果的自我抚慰：

> 谈天，哦，这是多么温暖放松的事啊，比美容院的SPA更令人放松，它像一双温柔按摩减压的手，将积在胸口的话一点点释放出来，然后人就畅亮了，松快了，像海绵浸润在水中那样，每个细胞都吸足了水分，摇曳着，舒展着。

并无实际的话语意义的聊天，竟是如此富有诗意，它带给生命无与伦比的快感。它也说明，生活本身可能太欠缺诗意。岂止欠缺诗意，它还给人带来难以承受的精神压力，不然何以有那么多“积在胸口的话”！胸有郁积，就需要排遣释放，谈天说话就是释放的重要方式，它会带来心理和生理的双重享受，沉闷而无趣的人生，会因了这样的一点快适而变得可以承受。从这个意义上说，说话关乎应碧们的生存，至少可以提高她们的生存质量。要是连这样的说话也被禁止，那么现实对于她们就未免太过残酷了。

我们很难把知识女性应碧的内心积郁完全看成本体性，因为在她的自述里，我们看到了环境如何一次次冷落或灼伤了试图舒展的自我。应碧的自我是自然、纯朴而鲜润的，但生存环境并没有给她太多的阳光和水分。她主要的生存与活动空间——家庭和单位，没有给她应有的（也是像她这个年龄的女性特别需要的）欣赏、照拂与友爱。在家庭生活中，应碧本当处在最甜蜜、最幸福的人生季节。一对大学毕业的年轻夫妻，在省城里有了稳定的工作，这已经很理想，多少人为之梦寐以求。有了这样的生存基础，青春还握在手中的二人世界，该如何充满勃发的生机与烂漫的色彩！用生命准备着爱的琼浆玉液的少妇，只等着爱人扎进怀抱。然而实际上，小公务员的家庭生活是黯淡而无声的，让人十分失望。好不容易钻营上物资局办公室副主任的丈夫赵群，为了生存，也为了男人的面子，一心扑在仕途前程和“以柔克刚”的政治抱负上，被“水库中转站”式的角色搞得疲惫不堪，回到家里，连话都不想说，要说也是言简意赅，发展到后来，“回了家嘴巴就闭得死紧，像打死我也不说的革命党人，应碧如果显示出准备跟他谈些什么的姿态，他的神色就像要就义一般”。除了吃饭、睡觉，他下班在家的时间全都投到电脑桌前，用上网下围棋来消释工作的疲累和内心的压力，忘记了他的另一半需要关爱，需要交流。应碧从丈夫那里不仅得不到交谈的机会，得不到精神上的抚慰，甚至还得不到身体上的爱抚。卷入行政机器，被仕途梦压扁的赵群，“白天玩的是世界上最庸俗的一种游戏……才三十三岁的人，两鬓就有星点的白了。他的身体像在沙尘里走了半日的人，或是一条使用过度的麻袋，流露着早衰的疲惫迹象”。与年龄不相称，他过早地出现对夫妻生活的淡漠，“他一上床便蒙头大睡，偶有那事也通常省略掉前戏，亦无话，像协同对手完成任务”。这不能不让应碧感到失落。在十分逼仄的生存空间里，最贴近的人在心灵和身体上反而疏离开来，生命欲望无法对象化，必然加剧内在能量的膨胀，天生柔弱的女性生命，最难承受的就是这种内外关系的失调。

家庭生活不能给植物般的生命以正常吐纳循环的机会，对单位就更别抱什么指望了。事实上，单位是沉闷的，由于存在利害冲突，人际关系就很虚伪、很不正常，“同事间虽有说有笑，私下你踩我压相互编派都上紧着呢，科室间倾轧也厉害”，农村出身、生性怕事的应碧在这种环境里，几乎没有说话机会，只觉得孤独无比。正因为这样，她说话的欲望、交谈的欲望就变得异常强烈。所以，当她终于得到了伍师傅这个交谈对象，且两人可以母女般毫无顾忌地尽兴交谈时，在无人可与之交流的环境里闷得难受的应碧，就好比溺水的人抓住了拯救者伸来的竹竿，犹如沙漠中焦渴的旅者发现了甘泉。每到下班，“办公室人差不多走尽了，伍师傅就会到她办公室坐坐聊聊，这是应碧一天中最畅快的时候”。家和单位，缺少温情的夫妻关系、不正常的人际关系带给人的失望和给人生造成的缺憾，在这里得到了弥补。与伍师傅互为对象，促膝谈心，让应碧感到放松，觉得温暖。日常交谈聊天，也就是说话的人文意义，在这里凸显了出来：它具有人情味，它意味着人与人之间的信任和友善关爱，而生命，尤其是女性生命，多么需要这种人情味和友善关爱：

> 应碧不会太恣肆地光顾自己说，她也听伍师傅说，并时常提出一些问题，以使伍师傅聊的谈兴更加盎然。就像冬天坐在火炉旁边，为

> 保持火焰的温度，应碧常会不自觉地拨动一下盆里的燃料。在语言燃起的温度里，应碧清晰地看到自己的渴望，是的，她渴望说话，渴望交谈，这渴望像气流鼓荡在她胸口，她一张嘴气流就涌了出来，它们几乎是跳着跑着向前行进，像活泼的水珠，水珠越滚越大，在空中如一个透明晶体般向前跑去，她追赶着它们，和它们一道奔跑，浑身发热，起初有些僵硬的四肢越来越暖，血液汩汩流动，身体里寒气全都一点点呼出来了，一直暖到指尖。

这是语言对于生命/人的本体意义的最真切、最诗性、最令人感动的表达！而对于女主人公这一个案来说，交谈愿望的达成竟然产生如此强烈的身体感受，只能说明她现有的生活中存在的匮缺已经对她的生命造成了无形的摧残，要是没有伍师傅这个交谈对象的出现，她的生活危机将无可避免。有了这一铺垫，作为小说的中心事件的禁语，就合乎逻辑地将危机变成了现实。它呈现了习惯力量制约下人的悲剧性存在，也暴露出公共意志干涉私人生活的反人文性质。

小说中禁语事件的发生，看上去匪夷所思，但它在我们的生活中又时常发生。毋宁说，它是环境逼使人丧失自我的一个缩影。透过这一事件，我们不仅真切地看到了习惯力量如何通过单位和人际关系对个人实行了全面的控制，而且看到了这种控制给生命个体带来的严重后果。这是《说话》这个短篇对生活进行截取的最成功之处。它在艺术创造上富有力度的地方，又在于始终不无渲染地精心刻画女性自我的强烈感受。小说中僵化的体制与感性的生命构成冲突，前者的非法性就显露无遗。更为深刻的是，小说通过生动描述感性存在的艰难困顿，揭示了作为权力的习惯处处败坏人生的真相。

要不是权力借助环境对个人的日常言语交流横加干涉，应碧的说话欲在同伍师傅的交谈中还是能够得到一定的满足，她沉闷的生活也还是有清新的气流日日贯通，敏感的女性生命就不至于感到窒息。让应碧意料不到的是，她好不容易获得的抒发积郁的聊天机会，竟然遭到剥夺，因为两个女性的不怀任何现实功利目的的谈天拉家常，无意间卷入了单位的权力之争。就在应碧还沉浸在与伍师傅的亲切交往中时，科里的程科长显然奉上面的意思，代表组织，郑重其事地找应碧谈话，表情严肃地给她打招呼，分析了她和伍师傅“过从甚密”的危害，并以影响个人前途相威胁，提醒应碧注意身份，提防对方的不良用心。两个女人下了班的家常聊天，被上升到大是大非的“立场”问题，而程科长在谈话中道出的真实的逻辑关系和问题实质是："伍师傅是通过办公室主任介绍来的，她和孙主任原是老邻居，孙主任呢，又和张副局长关系好，张副局长素来和刘局长面和心不和，一直搞帮派斗争，最近较劲更频。这么一推呢，应碧和伍师傅走得太近，就是有加入张副局派系的倾向，就是和刘局不一条心，就是脱离了大多群众的意愿，这样下去，能有个好吗?"原来，是复杂的权力关系把简单的人际关系搞复杂了！在这里，单位的权力之争以群众意愿的名义出现，所谓"立场端正"，是掌权者为了巩固自己的权力而找的借口，以对个人施行威胁，哪怕个人是完全无辜的。应碧就这样成了权力斗争的牺牲品。她对程科长谈话中的荒唐推理感到吃惊，难以置信也无法接受，尽管清楚地知道"什么是立场？权力就是立场！刘局就是立场！"仍然下定决心，不理会什么"立场"，哪怕组织上为此对她前途不看好，但是，她与伍师傅温暖的言谈关系，还是被冷冰冰的权力切断了。就好像生命呼吸的唯一通道被强行堵塞，从此她完全被了无生趣的家庭生活和没有呼应者的孤独所包围，窒息得"难受"，终于发生身体的"病变"。

从《说话》可以看到，文中描写的权力的作用是依赖体制的公务员——小市民灰色生活的根源。病态的工作环境为权力的滥用提供了便利，其结果是公共权力不但不能保障，反而危害了公众的生存，破坏了正常的人际关系，直接影响到社会成员的个人生活。应碧之所以未能在家庭生活里得到关心与爱，原因是她的丈夫赵群身不由己地为权力所异化，为了地位的改变不能不竭尽全力，以致忽视了妻子的感受。其实赵群也是他们单位权力斗争的牺牲品。他深知单位里权力之争充满了玄机，为了可以看得见而且可望接近的目标，他把一个男人的全部心眼和精力都赌了进去，但因押错了棋局落得全盘皆输——由于顶头上司的临时更换，他所有的努力付之东流，这与其说是如戏的人生戏弄了他，莫如说在特殊的体制设计里，根本不会有真正的赢家，因为所有的入局者都不过是欲望的奴隶。这个体制以权力为诱饵，叫上钩者付出丧失人格的代价。不甘于做一个小科员的赵群，在局套中全力挣扎，还是输掉了他指望得到的办公室主任的位置，输掉了两居室的住房，更重要的是，他输掉了本来拥有的幸福——由于耽于仕途而疏淡了夫妻之爱，导致被别的男人钻了空子，使人生蒙上了永难洗雪的耻辱。是谁败坏了他的人生？还是文中那神龙见首不见尾的权力。

如果说，明知世事如局的赵群，作为一个棋子硬要往里钻，招致失败固然可悲但也是咎由自取的话，那么，不脱乡村本色的应碧在毫无戒备的状态下遭到单位领导的粗暴对待，因与人聊家常而被谈话、打招呼，受到威胁，使心灵受创，身体越轨，就该由缺乏人情味、不尊重人的基本权利的现实环境负主要责任了。在这个意义上，《说话》是对权力失控的社会现象的一份指控书。它最有力的证据就是人的正当生活愿望遭到无理扼制后，美好的生命被孤独和虚无蹂躏。当最基本的存在方式——用语言同外界交流受到干涉和制止，人就被逼到了一个无声的世界。感性化的、天性爱说话的应碧，在单位里被禁语后，回到家里面对的是更加冷漠、麻木、丝毫不顾及她的感受的丈夫，完全掉进了一片死寂里，可以想象，无边的孤独怎样攫住了她：

> 一个人找不到可说话的人，没有呼应，什么都吞咽在肚子里，像被床厚棉被死死捂着，或者被缚上石头沉入最深的暗无天日的海底，那是要让人疯掉的窒息。应碧想起以前大学时看的茨威格的《象棋的故事》，里头那个男人被长期隔绝在一间小囚室里，这比起几十人挤在一间肮脏的小屋或者是干最重的苦力还可怕！因为，这是种“更加精致的，险恶的酷刑”——世上没什么东西比虚无更能对人的心灵产生迫害！

这里给人的心灵以严重迫害的虚无，不是存在主义的本体性的虚无，而是感性生命实实在在感受到的虚无。它是某种不正常的力量对人的言语权力加以剥夺的结果。小说中所描写的权力（实质上是对社会资源的控制）的集中、维护与再分配，需要以无数个体自我的自由本性的丧失为代价，禁语与失声就分别是剥夺与丧失的一种方式和结果。它的严重后果便是对无意于权力游戏的感性生命个体施加了“更加精致的，险恶的酷刑”，使之不堪忍受而发生身体的病变。应碧是小说中提供的活生生的例子，失去交谈对象后，她在心理上感到孤独、虚无，生理上也开始失调，发生间歇性晕眩，还有些恶心（让人联想到存在主义大师萨特的小说名）。随着无声生活的延续，她的病情也在加剧，最后到医院检查，被诊断为患上了美尼尔综合症，一种内耳疾病，是一种疑难病症，医生说：“病因目前还不明确，可能内淋巴回流受阻或吸收障碍，或者内分泌紊乱导致……”这正是人为地限制生命的听说功能所引发的症候，它寓意置人于孤独这种“酷刑”下，是对人的本质的残忍否定。由禁语而引起“内分泌紊乱”的应碧，失去自控能力，终于在强烈的说话欲望的冲击下灵肉分裂，失身于人，为病态社会里权力败坏个人生活留下了抹不去的污迹。

五　《子在川上》：大学的权力生态及其他

在阿袁的系列大学叙事小说里，2011年发表的《子在川上》[①] 是一个新的突破。此前的《长门赋》《虞美人》《俞丽的江山》《老孟的暮春》《蝴蝶的战争》《汤梨的革命》《妖娆》《鱼肠剑》《小颜的婚事》《顾博士的婚姻经济学》等中短篇小说，多写高校知识分子的婚姻家庭、男女情事，特别是知识女性的人际关系及心灵世界，题材独特，艺术表现别具一格，展现了高校世俗化的一面。虽然对平庸琐碎抑或令人不堪的日常生活和情感事故进行细致的描绘，更能揭示生活的本质和人性的真实，但事实上，阿袁从高校生活经验和女性生存体验出发的对知识女性为情爱、虚荣和生存位置而争战的移情化讲述，展现的是女性在道德沉沦、生存竞争失序环境里悲剧性的生存处境及由此引起的心灵困惑。她用文字的手术刀，挑出了女性人人都有的隐藏的伤痛，为性别书写注入了社会分析和道德思考的精神内涵。然而，由于阿袁的这些生活故事都发生在大学这一特殊的文化场所里，而20世纪末以来社会沉沦最严重的表现莫过于大学精神的丧失，因此批评界有理由不满足于阿袁的大学叙事对饮食男女故事的重复。有论者就指出："阿袁小说的故事核心，是那些校园中作为主体的教师（知识分子）们的'情事'，集中写知识分子安贫乐道的传统观念被解构后，人类知识继承、质疑、创新的知性精神完全变成了个人欲望的挣扎、追逐。""在阿袁的小说中，我们不仅看到作者放弃了知识分子政治品格的书写，同时更看到作者放弃了知识分子文化品格的书写。直接将背景限制在'情事'与'家事'的空间中，限制在只是恋爱婚姻战争中组成'三角'的三方，而校园文化的主体活动，如教学、交流、学术、科研也完全被取消，故事严格封闭在恋爱婚姻的事件之中。"[②] 这样的批评，毋宁说是文化界对以大学叙事著称的阿袁在大学书写里加强政治文化批判的期待。《子在川上》或许满足了这种期待。小说通过师范大学中文系里两种文化人格的知识分子的矛盾冲突，反映了当今高校里行政权力对学术权力的挤压，大学权力生态严重不平衡，不仅威胁到人文知识分子的生存，也影响到大学精神存亡的可悲现实。小说诉诸读者的，不再是疯狂时代的生活之痛，而是旷绝古今的文化之痛。

---

① 阿袁：《子在川上》，《小说选刊》2011年第3期。

② 钱旭初：《"去知识分子化"及其言说危机——谈阿袁的小说叙事》，《江苏社会科学》2010年第3期。

《子在川上》的矛盾冲突主要发生在中文系的普通教师苏不渔和系主任陈季子之间。苏不渔和陈季子都教古典文学，两个人发生矛盾很正常，一般会被理解为文人相轻。但是作家赋予这两个人的，不只是现实中不平等的政治身份，更重要的是他们与生俱来的不同的文化品格，因此，他俩的不和，就现实看，是校园政治实现的必然结果，往深里说，是有着深远历史渊源的文化冲突。就其文化成分而言，两个人从不同的侧面承载了中国知识分子的道统[①]：在苏不渔的身上，更多地承载着老庄的无为无不为的具有自由主义精神的道家文化；而在陈季子的身上，承载的是被统治阶级改造过的功利化、官场化的儒家文化。在汉代以来的中国社会政治史和民族文化史上，这两种文化以互补的形式共存于社会意识形态之内，并内化为知识分子（古代称为“士”[②]）的人生态度与价值观，支配着生存个体的社会应对方式。历史上，在社会意识形态层面，这两种文化有主次之分，且与知识分子的命运相连。秦始皇统一中国，为扫清治国行政的文化障碍，焚书坑儒，结束了知识分子自由思想引领社会的黄金时代，知识创造和思想几乎成为读书人的原罪。汉代董仲舒为帝王献策，罢黜百家独尊儒术，原生态的儒家思想学说被过滤，简化为服务于统治阶级需要、建立等级制社会的伦理道德学。从此，儒家文化成为古代中国社会的主导文化，深刻影响着知识分子的现实人生态度和价值取向，因为读书人要生存、要实现自我价值，就必须认同专制集权社会的文化规则。科举制兴起后，儒家文化规范进一步意识形态化，也更加功利化，为精神文化的主要承传者和创造者——知识分子所遵循。儒家文化的正统地位遂牢固不移，与之相依存的就是知识分子忠君爱国、积极进取、遵规守矩、道德至上、重社会轻个体的克己型文化人格。到了20世纪，多样的外来文化与儒家文化交流碰撞，儒家文化的正统地位动摇，传统儒家文化精神在一些知识主体身上遂蜕变为犬儒主义。即使在高校这种文化保存的圣地，能看到的也多是儒家文化的负遗产，比如从宗经崇圣演变来的唯上唯大、阿谀权贵，从修齐治平演变来的谨言慎行、明哲保身、结伙营私、排斥异己。《子在川上》中的中文系系主任陈季子，怎么看都像

---

① 道统也就是一种在历史中形成并延续的精神传统。对中国知识分子的精神传统，资中筠在《中国知识分子对道统的承载与失落——建设新文化任重而道远》（《炎黄春秋》2010年第9期）一文里有十分精辟的概括，主要有三：（1）“家国情怀”，以天下为己任，忧国忧民；（2）重名节，讲骨气；（3）“颂圣文化”。但这是以处于主流文化即儒家文化中的知识分子为对象的，道家文化传统需另行界定。

② 用资中筠的话说，中国知识分子略相当于古之“士”。参见资中筠《中国知识分子对道统的承载与失落——建设新文化任重而道远》，《炎黄春秋》2010年第9期。

是个变味了的儒家知识分子。跟儒家文化不同，道家文化重自然而反人为，重大化而轻社会，热爱生命自由而鄙弃现实功利，在古代社会秩序的建立和维护中有消极作用，所以在社会意识形态中只能处于次要地位。一般说来，承袭道家文化精神的知识人，在难以认同或受到排斥的社会政治或文化环境里，会有意疏离主流文化，不依附权势，不俯仰世俗，以思想的异端、行为的放诞和性格的乖张来维护个体的独立和精神的自由。魏晋时期以竹林七贤为代表的文人就最为典型，他们是道家文化人格在中国文化舞台上的一次集体出演，[①] 对后世的潜在影响甚大。而更多的时候，这样的人格在崇拜儒家的社会里要付出孤独的代价。在小说中知识分子处于依附地位的集权制环境里，道家文化人格只能处在边缘的位置，具有这种人格的人遗世独立的情怀，并不为世俗所理解，甚或容易遭到误解，但他们仍然不得不与世俗发生精神的联系——对他们所讨厌的精神形态感到厌恶，对误解他们的看法感到愤懑。因此，认同魏晋风度而又在北大这个以自由为灵魂的新文化发源地受过熏陶的苏不渔——道家文化人格的孑遗，同陈季子产生矛盾就是必然的了。他俩的冲突，不是现世利益上的冲突，而是两种文化性格的冲突，故而有着深厚的历史内涵。

既然各自秉持不同的文化性格，苏不渔和陈季子本可以河水不犯井水，各自在寄存形骸的社会里出入，那为什么两人的矛盾后来会激化到你死（苏不渔被排挤出教师队伍）我活（陈季子在苏不渔罢教事件中与校长的关系更密切，因为替校长和自己报了一箭之仇）的程度呢？这就是文化与体制合谋的结果了。文化从来就不是静态的存在，而是在人与环境、人与对象的互动中动态生成的。《子在川上》这部文化味十足的小说，之所以具有很强的现实批判性，就在于它把苏不渔和陈季子这两类文化性格，放在高校的政治文化环境里建立起悲剧性权力关系，从而通过一个典型性格的命运，展现了知识分子群体以及由他们共同承载的大学文化和大学精神的命运，引起社会对高等教育和民族命运的深切忧思。在

---

① 孙光的《竹林七贤与魏晋玄学思潮》（《北方论丛》2005 年第 4 期）一文对这一群体有较为全面的介绍和准确的分析。文中指出：“竹林名士生活在正始后期黑暗的政局和天下‘名士减半’的恐怖氛围中，其理论探索完全转向了个体的精神超越和理想人格的塑造，明确提出‘越名教而任自然’，否定王权、抛弃儒学礼法，把个体的精神超越与存在的社会现实置于对立的矛盾冲突之中，具有明显的反传统、反社会的特征，更偏爱庄学的境界，带有浓厚的理想色彩。”“他们选择了更多关注人本体的道家学说作为新思想的基石。”“道家的重个体、任自然与儒家的重社会、讲名教之间就不可避免地会产生矛盾、发生冲突，解决这些矛盾冲突的不同方式构成了玄学的不同派别；而对待这些矛盾冲突的不同态度，又深刻地影响了其时士人的人生理想、生活情趣、行为方式，从而形成了他们不同的生活道路。”

《子在川上》的故事讲述里，我们看到今天的一些大学，正在日益背离现代大学精神。近些年教育界内外对大学的行政化、官僚化已多有非议，有愤怒的谴责也有理性的分析。但是当小说用一个作为大学精神化身的优秀教师被排挤出教师队伍，来活生生地呈现出关乎国家和民族未来的大学教育正在毁于利益集团之手时，读者受到的精神震撼还是大大超出了文学阅读的期待。《子在川上》的故事，发生在一所省属师范大学里，这个大学是省属重点大学，规模不算小，国家和个人投入的资源①不算少。师范大学主要是培养教育人才，而教育决定国民的素质、国家的前途和民族的未来。师范大学尤其需要坚持博雅教育，培养具有高尚的情操、广博的知识、鲜明的个性、自由的人格和创造的能力的，有人文情怀的未来的教育从业者，这样的教育目标的实现，必须有相应的现代大学制度来做保障。可是，小说写的这个“师大”，又是什么样的管理体制和教育行为呢？实际情况是，大学完全被行政化、官僚化、产业化。其表现形式是大学真正的办学目的和教育目标被悬置，教师的教育主体地位被剥夺，学生的求知愿望被忽略。学校的教育教学活动，完全由行政主导，包括教授在内的全体教师都处在被动的境地。学校教育的内容被虚化，形式成了实体，因为一切教育活动都是为行政领导铺路的形象工程、面子工程、政绩工程。教学检查只看进度是否与大纲相符：“该讲曹操的那一周就要讲曹操，该讲陶渊明的那一周就要讲陶渊明，不然，督导下来听课，一听，好嘛，挂羊头，卖狗肉。往上参一本，就算小小的教学事故了。”苏不渔不管这一套，上课讲到他喜爱的阮籍就没完没了，让系主任陈季子十分头痛，因为一旦被“无欲则刚”“童言无忌”的督导老先生们发现了，将会影响他的美丽形象。教学内容和方式是否有利于人才培养目的的达成其实是不被管理者考虑的，科研成果的多少成了衡量教师业绩的唯一指标。所谓科研成果的评价，并不遵循知识创新的科学研究规律，而只看论文发表的数量和刊物的级别，因之对教师称职与否的评价就演变成了以有无科研成果为唯一标准，并且是以年度为周期进行量化，而考核的权力都由行政部门掌握，被考核者没有任何发言权。这样的教育管理模式，把教师引向了重研轻教的失职之路，甚至拖进了悖情逆性应付科研的痛苦深渊，不仅无助于人才的培养、知识的创新和科学的发展，还恶化了人际关系，败坏了生活兴致，使人生失去了应有的乐趣。中文系年轻美丽、性情活泼的女教师朱小黛，就觉得自己被科研压力折腾得扭曲了，变得不是本来意义上的朱小

① 省属公办大学的经费来源有二，一是省政府拨给的生均经费，一是学生交的学费。

黛——“真正的朱小黛爱锦衣玉食，爱风花雪月，爱灯红酒绿，甚至还爱在男人面前风情万种”，只得怨恨是系主任陈季子迎合学校的科研奖励政策和管理体制，公权私用，打通发表环节，把人参当萝卜生产而形成的导向，破坏了她的幸福人生。正是科研一票否决制，使优秀的古典文学副教授苏不渔被剥夺了硕士生导师资格，导致他愤而辞教，让人看到了高校管理上的问题。

苏不渔北大研究生毕业，受过良好的教育和严格的专业训练，学术水平高于一般同事，尽管他述而不作。对授课人的文化知识结构要求很高的“中国文化概论”课，藏书丰富、知识渊博的他是最合适的人选，系主任慑于苏的个性不敢直接交给他，而总是用曲线救国的方式先排给年轻教师，最终还是由他主动接受过来。博士出身的朱小黛遇到科研上的难题，总是采用暗度陈仓的方式在他这里得到解决。他不是没有能力写论文，而是写论文成了与权力交换利益的途径，跟人的自由精神相违背，他就绝不同流合污，而坚持超功利的人生信念和任自然的生存方式。他的教学水平在师大是一流的，小说介绍“苏不渔的课，在中文系的口碑很好，至少在学生中的口碑很好”。他的自由、散漫、天花乱坠的教学风格备受学生喜爱。他“上课从来不遮遮掩掩，总是倾其所有”的教学态度和率真任情毫不伪饰的做人风格，赢得了青年学子的一致崇拜。当他出现在全校文学大奖赛的颁奖典礼上时，学生们给他的掌声，竟“如潮水般，席卷而来，一波未平，一波又起，且一波比一波更声势浩大。其热烈的程度，绝对十倍于校长”，让本来想借机捉弄、促狭他的系主任陈季子意外失算、尴尬难堪。最重要的是，作为大学教师，苏不渔有很高的教学热情和高度的敬业精神。对于他来说，没有什么比教学更重要的。苏师母吴素芬回忆：

> 当年他们谈恋爱，躲在又阴暗又逼仄的教工宿舍里亲热，哪怕在最热烈的时候，最神魂颠倒的时候，热烈到颠倒到吴素芬经常忘了上班这回事——有时是忘了，有时是欲罢不能。但苏不渔从来没有忘过，或者欲罢不能过。他总能在上课的前十分钟戛然而止——十分钟是极限，因为整理衣服和整理教案最快要二分钟，而从宿舍疾走到教室，要五分钟，剩下一分钟，要喘息，还要喝口水，然后再整理整理思路。不然，唇干舌燥，又神思恍惚，没有办法开始上课呢，苏不渔和吴素芬这样解释。但吴素芬恼了，又羞，有几次就使坏，故意在上课前愈加做出千娇百媚的样子，苏不渔那时还年

轻，身体的免疫力很差，但他意志力却很强大。每次都能行于当行，止于当止。

这简直是个视知识传授高于自我生命的教员。因为没有一个真正的大学老师不敬畏知识，不重视文化薪火的传递。作为最称职的大学教师，苏不渔最能与大学这一名称相当的，还是他的独立人格和自由精神。苏不渔并不缺少文化资本，但他并不以之渔利猎名，要利也是利他，要名也是清名。这源于他从老庄道家文化传统里承续来的宇宙人生观。对于渺小的个体、短暂的人生来说，没有什么现世的实利值得抓住不放，唯有物我齐一的精神在天地间永恒。既然以人文学为职业，就当以探讨宇宙人生的存在真理为务。所以他能把儒家文化创立人孔子“逝者如斯夫”的惜时之叹，解读为天地悠悠人生若寄的形而上的本体之思，提醒世人放眼大千，放弃对眼前小利的孜孜计较。对他来说，与朱小黛这样的知音坐而论道，比著述获利更有意义、更快乐。但是，他的世界观与价值观以及守护这种观念的行为表现，总是被现实环境所否定。尤其是陈季子的到来，让他不屑于做教研室主任的清高无法被证明，反引起他人的误解，简直是“不知腐鼠成滋味，猜意鹓雏竟未休”，害得他不清不白。这让他对小人之心之性与行，由鄙视而愤怒，于是以倨傲而偏激的态度对待之。他喜欢作为名士的阮籍，以之为偶像，为之心醉神迷，在行为方式上也暗有师法，想必不只是出于价值认同，还有找到一种社会姿态来抵抗庸俗和维持内心平衡的需要。与儒家文化人格具有两面性不同，服膺魏晋风度的苏不渔，把真情至性袒露在世人面前，公开表示不与系主任陈季子同上一个饭桌——道不同不相为谋，即使被“骗”到了一起也绝不喝陈的敬酒（后来当然要喝罚酒了）。他甚至孩子似的，为小狗的命名而与陈季子的儿子斗气，固执得可爱地不让内心的美被人亵渎。系主任伙同主管校长借机报复，把他送上了黑名单，剥夺了他的硕导资格，他也绝不向权势妥协。像这样的人格个性，真是凤毛麟角。而这样的人格个性，必不为行政化的大学体制所容。苏不渔的无为，就是一种作为，是对小说中描写的那种流行的教育文化体制的拒绝和挑战。他的文化敌人陈季子不用太多的手腕，就可以抓住对方的弱点，利用体制的力量把这个高校教师队伍中的异类排挤出去。

陈季子能够轻易取胜，借助的是他们学校里不公平的权力关系。这种不公平主要是行政权力和学术权力的不公平，在很多地方高校里，行政权力完全压倒了学术权力，违背了大学本质。在这样的背景上再来看《子在川上》的文化冲突，就可以理解，苏、陈的矛盾，是一种力量不均等而结局没有悬念的冲突。苏不渔是纯正的大学教授，而陈季子具有双重身份——既是教授，又是准行政官员，他不仅可以利用职务之便为自己谋取学术资源和利益，还可以利用行政力量置自己的对手于死地，并且不承担任何责任，也没有道德风险。他所栖身的文化和体制都可以帮他的忙，他投靠的是一个“无主名无意识的杀人团”[①]，杀人不留血痕。戴有儒家人格面具的系主任陈季子，不仅有知识，还有涵养，胸怀大度，温文尔雅，同时，也阴险，狠毒。由于知识结构、性格、价值观和为人处世的不同流俗，苏不渔的存在就是对陈季子的得罪，这注定了苏不渔在握有公权又有儒家风范的道德优越感的陈季子手下，只能是个败将。苏不渔未完成科研任务，不符合硕导的业绩要求，先是上了黑名单，后又被大白于全校师生，这对极为看重人格尊严的他来说，无疑是奇耻大辱，他明知鬼出在哪里，但这个鬼的魔力太大了。他唯一的反抗方式就是罢教、辞教。他爆发前凝重的神情，流露了他内心的怆痛。他那篇用赋体写成的《告全校师生书》，表白了他对这个时代的彻底失望和他的文化追求不被理解的巨大孤独。他的结局让人觉得不可思议：忍痛离开了心爱的讲坛的北大才子、古典文学教授苏不渔，被发落到萧条败落的中文系资料室做了资料员，接替即将退休的姚老太太，与“白头宫女”为伴，真个是黄钟毁弃。

苏不渔用凛然辞教与大学行政化和官僚化相抗争，他是一位坚持大学精神和知识人自由个性的孤独鏖战的文化英雄。但是这样一位英雄在属于他的丛林里失败了，败得那样悲壮，败得那样令人痛惜和伤感。这个苏不渔，身上闪射过那么迷人的道家文化精神的魅力，而他的对手陈季子，也携带来官场文化（实质上是专制文化）的魔影。他俩的矛盾冲突，说大了是知识分子的人文主义文化与高校的政治文化相博弈的一个个案，而前者的失败，是大学权力生态严重恶化的表现。

① 鲁迅：《我之节烈观》，《新青年》1918年第5卷第2号。

第四章　现代诗的特质与作品解读

一　现代诗的虚拟性与真实性例说

现代诗是新诗中更能体现现代人的诗性思维的一类，它更彻底地摆脱了诗歌对由汉语的韵律感等因素形成的外在的音乐性的依赖，从而削弱了诗的抒情性，而赋予了诗歌更多的叙述性与思想功能，它往往描述一种事象或叙述一个事件，构成一种不同于传统诗歌语言形式的诗歌事实。可作为一种艺术现象来加以注意的是，现代诗所描述的不一定是现实中所发生的真实的生活事件或客观存在过的事象，而多半是诗人凭空从心灵里构造出来的事件，是诗人的内心呈现出来的事象，诗人的目的不是陈述这些心造的事象与事件，而是用这些去对应另一种被忽略的真正的且是严重的事实以引起对它的正视。一首题为《死后》① 的诗，就很能说明现代诗的这一本质特点，因为没有什么比一个人向人们讲述他死后看到的情景更不是事实的了。这首诗所叙之事根本没有发生过，子虚乌有，纯属虚构，但它又有着残酷的真实性——对于生活和人生。全诗是这样的：

这是我的遗像
尽管扩印得随随便便
我的眼睛
还是明明亮亮留了下来

这可是万万没有想到的啊
大家以为我死了
几缕劣质香烟
妄图再一次修改我的脸面
致悼词的家伙故意咳嗽几声

① 杨然：《回澜之诗》，四川文艺出版社 2017 年版，第 230 页。

念祭文的，哭腔比笑声还要难受
我尤其注意到情敌
在嘴边挂出几千个微笑
我的政敌泪流满面
也唯有他哭得最惨最惨
这也难怪，狮子倒毙之后
山羊还有什么显示价值的地方？
我的债主捶胸顿足
我的借主身心解脱
我的左邻右舍沉默两秒半钟
然后，大家心满意足
送我到地狱去
到百年以后化为黑烟的地方
我的遗像同蜘蛛网挂在了一起

甚至在我生日那天
也没有人忆念起我
我的亲人活得快乐幸福
打扰他们真是天大的罪过
我自己怀念自己
从遗像上走了下来
走在没有人认识我的世界

这首诗陈述的显然是一个虚假的事实，它是一个虚假的死亡事件。由“我”来亲自讲述“我”自己死后所见到的关于自己的事情，既离奇又引人注意。“我”为什么要虚构自己的死亡经历呢？这正是读诗者要解开的谜，也是诗人的写作动机所藏之处。这首诗的写作来自人“自窥”的欲望，也就是想看一看自己在这个世界上到底是被周围的人怎样看待的，自己的存在重要不重要。因想知道，先就要看。这样的“看”，好像出于好奇心，又有点恶作剧，但看者万万不会想到他所看到的那样出乎他的意料，就像人们万万想不到“死了”的人还在看着活着的他们。为什么一定要死后才看呢？人活在世上，处在已规定好的现实关系中，处在性质不同的人与人的关系之中，实际上，每一个无辜“被抛”（海德格尔语）的人都不由自主地处在一个并非完全由自己选择的“规定情境”里面了，没有哪一个人不带有表演的成分，这也就使得所有的人都无法看清别人的真面目，因而也就无法真正看清自己的真实处境。不仅看不清别人，就是自己，由于永远处在（生活的）舞台上，到底怎样才是真实的自我，恐怕也难以断定，委实自己无法识得自己。除非死了，撤离“舞台”了，解除各种现实关系了，人与世界的本质关系才能显现出来。这大概就是诗人要虚拟出一个死后的世界的缘故吧。

《死后》以“我”作为讲述主体，存在着明显的悖谬，然而因此平添了诗的意味，使诗歌一开头就产生了“召唤”力。但是这里由“我”担任主体，仍然是人自我观照的结果，是自我意识的流露，它体现的是人希望被尊重、被需要的深层需求。人在本性上最关心自己，而作为社会人，无人不被结构在现实关系当中，人不能不受制于这种关系，但人也只有在这种关系中才能确证自我的存在价值。《死后》通过“我”的眼睛展示给我们的，就是以“我”为圆心放射开来的各种人际关系，有情爱关系、政治关系、经济关系、相邻关系、亲伦关系等。一个人生存的状况与质量、生命的价值和意义，在很大程度上，就是由这些关系决定的。“死后”的“我”所关注的，就是在这些关系中与自己或亲或疏、或为敌或为友的他人，是如何对待自己的。因为要看，诗歌根据遗像的特点，强调了明明亮亮的“眼睛”。这双“见事的眼睛”，一一看到了他的死在群体中引起的反应。“大家以为我死了”，说明他的死，很轻易地就被大家接受了，人们不见得为他的死感到遗憾，说不定还多了一份轻松，开追悼会不过是出于惯例，会场的气氛也不实，让人生疑，致悼词、念祭文的无不带有做作的成分，活着的人继续在做戏。倒是死了的“我”，获得了解脱，真正感到轻松，不必再扮演什么，可以保持自己原本的、真实的形象了。“几缕劣质香烟/妄图再一次修改我的脸面”暗示了每一个活着的人的形象都是被社会强行修改过的，谁也无法做到完全保持真实的自我。“我”觉悟到这一点，就要注意自我的存在价值了。而这种价值，依然只有到“他者”那里去确证。这些“他者”依次是：“情敌”“政敌”“债主”“借主”“左邻右舍”。“我”“尤其注意到情敌”，并一如生前嫉妒性地对其加以嘲讽，实则流露了人生最大的隐痛。因为对于看重自我生命价值的人来说，没有什么比在爱情追逐中遭受失败更能表明你的价值遭到具体的、活生生的否定的了：爱情在本质上是人的生命价值，而且是最高的价值——性别价值的对象化，而“对象”这面镜子会在对比中无情地暴露出你的不足与缺陷，使你无地自容。在各种人际关系中，诗歌从最沉重的方面写起，不仅符合人生在世的生活实际，也说明各种社会关系所掩盖的其实是生命的基本需求，也是这种需求构成了人与人的生存冲突，或是暂时性的依存或友好关系。这些关系，每一种都与关系主体的利益相关，一方突然撤去，另一方将本能地以利益为出发点做出反应。这就是“我”所看到的“我”“死了”之后，“政敌”“债主”“借主”“左邻右舍”们真实的态度。他们的表现让“我”多么失望啊，失望于生世里缠绕于“我”的种种关系与人情，对于自己来说，那原来皆是虚空！

那么，人世间只有亲情才是真实可靠的了，一个人的生与死只有在亲人那里才至关重要。然而，“我”吃惊地发现，“我”死后，亲人照样要将“我”遗忘！这一“死”，使“我”彻底看清了，人的存在价值只在自我存在本身。“自己怀念自己”这个戏谑性的说法，揭示了严肃的人生哲理：实际上，人只能“自己 vt. 自己”，主格是“自己”，宾格还是“自己”。意识到这一点，一个人才算获得了自我，真正成为自由主体，不必再由社会和他人来定义，脸面无须“修改”。可是，这样的人生至理，若不是死过一回，看到了生存的真相，又如何识得？“我”有幸从另一世界里窥透了生存界的一切，找回了一个真我，当“我”死而复生，当然只能“走在没有人认识我的世界”，因为“我”的脸面不再是经过修改的脸面，“我”无法不让见惯了假面的人感到陌生。至此，诗歌通过一个虚构的死后的世界，否定了我们所经验的现实的世界，达到了揭示生存真谛的写作目的。一个虚拟出来的事件，有着比真实发生过的事件（如报纸上经常可以见到的讣告所告知的某人的死亡）丰富得多也重要得多的意蕴，我们不能不说，诗歌虚拟的世界比现实世界更为真实，由于它披露的是生存的真相和人生的奥秘，同时它遵循的又是生活的和人性的逻辑。

《死后》用“伪陈述”营造丰富的阐释空间，体现了现代诗区别于以抒情为主的传统诗（古典诗歌与一般的新诗）的功能、特性及实现方式。它讲究叙述（不是叙事），而所述之事多系虚拟，在形象世界后面掩藏着一个意义世界，表达的是现代人的生存感受及对存在的领悟；实际上它并不排斥感情，而表达了一种更深沉的情感，一种“对真理的绝对的情感”①，就像“我”如同西绪弗斯明知劳而无功还要推巨石上山，看穿了世上容不得真人仍要回到这个世界一样。

虚拟性是现代诗的主要特点，几乎可以用它来判别一首诗算不算现代诗。现代诗致力于说出一个理，而又更接近知性，所以往往以事寓理，而

---

① 这是加缪对他的小说人物，《局外人》主角，貌似冷漠的莫尔索的评价。参见冯汉津《卡缪和荒诞派》，《译林》1979 年第 1 期。

诗的形制与性能又决定了它不能像小说、戏剧那种真正的叙事文学一样，可以创造出一个人物故事俨然如实，可嵌进历史时空里面的艺术空间，而只能高度简约地述事描象，增强艺术概括力，这自然就要借助虚拟的神功了。一首诗所述之事，即使形同现实里已发生的事，或至少是可能发生的事，但只要诗歌写到此事的过程中出现悖情乖理处，这首诗就要看作运用的是虚拟手法，它就有一个隐藏的意义世界等待我们去发掘，而不是像传统抒情诗一样，旨在唤起读者的情感共鸣。例如芒克写于“文化大革命”时期的《灯》[①]，这首诗叙述的也是一个事件：

灯突然亮了
只见灯光的利爪
踩着醉汉们冷冰冰的脸
灯，扑打着巨大的翅膀
这使我惊愕地看见
在它的巨大的翅膀下面
那些像是死了的眼睛
正向外流着酒……

灯突然亮了
这灯光引起了一阵骚乱
就听醉汉们大声嚷嚷
它是从哪儿飞来的
我们为什么还不把它赶走
我们为什么要让它来啄食我们
我们宁愿在黑暗中死……

灯突然亮了
只听灯下有人小声地问我
你说这灯是让它亮着呢
还是应该把它关掉

① 芒克：《灯》，载谢冕、唐晓渡主编《在黎明的铜镜中》（朦胧诗卷），北京师范大学出版社 1993 年版，第 184 页。

这是一个关于“灯光”的事件，发生的时间是在晚上，地点是公共场所（有其他人在场）酒馆，人物是一群醉汉，他们在昏天黑地里狂饮烂醉，被突然飞来的灯光所惊扰，以致灯光在这里竟引起了一阵骚乱。好像在叙述一个实事，但这里的时间、地点、人物皆非确指，灯光引起的反应更不符合事实，有违情理。看得出来，这个事件是虚拟的。诗人虚构这个灯的事件，是要用它来隐喻一个历史时代里社会对光明与黑暗的选择问题。有人说《灯》是一首启蒙诗，这提示我们注意到这首诗的创作意向及表达方法。醉汉们被无边的黑暗所包围，他们无路可走只有狂饮，其实是有意麻醉自己，说明他们对环境已完全绝望。灯光的突然飞来，只能让他们清楚地看见自己被黑暗所囚禁的事实，又无法打破这黑暗，因而更加痛苦，就像鲁迅笔下的“铁屋子”里的人们的遭遇；再者，灯光“这光明的诱惑，这人的理想与创造之光”①，明明是他们所渴望而又难以拥有的，它的突然降临对于他们无异于一种折磨，就像突然飞至的凶猛的鹰隼要啄食这些将要在黑暗中腐烂的生命，所以，他们才拒绝它的飞来，嚷嚷着要把它赶走，与其在光亮下活活忍受痛苦，不如“在黑暗中死”。

诗歌的主要写作目的，是唤起黑暗中的人们做出新的选择。诗中与醉汉形成对比的，是末后出现的一个“众人皆醉我独醒”的精神形象，有几分神秘，他的发问，让人无法回避，问的是作为见事者的“我”，也是每一个读者：要么在黑暗里继续沉沦，要么集体觉醒起来去选择光明。如果我们承认人类的历史是一部黑暗与光明相交战的历史，那么我们就会肯定这首诗还具有历史概括的普遍意义，而它的诗歌形象的真实性与典型意义，正来自诗歌叙事的虚拟手法。所陈述的事情不必实有其事的特征，使现代诗具有“伪陈述”的特点。但“伪陈述”还指，诗歌正在说的并不是它所说的，亦即作品描述的是一种事象，但诗人的目的并不是要人们只注意这一事象，而是希望你透过这一事象，发现它自始至终指向的另一事象。这也是一种虚拟性，这样的虚拟性使诗歌具有象征性。象征性是现代诗的又一大特性。它体现了诗性思维多重并进、反射参照的特点。由于象征诗的表层语象后面可以存有不止一种事象，我们在阅读时就可以获得不止一种经验，给人以复合经验使现代诗具有另一种精神魅力。曾卓的《悬岩边的树》② 就是很好的例子：

---

① 佘树森、牛运清：《中国当代文学作品辞典》，北京大学出版社1990年版，第634页。

② 曾卓：《悬岩边的树》，载谢冕、唐晓渡主编《鱼化石或悬崖边的树》（归来者诗卷），北京师范大学出版社1993年版，第266页。

不知道是什么奇异的风
将一棵树吹到了那边——
平原的尽头
临近深谷的悬岩上

它倾听远处森林的喧哗
和深谷中小溪的歌唱
它孤独地站在那里
显得寂寞而又倔强

它的弯曲的身体
留下了风的形状
似乎即将倾跌进深谷里
却又像是要展翅飞翔

这棵树肯定是虚拟的，因为没有哪一棵树真的单单被风从森林里吹出来置于悬岩边。这首诗也不是真的要写树。从树的完全被人格化就知道它是在写人，借写树来写人。但它不是简单的托物言志，所以它与传统诗有区别，是一首现代诗。从这棵树的悲剧性的遭遇，我们会想到现代人的生存境况。“木秀于林，风必摧之”，这是自然界和人类社会里的通理，而在人类社会中，它源自人与人之间的生存冲突。诗歌事象的外在结构不难把握。“一棵树”与“森林”本是依存关系，但现在“奇异的风”将二者的天然关系强行破坏了，“风”是高于“一棵树”和“森林”的外力，它莫名其妙地割裂了二者的依存关系，而不需要承担制造悲剧的责任。对于树来说，“风”是冥冥中的不可抗拒的力量，作为受害者也无法追究它什么，“树”最多以自身被扭曲的形象无言地指证一下灾难发生的过程。所以诗着重写树的现实处境与精神姿态之间的关系，在一种矛盾现象中展现出这样的情景：“树”改变不了狂暴的外力对它的左右，但外力也无法改变它所代表的那一类的生存愿望与生命意志。内在的坚毅与精神腾越已经改写了“风”肆意扭曲的结果，“寂寞而又倔强”，“像是要展翅飞翔”，说明“风”的意图最终落空。这一形象结构所对应的社会冲突，不妨理解为有个性的个体被人从群体中逐离出来成为“零余者”而不胜孤独，他还要无端地不断遭受打击，形象被扭曲，但是这一切最终并未改变他禀得的给他带来灾难的个性，没能阻遏个体生命对超越与自由的渴望……即使不了解这首诗的产生背景，也不妨碍发掘出这样的深层意义。

要是我们了解作者曾卓的身世，那就还能找出《悬岩边的树》的中层结构。曾卓一度身遭囚系，被孤立三十余年之久。是亲历的磨难铸就了“悬岩边的树”。“树”的身体可以被扭曲，“树”的精神意志却不会被毁灭：知识分子终是在挫折中证明了自己。如果不是运用现代诗的象征艺术手法，当代知识分子的心灵史，就难以得到这么有力的概括。

通过文本分析，我们或许对现代诗的特性及生成机制已经有了更清楚一些的认识——现代诗创造的是心灵的幻象，本质上是虚拟的，但它揭示的却是现代人生存或存在的本质，它虚造的事件比实际发生过的事件有更高的真实性。

二　舒婷：骤雨中的百合花

舒婷是“朦胧诗”诗人群中最引人注目、影响最广泛的女诗人，有一个时期，大学生对她唱起了圣母颂。舒婷原名龚舒婷、龚佩瑜，1952年出生于福建省漳州市石码镇，之后一直生活在厦门，祖籍为晋江泉州。曾就读于厦门一中，初中二年级时遇“文化大革命”。1969年插队落户于闽西太拔，1972年返城，做过泥水工、浆洗工、挡车工、焊锡工等。1980年底调福建文联。舒婷在插队务农期间就开始写诗，得到过老诗人蔡其矫的帮助，直到1979年她的诗才得以公开发表。独著和合著有诗集《双桅船》《会唱歌的鸢尾花》《舒婷顾城抒情诗选》等。《双桅船》获全国第一届新诗诗集优秀奖，奠定了她以朦胧诗人的身份入主诗坛的地位。

舒婷是“当代诗人中比任何人都更富于浪漫主义气质的诗人”①，一部分是先天遗传，一部分是文学熏陶和生活施加压力的结果。她从她妈妈那里承继了丰富的感情和纤弱的性格，敏感善良，依恋温情。从小就贪恋于读书，如饥似渴地吮吸中外文学名著的营养，不仅强化了她好憧憬和幻想的天性，更培养了她的正义感和同情心。她有过一代人都经历过的万花筒一般多彩而单纯的童年生活：夏令营、歌咏比赛、演唱会；又成长在一个残破的家庭中，父亲因为被划为“右倾分子”，害怕影响孩子的前程，不得不离开他们。少女时代刚刚结束，就碰上“文化大革命”，她不得不以一颗脆弱而自尊的心去体味沉沦的生活，体味希望和绝望、痛苦和甘甜。在那种一切都变态了的环境里，她最渴望的莫过于人与人之间的友谊、温情和爱。她的诗就从这里开始，寻找通往心灵的道路：倾诉自己的

① 谢冕：《中国现代诗人论》，重庆出版社1986年版，第300页。

心曲，抚慰周围困倦的灵魂。一方面，她呼喊“人啊，理解我吧”，一方面，她这样地做了：“我愿意尽可能地用诗来表现对‘人’的一种关切。”①她用浪漫主义的形态，表达了时代性的诗歌主题。

在文学绝对回避自我的年月里，舒婷首先是以心灵的真诚倾吐赢得读者的。她真实地抒写理想与现实的矛盾和由此产生的悲剧感。在《致大海》② 中，作者描写了自己因不被社会接受（回城后没有安排工作）而产生了搁浅的感觉，常常在冷寂的海岸边彷徨：“从海岸到巉岩，/多么寂寞我的影，/从黄昏到夜阑，/多么骄傲我的心。”这是一种孤寂感，同时也透露了她不屈服于命运的探求精神。正因为有追求，也就常感到理想的追求与现实的阻碍存在着矛盾。《船》③ 典型地概括了现实和理想那不可跨越的一步之遥。一只搁浅在荒凉的礁岸上的小船，与满潮的海面只有几步之遥，却“丧失了最后的力量”，船的“飞翔的灵魂”渴望投入大海的怀抱，然而它却只能与大海“怅然相望”，极富哲理地展示了人生愿望与其实现之间存在永恒的距离的悲剧。舒婷把这一悲剧感用空间的形式凝定下来，因而超越了个人而进入普遍性的视域，唤起人们“普遍的忧伤”，永恒的象征产生了深刻的动人力量。《四月的黄昏》④ 则是用时间来负载人生的遗憾：

四月的黄昏
仿佛一段失而复得的记忆
也许有一个约会
至今尚未如期
也许有一次热恋
永不能相许

不只是像黄昏一样凄迷忧伤，由于在时间中绵延，一种不确定感随时都给心灵造成折磨。《海滨晨曲》⑤ 也是写未能及时地投向大海的召唤而产生的“淡淡的忧愁”，这种忧愁为时间和空间所交织：“望着你远去的帆影我沛然泪下，/风儿已把你的诗章缓缓送走。/叫我怎能不哭泣呢？/

---

① 舒婷：《青春诗论》，《诗刊》1980 年第 10 期。

② 舒婷：《舒婷的诗》，人民文学出版社 1994 年版，第 3 页。

③ 同上书，第 11 页。

④ 同上书，第 105 页。

⑤ 同上书，第 6 页。

为着我的来迟，夜里的耽搁，/更为着我这样年轻，/不能把时间、距离都冲破!”本来是事与愿违，却加之以浓重的自责之情，使悲剧更富有震撼心灵的力量。

人们从舒婷的诗中，可以窥见一个南国少女充满同情和爱的透明的心灵。她以优美的文笔把女性的柔情表达得细腻委婉，热烈而有节制。她的丰富的情感，多半倾注在人与人之间的关系上。作为中国女性，一方面，她在诗里表达这样一种感情，即需要温暖，渴望友谊，企盼得到值得信赖的保护和依靠，如《中秋夜》① 所写的：“要有坚实的肩膀，/能靠上疲倦的头；/需要有一双手，/来支持最沉重的时刻。”又如《赠别》② 写到的：“人的一生应当有/许多停靠站/我但愿每一站台/都有一盏雾中的灯”。同时，她又将自身的痛苦上升为同情别人的泪，伸出手去扶持别人，以人道主义的情怀，真诚地鼓励和抚慰同代人——或是因为令人窒息的思想环境而倍感孤独的先觉者，或是因为富有才华而屡遭困顿压抑的困倦的灵魂，或是苦于青春流逝而无所作为的奋斗者。她写了一系列这样的诗，如《寄杭城》《秋夜送友》《赠》《春夜》《小窗之歌》《兄弟，我在这儿》等。《赠》③ 让人惊叹少女的心如此柔软而又如此博大，她把关切主动地投向遭受挫折的异性朋友：“我为你扼腕可惜/在那些月光流动的舷边/在那些细雨霏霏的路上/你拱着肩，袖着手/怕冷似地/深藏着你的思想/你没有觉察到/我在你身边的步子/放得多么慢”。但特殊的处境又使她矛盾异常：

如果你是火
我愿是炭
想这样安慰你
然而我不敢

剧烈的内心冲突，戏剧性地揭露了一个压抑才华和人性的沉重境遇。

冲突在舒婷的诗中无处不在。它是抒情主体经验到的生活冲突，如个人与环境、理想与现实、情心与世俗等，或心理二重性，如悲哀与自负、担忧与骄傲、献身革命与需要温柔等。在她的诗里，冲突总是被推

① 舒婷：《舒婷的诗》，人民文学出版社 1994 年版，第 17 页。

② 同上书，第 131 页。

③ 同上书，第 96 页。

展到爆发的边缘而又突然刹住，强烈的心理势能被迫细缓地内释，最终透过语言结构的形体挥发出动人的“美丽的忧伤”。例如《雨别》[①]，分明是忍耐到了极限——

我真想摔开车门，向你奔去，
在你的宽肩上失声痛哭：
“我忍不住，我真忍不住。”

可结果还是把要喷发而出的情感压伏到胸内，一再回旋：“我的痛苦变为忧伤，/想也想不够，说也说不出。”

舒婷的诗思从个人的忧患开始，但绝不停留在一己的悲怨，而是描述着一代人的觉醒、斗争和责任感。如《致大海》中可以看到诗人寂寞徘徊在海边的孤独的影子，但诗人又自信地宣告生活的险恶风涛并没有把一代人全部埋葬：“这个世界/有沉沦的痛苦，/也有苏醒的欢欣。”《也许》表达了一种对真理的坚定信念。《一代人的呼声》和《献给我的同代人》[②]更是鲜明地表现了他们追求艺术和真理的勇气，这是一种承担历史使命的自觉。后者写道：

为开拓心灵的处女地
走入禁区，也许——
就在那里牺牲
留下歪歪斜斜的脚印
给后来者
签署通行证

在《土地情诗》《祖国啊，我亲爱的祖国》《风暴过去以后》《遗产》等诗中，作者抒发了与大地、与祖国和人民的血肉联系，个人的命运之慨是同国家、民族的现实和未来的忧患叠合在一起的。其中《祖国啊，我亲爱的祖国》还因个人悲欢与民族命运、忧患意识与爱国情怀的完美结合而获得全国中青年诗人优秀新诗奖。

只不过，舒婷富于理性精神的浪漫主义诗情，总是生发于个体生命

① 舒婷：《舒婷的诗》，人民文学出版社 1994 年版，第 113 页。
② 同上书，第 26 页。

的价值。她把通过读书和感应时代嬗变而获得的人本思想落实为特定情境中的自我感觉或独特发现。不少诗直觉地记录个人特有的生活经验，或者是男女之爱隐秘的心灵颤动，如《往事二三》《路遇》《车过紫帽山》，或者是日常劳动对人的心灵产生的影响，如《流水线》。在一些象征性艺术形象里，往往复合着与特定的咏唱对象相关的具体感受以及从中升华起来的更有普泛意义的命题。名作《致橡树》[①]，宣示了她的追求平等的爱情观：

我如果爱你——
绝不学攀援的凌霄花，
借你的高枝炫耀自己；
我如果爱你——
绝不学痴情的鸟儿，
为绿荫重复单调的歌曲……

爱不再是一种依附，而必须保持独立的人格和自由："我必须是你近旁的一株木棉，作为树的形象和你站在一起。"这样，诗歌的内涵就不再是男女爱情所能容括，它昭示的是蹂躏人的时代过去之后人的觉醒。

《神女峰》[②] 进一步肯定了活生生的人的价值。"神女峰"作为女性忠贞的象征，多少年来被人们歌颂和咏赞。而舒婷却对这一流传千年的神话传说做出了现代人的新的价值判断。透过神女峰，她看到了民族潜意识中那已成为惰性的封建伦理道德，看到了神的面纱下遮盖的并非石头的心。诗人以独具的慧眼发现了以妇女和爱情为题材的诗篇中这一个"被遗忘的角落"。封建社会结束了，而封建意识仍然以自然塑像的形式奇迹般地残存在人们的头脑里，就是在 20 世纪 80 年代的现代人中，也还有那瞻仰神女风采，挥动各色手帕的游客。然而，在麻木的游人中也有觉醒者，抒情主人公为游人的举动感到耻辱、痛心、目不忍睹。"是谁的手突然收回"，暗示出转折时期意识的觉醒和对传统的背叛。当游人四散离去，她仍独站船尾，在"高一声，低一声"的江涛中陷入了沉思的潮水之中。这潮水终于汹涌为叛逆的洪流："与其在悬崖上展览千年/不如在爱人肩头痛哭一晚。"这是诗人对人性复归的激越呼唤，是千百年来第一

① 舒婷：《舒婷的诗》，人民文学出版社 1994 年版，第 116 页。
② 同上书，第 216 页。

次对掩盖了女子生命隐痛的神话传说的质疑。诗歌揭开了神的面纱，摧毁了“美丽的梦”（那委实是一个美丽的谎言），留下那个“美丽的忧伤”（为扮演既定的角色只能将生命的渴望抑压于内心），将神还原成人，大胆地表达了想要获得现世实际幸福的强烈要求。只要爱是可以确认的，那么女性表现的将是义无反顾的决绝态度。

《“？。！”》[①] 一诗，女诗人对禁锢人性的历史与现实的合力的心理反叛，就得到了壮观的爆发。它以层层推进的方式，展现了女主人公由探问到证实、肯定，最终做出惊人抉择的心理过程。为坚贞的爱情而无视世俗、勇敢献身的女性形象，从容而庄严，飘逸而悲壮：

现在，让他们
向我射击吧
我将从容地穿过开阔地
走向你，走向你
风扬起纷飞的长发
我是你骤雨中的百合花

诗人总是透过现实生活冷漠和虚假的表面，把感觉深入生命的内部，为人的最真实的要求而呼吁。《惠安女子》[②] 在同情为传统旧俗所束缚的年轻女子的悲苦时，再一次向社会发出了要求恢复追求人生幸福的权利的呐喊。女诗人把一贯的对人的命运的关切投注给了这些不幸的姊妹，指出了社会对女性命运改善的忽略。在对传统社会文化心理的思考与否定中，也渗透了自我经验过的忧伤。婀娜娇羞美丽温情的少女，束约于古老的历史传统、道德观念，承受着失落的怅惘与难言的凄婉。在为人艳羡的风情和优美中，掩盖着的是女子世代不易的不幸与痛苦。但诗歌并未停留于同情与哀叹，毋宁说挣脱习俗的桎梏，张扬女性的生命之火，是这首诗中顽强燃烧的心焰。“野火在远方，远方/在你琥珀色的眼睛里”，外在的环境和内化了的道德律都无法窒息生命的欲念。“少女的梦/蒲公英一般徐徐落在海面上”，这是画面上看不见的语言，但它正寄寓着觉醒了的女性对人生权利的肯定。那无边无际的浪花，感应的是主人公内心渴望的无声喧哗。也许真正的悲剧在于，女性的难以觉察的痛苦和流露痛苦的姿势，最

① 舒婷：《舒婷的诗》，人民文学出版社 1994 年版，第 65 页。

② 同上书，第 214 页。

终仍然被当作欣赏物：“在封面和插图中/你成为风景，成为传奇”。这首题画诗的巧妙就在于它的起点和终点都在一幅画框里。这种封闭性的事实，使女诗人温和的愤激给人以强烈的震撼力。

舒婷的诗因跌宕摇曳的情感与无处不在的美丽忧伤而产生很强的艺术感染力。矛盾的内容进入诗中，使诗歌既容易唤起普遍性的人生经验，又因情感的外张与内敛使阅读者的心灵产生更高的振频和更宽的振幅。在艺术表达上，她常常用表示假设、让步或转折关系的虚词来组接诗句，从而造成了“灵魂的奇观：温婉而坚韧、缠绵而果决、柔情而热烈”①。舒婷的诗歌以浪漫主义为基调，而又融入古典韵味和现代手法，浪漫派诗人的影响，表现在她的诗里是不避情感的直接抒发，经常出现规定情感的词语，如“痛苦”“悲哀”“伤心的笑颜”“淡淡的哀愁”……并且为这样的情感状态渲染气氛，制造环境，如“冷淡”“寂静”“月光流荡”“柔和如梦”“蓝色的雾”“迟滞的风”……诗歌还惯常描写表现内心情感的动作，如“哭泣”“感叹”“忏悔”“记忆”“醒悟”等。这些意象往往又是以截然对立的内涵，同时出现在抒情形象的感情领域里，形成了一种张力，加强了诗歌的抒情浓度。现代诗注重的象征、通感等表现手段，在她的诗里也得到了普遍的运用，诗的内蕴也就超越了具象，变得含蓄而深邃。舒婷诗“美丽的忧伤”，也得之于作者喜欢的古典诗词婉约之风（她曾说过她喜欢读李清照和秦观的词②）的陶润。诗里经常出现“温馨”“温柔”“甜柔”“宁静”之类令人感到舒适的柔性词语。跟女性相连的“泪水”“泪容”“泪珠”“沛然泪下”等富有感染力的词语也成为诗的镶嵌。舒婷创造了独特的诗歌世界，风格温丽典雅，情感深谧而又幽婉，急于喷涌却又时有节制。它的特殊魅力，如骤雨中的百合花，如日光岩下的三角梅，是少女怀中的金枝玉叶，美得叫人心颤。

舒婷是一个为特定的人生际遇所造就的诗人。当个人生活发生大的转变，她的诗歌创作似乎隐入了某种程度上的困顿。1981 年秋天，就在“朦胧诗”登上它的峰巅之际，作为这个诗群的主要代表，舒婷创作了一首带有总结性的长诗《会唱歌的鸢尾花》，融会了她前期诗歌的多种旋律，组成了一支富有时代气息的人生交响曲，把爱情与事业、理想与现实、个人与环境的矛盾以及由此引起的忧伤与痛苦表现得错综交织，深切感人。此后，诗人一搁笔就是三年。再写诗时，她的诗风有了一些变化，

① 谢冕：《中国现代诗人论》，重庆出版社 1986 年版，第 301 页。

② 参见老木编《青年诗人谈诗（教学参考资料）》，北京大学五四文学社，1985 年，第 8 页。

注意从客观生活中提炼出诗歌意象来凝定激荡奔放的情感，以较冷郁的色调和跳跃性更大的诗句来表达曲折、幽微的情致。这一时期舒婷的诗数量不多。随着诗坛的更新换代，诗人急流勇退，客串起散文作家，出版了散文集《心烟》。然而舒婷始终是新时期诗坛上最受欢迎的诗人，在1985年和1986年分别由《拉萨晚报》和《星星》诗刊社举办的民意测验——由读者投票选举全国最受欢迎的十名中青年诗人时，舒婷都名列榜首。

三　《七层塔顶的黄桷树》：以仁爱体知厄境中的生命

一首诗的产生或发动，可以是思维之泉受某种意识的作用从内部不期然而然地冒涌，也可以是外物的偶然触发启开了感知主体情感与思绪的阀门。女诗人傅天琳的《七层塔顶的黄桷树》[①] 当属于后一种情况。旷野七层的高高的古砖塔顶上，生长着一株黄桷树，这奇特的景观，打动了观物者的诗心。于是，这一物理性的自然现象就引发了一场有着丰满人文含义的心理事件。由于这一心理事件的发生与演展，作为观照对象的自在之物——一棵生得不是地方的树，也就被赋予了通灵的精神意识，呈现出它的悲剧性的生命情状，并用它无言的姿势，诉说它勃郁的生命感觉、无奈的悲情、难耐的隐秘愿望和绝不放弃的生存意志。正如同诗题所描述的特异客观景象攫住了诗人的视线，触动了她善感的情怀，这首诗让我们读后久久难以释然。一种强烈的生命感，突破了惯常的咏物抒情模式，唤醒我们内心深处的同情欲，以仁爱的心态关注世间那些容易被忽略的处于厄境中的生命。这里的生命感是双向互动的：观照对象身上的被诗人所发现所着色因而被我们认同而成为存在的生命感（本位的），与诗人自身源于深刻的个体生存经验的已定型为一种人格内容的生命感（利他的），在以我观物、物我交流中融贯成一个相互赋形、相互对视、相互诠释的有感染力的审美张力场。

诗一开头用一个比喻把咏叹对象拟人化了，紧接着用一个转喻（“影子”由“衣衫”递进而来，实为“身影”）渲造出有几分苍凉意味的气氛。它使一幅景致成为一个生存事故，叫人不能不严重地关注。作为一个进入了人的视野的生命体，“七层塔顶的黄桷树”意味着生存的错位、反常，特定个体的被悬置以及由此带来的形影相吊的孤独与寂寞。既脱离群体又失去了大地和土壤，这一棵黄桷树身处厄境的遭遇，除了它自己无法

---

① 谢冕、杨匡汉主编：《中国新诗萃（50年代—80年代）》，人民文学出版社1985年版，第340页。

不感到悲凉，除了让注目于它的人们倾注同情，它将会以怎样的行为语言翻译命运为每一个生命体所设置的存在的意指呢？

第二节告诉我们的就是，这棵黄桷树所承受的“永恒的灾难”，正体现为“偶然”形式冥冥中被拨弄的结果。冲突也就成为必然：生存位置非由自己选择，生命本能的趋群性却不会改变，被抛、被错置的生命个体，它所代表的类的生存愿望往往比顺境中的凸显得更强烈。“许是鸟儿口中/偶尔失落的一粒籽核/不偏不倚/在砖与灰浆的夹缝里/萌发了永恒的灾难”，对树的推想，实乃对人生命运的体味。第三节诗中，诗人一定程度上投注了她痛切的人生体验和深广的人道主义精神（蒙受过苦难的人更知道所有的生命都需要温情，还需要理解），她一定是蘸着泪水写出这样的令人心颤的意象：“而它伸直的手臂/像要抓住破碎的云片/捎去并不破碎的盼望”。虽然接下去的一节诗，已忍不住站了出来的抒情主体并不说透这“盼望”的内涵，但是我们不难想见一个个体无辜地被命运从类体中离弃出来后全部的愿望是什么。诗人有意不说出来，正是让我们从正常境况中去体知那在厄境里的同类，这也是对我们大家身上保留的人情味的一次测试。诗人当然知道，这活得很“别扭”的黄桷树，它摇曳的枝叶，既是“挣扎”，又是“舞蹈”，那是对命运的抗争和对自我生命能力及存在价值的确信。它的“绝不会死去”的顽强的生命力，在诗的最后一节里随着岁月而延伸，诗中多次出现的矛盾的意象，加强了诗艺的张力，而首先体现着生命意志与命运的安排相搏战的宇宙张力。诗的最后一节，再一次用矛盾法肯定、张扬着生命的本质和意义。这里的生命体的确是个“孤独者”，但它的宣言“并不孤独”，就因为生命的生存权利、求发展的意愿是同等的和共同的，也是永恒的，尽管我们总是把这至关重要的一点给遗忘了。

读女诗人傅天琳写于20世纪80年代初的《七层塔顶的黄桷树》，我们不会不想起历尽磨难的老诗人曾卓写于70年代的《悬岩边的树》①。那也是一棵被扭曲的树。它被“奇异的风”吹到了平原的尽头，临近深谷的悬岩上，即陷入了孤立而危险的生存境地，它是那样的孤独。它倾听远处森林的喧哗和深谷中小溪的歌唱，表达了它对群体的依恋和对知音的渴望，而这也说明一旦被抛逐到边缘位置反而能冷静地审视和对待对它来说只能是灾难的环境，它懂得了真实的可贵并选择了它作为精神的支柱。这

① 曾卓：《悬岩边的树》，载谢冕、唐晓渡主编《鱼化石或悬崖边的树》（归来者诗卷），北京师范大学出版社1993年版，第266页。

也是一棵不向命运屈服的树，似乎矛盾的因素统一在它身上：它“寂寞而又倔强”；它那被风扭弯的身体“似乎即将倾跌进深谷里/却又像是要展翅飞翔”。显然它并没有放弃生的权利，也不曾熄灭向上的意志。联系曾卓在50年代的遭遇，我们不难理解《悬岩边的树》是他和他那一代知识分子的命运的形象写照。树的遭际象征着人的遭际。《七层塔顶的黄桷树》在主题意向和艺术处理方式上正与前者相近，都是借写树来写人。从树的不幸我们看到了人的不幸。从树的姿势我们看到了人的尴尬、创伤及复杂的心灵世界。然而两诗又有不同：傅作的树是实有的观照对象，而曾作的树却是在观念中抽象之后的产物，因此前者是因景而生情，而后者是缘情而造象，尽管两者在将主观情志、形象记忆、内在视象托之于客观外物这一点上是相同的。从诗歌本体讲，曾作是纯粹的象征诗（整体象征），而傅作既运用了象征（局部的）、隐喻手法，又有更多咏物抒情的成分。从结构、语言、形体、肌质等方面看，曾作的诗艺更为炉火纯青，全诗更为完美。但奇怪的是，《七层塔顶的黄桷树》因为抒情主体的意识背景（源于私人的经验和痛楚）要扑朔迷离一些，所以更能形成一个形而上的层面，即人们由这一奇异的树而深思到共时的人类和社会生存版图上个体的生存问题，甚至对一些有领悟力的读者而言，它以一帧静穆的生存肖像启迪了对存在的憬悟。

通过比较我们或许更接近了这首诗。同时我们也再一次认识到诗的本质：给情感或思想以形体；借此言彼，利用事物的相似性，运用象征、隐喻、比拟、暗示等手法，以实写虚，以虚写实，曲折而对应地把事理说得富有意味，将意义体系隐藏在形象体系背后，诗人从而在想象和思维的双轨运行中完成创造，而读者则通过“还原”语言形象的双重意指和再造，催动内知觉的运动以获得审美的快感。

四　归来的诗歌作品解读

艾青二首

《鱼化石》，抒情诗，1978年8月27日发表于《文汇报》。这是一首具有历史和哲学深度的诗篇。诗人用沉潜的笔触、平静的语言，叙说了“鱼化石”的成因及状态：曾经是“动作活泼”“精力旺盛”的鱼，“不幸遭到火山爆发/也可能是地震，你失去了自由，/被埋进了灰尘”。于是，“多少亿年”以后，“鳞和鳍都完整，/却不能动弹”；“鱼”成了“化石”。诗人在对“鱼”变成“化石”的关注中，把握到了一种超越“鱼化石”这一意象本身的更广阔、更深刻的思想情感，使得诗歌有了一定的象征意义，带有历史反思和现实指向的内容。诗人认为，要想不成为化石，就必须“运动”，诗的最后一节，对“运动”的内容、目的、意义作了进一步的阐发：“活着就要斗争/在斗争中前进/当死亡没有来临/把能量发挥干净。”意即：人活着的目的在于斗争。这首明显带有哲理性的诗，也是诗人自己人生道路和诗歌创作道路的概括，是诗人丰富多变的生活历程的结晶，浓缩了深厚的人生经验和生活哲理。这首诗，语言质朴，几乎没有运用什么修辞手法，诗句简短，诗行匀称，在平凡、朴素、明晰的形式中，朴素与深厚相结合，写实与象征相交织，表现出与诗人“归来”之前不同的艺术风格。

抒情诗《古罗马的大斗技场》，1979 年 8 月 12 日发表于《人民日报》。这首诗写于 1979 年 5 月作者访问联邦德国、奥地利、意大利回国以后。在这首诗中，诗人选取了古罗马大斗技场这一历史遗址为题材，以雄浑的笔触，着力描写了古罗马奴隶制度时期，奴隶们在铁棍和皮鞭的驱使逼迫下走向大斗技场互相残杀的残酷景象。诗一开头并没有直接写大斗技场，而是先写两只蟋蟀在小瓦罐里相斗的情景，以引起读者对“古罗马大斗技场”以及“斗技”情景的联想。正当读者展开联想的翅膀，翱翔于想象的天宇中时，诗人悄悄地推出了一个特写镜头：一片三面环山的盆地中间，矗立着像圆形的古城堡一样的四层楼房，这便是可以容纳十多万观众的全世界最大的古罗马大斗技场。紧接着，诗人便将镜头转向了斗技过程中的整个斗技场：“牛头马面”的“打手”“手拿铁棍”和“皮鞭”，“驱赶着角斗士去厮杀”；“身强力壮”的蒙面角斗士“双方都乱挥着短剑寻找敌人”。而看台上，却是“悠闲自得”的“王家贵族”、“花枝招展”的“宫妃”，他们按照权力的大小分坐在不同的位置上。这样，“看台上是金银首饰在闪光/斗场上是刀叉匕首在闪光”。就是在这样不动声色的描述中，诗人流露出对“流血的游戏”的悲愤，对“死亡的挣扎”的同情。诗歌的后半部分，则以苍凉的笔调，通过对古罗马大斗技场昔盛今衰的描绘，概括出重要的历史教训：“血债迟早都要用血来偿还；/以别人的生命作为赌注的/就不可能得到光彩的下场。”诗人寓批判于对客观事实的描述中，诗意含蓄而又深刻。该诗曾获全国中青年诗人优秀新诗（1979—1980 年）奖。

公刘一首

《哎，大森林!》，抒情诗，收入作者的诗集《仙人掌》（四川人民出版社 1980 年版）。这首诗写于 1979 年，是诗人从张志新烈士遇害这一现实问题发出对历史所进行的反思和对未来的忧虑与警觉，诗中容纳了许多历史内容。这首诗感情尖锐、激烈。一开头，诗人便抑制不住自己的激情，呼喊道：“哎，大森林！大森林，我爱你绿色的海！”这一声呼唤为全诗定下了感情的基调。这里“大森林”是一个整体的象征，一个充满矛盾的象征意象：喧嚣的波浪和静止的死水，青枝绿叶和枯朽腐败的可能，“哺育希望的摇篮，封闭记忆的棺材！”这些截然对立的意象全都统一在“大森林”里，表现了诗人深沉的爱和强烈的痛苦相冲突的复杂情感：“我爱你！”同时诗人又疑惑：“难道这就是海?！这就是我之所爱?!”如果说第一节诗中，诗人对“大森林”所有的现象感觉迷惑，那么，第二节诗中，诗人便开始思索：“分明是富有弹性的枝条呀，/分明是包含养分的叶脉！/一旦竟也会竟也会枯朽？/一旦竟也会竟也会腐败?”求索是痛苦的，而求索的答案又使痛苦增加一分：“海底有声音说：这儿明天肯定要化作尘埃/假如今天啄木鸟还拒绝飞来。”这声音令人不寒而栗，这是对“大森林”生死存亡的担忧，是对灾难重演的可能性的报警。这里，倒装句的运用，先说结果，是为了强调原因。作者的旨意在这最后一句里也得到了很好的突出。这首诗，形象和思想高度结合，并且复杂而曲折，使得深刻的哲理寓于鲜明的画面之中，引人想象和深思。

白桦二首

《阳光，谁也不能垄断》，政治抒情诗，发表于《诗刊》1978 年第 12 期。1978 年，随着对“实践是检验真理的唯一标准”的深入讨论，以及对现代迷信的批判，特别是党的十一届三中全会的召开，强大的思想解放运动席卷社会生活的各个领域，诗歌创作也因此而出现了一个前所未有的崭新局面。白桦的这首诗便是顺应这股时代洪流而出现的一朵带有浓厚时代气息的思想浪花。它真切地传达出这一思想解放运动的声响，揭示了这一运动的特征和意义：“看，窗外正是明媚的春天，/快捅破与世隔绝的窗纸吧！/就需要这一点。”表达了人民觉醒后渴望挣脱思想束缚和禁锢的坚定信念：“我们就像蜷伏在蛋壳里的鹰，/苏醒了的鹰怎么能容忍窒息和黑暗?！/成长着的血肉之躯必须冲破束缚，/现状已经不能使我们羽翼丰满。”诗人看到了思想解放运动给祖国建设带来的希望曙光，也敏锐地洞察了曙光照见下的社会阴暗面：“虽然人民已经把‘四人帮’判了死刑，/他们身上的细菌还在空气中扩散。”于是，诗人针对仍然坚持极左思想、企图利用现代迷信垄断阳光的人大声疾呼：“有些人以真理的主人自居，/真理怎么能是某些人的私产！”“不！真理是人民共同的财富，/就像太阳，谁也不能垄断。”诗句饱含哲理，富于政治激情，愤激之中包孕着沉痛，如：“种田，用口号代替灌溉；/炼钢，用语录充当焦炭；/像巫婆那样装神弄鬼，/亿万架机床整整空转了十年。”这些精辟的概括化的诗句，不能不引起读者的强烈共鸣和严肃思考。

《春潮在望》，政治抒情诗，发表于1979年3月17日的《人民日报》。诗歌用昂扬的笔调，回忆了党和人民为了迎接新中国的春天而浴血奋战的情景，回顾了从解放战争到“文化大革命”期间党和人民的历程，展望了历史转折后祖国将会出现的生机和前景。诗歌从历史写起。为了迎来春天，淮海战场上埋下了战士们的尸骨；为了迎来春天，必须先得迎着炮火、迎着浓烟，必须不顾冲锋枪烫手而向敌人喷射愤怒的火焰。然而，怎能想得到：“用青春和鲜血迎来的春天会和我们离散？/人类最伟大的一次进军被迫止步，/新中国会遇上一个长长的倒春寒。”党和人民遭受了巨大损失：“千家万户都受到过‘四人帮’的伤害，/亿万人民的心灵里都留有永远的遗憾；/而受伤最重的还是我们的母亲，/我们的党——她还挑着最重的重担。”尽管如此，中国共产党还是显示了她伟大的魄力：“使沉没在海底的冤枉得到了昭雪”，人民的力量也得以昭示。于是诗人对祖国春天的到来充满了信心和希望。诗人听见了春潮的声音，他要用冻木的嘴唇歌唱，要用曾经僵硬过的手写“关于春的诗篇”。诗中洋溢着诗人对祖国、党和人民的挚爱之情，在热情歌唱的背后，隐含着诗人对不合理现象的尖锐揭露和批判。诗歌富于论辩和哲理色彩，诗歌借“春潮”喻指当时席卷全国的思想解放运动，以“倒春寒”喻“十年内乱”，形象而生动。开头和结尾同样的诗句，不只是文字的重复，而是传达出了诗人激动不已的心情，也见出诗人坦率、真挚的热情和献身祖国建设的精神。感情激越、奔放，犹如春潮涌动一般。该诗曾获全国中青年诗人优秀新诗（1979—1980年）奖。

梁南一首

《我不怨恨》，抒情诗，发表于《诗刊》1980年第7期。1958年，诗人被错划为右派，之后的二十多年里，一直在东北大森林进行劳动改造。尽管环境恶劣，生活艰苦，但诗人从不改变自己对祖国、对人民的挚爱。诗中写道：“草叶看到了自己的死亡，/亲昵地仍伸向马的嘴唇”，“马群踏倒鲜花，/鲜花，/依旧抱住马蹄狂吻；/就像我被抛弃，/却始终爱着抛弃我的人”。诗人矛盾复杂的情绪，蕴含于马群、草叶、鲜花等拟人化的意象中，以草叶、鲜花甘愿献身来比况自己对祖国、对人民坚贞不移、绝对虔诚的爱。正是有了爱的强烈愿望，有了维系诗人人生信念的对象，诗人才能够“在风雨泥泞之途没有跌倒，在捶楚箬辱之中没有呻吟，在沉痛无边的暗夜，心里总竖着十字架似的北斗星……”于艰难困苦中见勇毅与坚强，于沉痛中见乐观，于真诚中见豁达。诗歌感情深沉而真挚，在强烈的热爱之情中蕴蓄着对苦难时代的批判力量。诗歌呈现出一种优雅而又苦涩的抒情风格，具有俘获人心的悲剧美。

流沙河二组

抒情组诗《故园六咏》发表于《诗刊》1980 年第 9 期，包括《吾家》《中秋》《焚书》《芳邻》《哄小儿》《乞丐》6 首。通过对“文化大革命”中几个生活片段的描写，真实地表现了诗人的不幸遭遇以及他在困厄人生中的一腔情怀。《吾家》生动地描绘了一家人的凄苦生活：“失学的娇女牧鹅归/苦命的乖儿摘野菜。/檐下坐贤妻，/一针针为我补破鞋。”诗人惨遭厄运，被赶回到故园，亲友因此而反目，荒园无人来，仅有落叶催债。儿女失学，妻子失业。野菜充饥，破衣裹体。一个普通的知识分子为了生计，从此便“解甲归田”，以瘦弱的身体，抬水泥杆子，拉大锯，钉木箱。笨重的体力劳动无情地消磨着诗人的生命，折磨着诗人的心灵。《中秋》中这样写道：“纸窗亮，负儿去工场。/赤脚裸身锯大木，/音韵铿锵，节奏悠扬。/爱他铁齿有情，/养我一家四口；/恨他铁齿无情，/啃我壮年时光。”身体的疲惫可以松弛，而心灵的创伤却无法愈治。《哄小儿》中写道：“莫要跑到门外去，/去到门外有人骂。/只怪爸爸连累你，/乖乖儿，快用鞭子打!”诗人带着一种赎罪心理，让遭人歧视的小儿将自己当马骑，然而，这不是正常年代父子之间的天伦之乐，而是在强作欢颜的逗乐中，饱含着诗人无法言传的凄苦。而《芳邻》一首则用对比的方法，写出了对美好人情的眷恋，对世态炎凉的伤感。在对自己不幸命运的平淡叙说中蕴含着诗人对冷酷现实的严厉控诉，感情复杂而深沉。诗句质朴而隽永，庄重严肃与幽默诙谐相结合，充满智慧的嘲讽与自嘲相互渗透，形成组诗独特的艺术情调。同时，组诗韵律感强，“情辞”统一，充分显示了诗人的古典诗词素养和功力。该组诗曾获全国中青年诗人优秀新诗（1979—1980 年）奖。

《情诗六首》，抒情诗，收入《流沙河诗集》（上海文艺出版社 1982 年版）。诗人用美丽而精致的意象，咏赞了多难人生中的意外而美丽、坚贞而宝贵的爱情，具有扣人心扉的艺术魅力。第一首诗中，诗人将情人比作雪花，赞叹她的美丽、无瑕、活泼可爱。到第二首诗中，诗人回忆自己走过的路：“曲曲弯弯弯弯曲曲浪费生命”，爱情终于使诗人领悟了：“原来步步都在向你靠近/要不是这样弯曲的走/我们将永远的陌生”，甚至“迟来一秒就不再相逢”。厄运和不幸使诗人获得了真挚的爱情，因此，在第三首诗中，诗人庆幸自己的不幸：“感谢当初烈日的暴晒，/不然我会被欺骗一生/难怪人们常说/不幸之中有大幸。”这“大幸”便是第四首中的“我”这一座没有“花香鸟语”、“没有人烟”、令人望而生寒的雪山，终于有了亲人：“你来/……/相信我是一座火山/虽然沉寂多年。”情人来到了身边，诗人嘱咐她，要“好好爱你自己”。同时这一首又照应第一首，再一次赞美了情人如雪白的荷花出淤泥而不染的纯洁心灵。最后一首则描绘了美丽坚贞的爱情将会带来幸福。这首诗写于 1966 年秋，是诗人爱情生活的真实记录。1957 年夏，诗人避风西安，在当年唐明皇和杨贵妃演出千古流传的爱情剧的华清池畔，诗人也开始编织自己的爱情故事——他与一少女（后来的妻子）结下了不解之缘。他们相恋 9 年，经受过“文化大革命”的冲击与考验，终于在 1966 年 7 月在窗外民兵持枪监视下结了婚。正因为诗人有了这样的人生经历和人生体验，他才用那饱含激情的笔调和洗练流畅的文字，谱写了一曲真切动人的爱情哀歌。同时，在艺术表现上，这六首诗也有独到之处。抒情主人公“我”和“你”一直出现在诗中，当人们读这首诗时，似乎“我”一直面对情人“你”娓娓倾诉满溢在心中的情感。而最后一首诗，想象丰富，充满了浪漫色彩。另外，在意象的色彩上，“白色”居多，如“雪花”“雪白的荷花”等，以此象征爱情的圣洁美丽。比喻精当、贴切也是这些诗的特点之一。《情诗六首》不失为亲切感人、脍炙人口的好诗。

周良沛一首

《珍珠》，抒情诗，发表于《诗刊》1979 年第 5 期。虽题为“珍珠”，但诗中所写的并非真正的实物“珍珠”，而是借“珍珠”这一有形的客观对象来喻指与无价的珍珠一样最可宝贵的东西——人生的信念，对真理的追求，还有真的心。人活着，就应该有他所恪守的人生信念，就应该对真理不断地追求，还要有一颗真诚、友善的心。哪怕环境再恶劣，也不应放弃追求。这一生活的哲理，在这首诗中得到了形象的表述。诗开始就这样写道：“已经不知道什么是光明，/牢黑得不知道自己可有眼睛，/一天，放风开禁，打开窗门，/反被阳光突然戳得眼花头晕。”这里，“牢”“黑暗”等意象，很容易使人想到环境的恶劣，而“我”已在这样的环境中处了很久。因为，只有在黑暗中处久了的人才慨叹“不知道什么是光明”；也只有久未见太阳者，才一接触到阳光就被戳得眼花头晕。但是，即使处于这样的环境中，“我”还是抱着一个坚定的信念：相信地上的房子都能打开窗门，相信再见到阳光不会眼花头晕，意即相信自己能从险恶的环境中解脱出来。环境越险恶，被环境所困扰的时间越长，“我”的人生信念就越坚定，追求真理的决心也就越大：“在等得难熬中，还等，/

在信得难以相信中，还信。”有了信念，追求总会有结果：“最终，它只能是无价的，/生活的信念，真理的追求，/璀璨纯净的感情——/一颗真的珠，真的心……”这首诗，富于思辨和哲理，在对真理的不断追求之中饱含着对现实环境中不合理现象的否定，使诗歌带有现实批判性。另外，比喻精致而具体。诗中词语的多处叠用，增强了诗的内在节奏感，使人从中体会到一种动感。

林希一首

《无名河》，抒情叙事长诗，发表于《诗刊》1980 年第 6 期。诗歌以深沉的笔触，描绘了一个在 20 世纪 50 年代被送到无名河边“洗涤有罪的灵魂”的青年的思想感情经历。诗人撷取了强制性的劳动以及在特殊的境遇下和探监女友会面的场景，即以集中的描绘剖露了自己的灵魂。如《在群山环绕着幽深的峡谷》中写道：“沉重的石块一时一时地增加着重量/陡峭的山坡挽留着我艰难的脚步/被汗水沾湿的眼镜模糊着我的视线/滚滚风沙给干裂的嘴唇堆积上血的沙土。”然而，“我”却认为“对于一个要得到正直灵魂的劳改犯，/这绝对不是任何的惩处”。“我”只希望这样“待到明春泻下的水库贮水，溅着欢乐的水花，灌溉下游的旱田万亩”。而在《接见室里坐着一位少女》这一节，则通过女友探监的经过，展示了主人公心灵深处激烈而痛苦的感情冲突和变化：“只有我自己知道我心头承受着怎样的熬煎/正如一把利刃插在我的心灵。”诗歌大量运用对比，如环境的邪恶与心灵的纯洁、现实的严酷与梦想的美妙、对爱情的需求与对爱情的拒绝、悲惨的遭遇与坚定的革命情操等，形成奇特的反差，有着震颤人心的艺术效果，从而也显示了诗人的艺术个性和独特风格。诗歌感情复杂深沉，在看似平淡的叙述中蕴含着对剥夺人的正常生活权利的不合理现象的严厉控诉：“而我，万万没有想到/这种低头的礼俗/竟污染着革命者的战斗营垒/驯服着高傲的心灵/如果强逼别人低头，就是自己的胜利/那焚烧布鲁诺的火堆/囚禁迦俐略的牢笼/为什么丝毫也没有给宗教法庭添加一丝光荣。”这里的“万万”“竟”等词语以及反问句式的运用加强了诗人愤怒的感情。该诗曾获全国中青年诗人优秀新诗（1979—1980 年）奖。

曾卓一首

《悬岩边的树》，抒情诗，发表于《诗刊》1979 年第 9 期。在动荡的年代里，不正常的社会生活，曾将一批真正有才干、有胆识、关心民族和人民的人置于进退两难的尴尬境地。尤其是知识分子，犹如悬崖边一棵孤单的树，在岩石的夹缝中生存，经受着风雨雷电的侵袭，随时有山崩石垮、葬身深渊的危险。《悬岩边的树》这首诗正是特定年代知识分子不利处境的真实写照。诗人感受到脱离社会活动的孤独和寂寞，这是社会历史的迷误造成的，而作为社会良知的存在，知识分子没有自暴自弃，他们保持着自己独立的人格和社会责任感。他远远地关注着时代的变化，聆听着时代脉搏的跳动："它倾听远处森林的喧哗/和深谷中小溪的歌唱。"它自尊自爱，即使"孤独"而"寂寞"，也要傲然而"倔强"地"站在那里"。诗歌采用了象征手法。正是这种象征手法的运用，使读者从诗人冷静、平淡的描绘之中，感受到隐藏在具体形象背后的强大批判力量。这首诗诗节简短匀称，诗句流畅。而"它的弯曲的身体，/留下了风的形状"，更给人以想象的余地。

牛汉一首

《悼念一棵枫树》，咏物抒情诗，发表于《长安》1981 年第 1 期。湖边山丘上，一棵高大、表皮灰暗而粗犷的枫树，在一个秋天的早晨被伐倒了，周围的万物都为之悲哀："家家的门窗和屋瓦/每棵树，每根草/每一朵野花/树上的鸟，花上的蜂/湖边停泊的小船/都颤颤地哆嗦起来……"就这样，在一片悲哀和叹息声中，"一个与大地相连"，无限依恋大自然的生命被毁灭了。但在死亡的悲哀中，它生命内部的芬芳的气息和美丽却得到了释放和发现："它的生命内部/却贮蓄了这么多的芬芳。"就在被伐倒的这一天，"整个村庄/和这一片山野上/飘忽着浓郁的清香"，"枫树直挺挺的/躺在草丛和荆棘上/那么庞大，那么青翠/看上去比它站立的时候/还要雄伟和美丽"。诗歌在哀悼之中饱含了对枫树的礼赞。然而，仅赞枫树绝不是诗人的意图，写树，是为了写人。枫树象征着有着正直的性格和美好、高贵心灵的人。诗歌托物寄情，借对枫树的哀悼咏赞，来寄托诗人对忠魂的哀情。感情深沉而含蓄，诗句优美而隽永，自然流畅，字里行间流淌着诗人的真情，是当时并不多见的咏物抒情诗。

罗洛一首

《我和时间》，抒情诗，见诗集《白色花》（人民文学出版社 1981 年版）。"我"和"时间"有着密不可分的联系，"时间就是生命，是生命留在世界上的脚印"。在这里，时间好似一张履历表，记录了诗人从"婴儿"到成年的成长过程，以及诗人在历史中的沉浮和感受。诗人有着难以忘怀的孩提时代，那时有妈妈的笑容和乳汁，有捉迷藏游戏的快乐。随后，时间馈赠他知识，他学习了《月光曲》《思想者》《楚辞》，读完了马克思和列宁的传记。他参加过火热的革命斗争，"时间是延河的流水，曾家岩的红旗"，"背着行李，走进过刚解放的村子"。然而，人生也会有挫折和迷惘，他分不清东南西北，似一个陀螺在原地打转。从此，诗人从生活海洋的波峰跌入了深谷。他跋涉过高原的群山，寻觅过草原上的立锥之地，艰难而不绝望；他进过封建法西斯统治的地狱，“时间是扔在地上的一张破纸”，叹息中孕育着希望，正如同他“重温中世纪教会的历史/时间是伽俐略面前的真理”。他相信时间会对历史做出公正的评判，他已听见了春回大地时“喃喃的燕语。鸣叫的汽笛”。诗歌由诗人个人经历的描写，展现了从革命战争年代走过来的一代人的历程，从而使诗歌蕴含了丰厚的历史内容。诗歌中从“婴儿”到1976年清明节，从延河、曾家岩到金水桥畔大跨度的时空以及其中时空的多次变换，形象地再现了历史发展漫长而曲折的轨迹。抽象的时间在诗中化为具体的行为和形象，表现出诗人丰富的想象力与对生活高度概括和提炼的能力。诗歌两句一节，诗句整齐，语言质朴，真切感人。

杜运燮一首

《秋》，抒情诗，发表于《诗刊》1981年第1期。春夏秋冬的更序，是自然界不可抗拒的规律。而有着特殊经历的人对自然界的变化却颇为敏感。自然界时序、季节的变化所产生的景色、气氛的变化就引起了杜运燮的诗情。《秋》通过秋与夏的对比描绘，暗示出了社会政治生活所产生的重大变革和转折，以及诗人在历史转折时期开阔爽朗的心境。在具体的意象中，包含着诗人对历史命运的哲理性的深刻思考。诗的总体构思以及具体描述都采用了象征手法。经过了“阵雨喧闹的夏季”，有着“严峻的闷热的考验”的秋天是“成熟的季节”，“智慧、感情都成熟的季节”，“连鸽哨也发出成熟的音调”。诗中“喧闹的夏季”“闷热的考验”让人联想到动荡年代所特有的景象。而“秋天”则成为动荡之后的时代的象征物。第二节写道，“经历过春天萌芽破土，/幼叶成长中的扭曲和受伤，/这些枝条在烈日下狂热过，/差点在雨夜中迷失方向”，更是运用象征手法，以简洁的诗句写出了随中华人民共和国一起诞生的一代人的经历。同时，这一段的景物描写映衬了下几节所咏赞的山川明净的秋。与其说《秋》是一支秋的赞歌，毋宁说它是一支新时代的颂曲。它是一首抒情诗，又带有很强的政治倾向性。象征手法的运用，使这一倾向性巧妙地蕴含在具体意象背后，因而具有含蓄美。1980年8月号《诗刊》发表的部队诗人章明的文章《令人气闷的“朦胧”》批评了这首诗，将其和女诗人李小雨的《海南情思·夜》一起列为“朦胧体”诗歌的代表作。

蔡其矫一首

《祈求》，抒情诗，发表于《作品》1979年第1期。如果人们正常的生活被扭曲、被禁锢了，生活将失去光彩，沟通心灵的桥梁会坍塌，人与人之间变得互不理解，漠不关心，人没有了自由，也没有追求。一首《祈求》就给读者展现了这种种不合理的存在，而又在深沉地呼唤美好生活、和谐人际关系的到来。诗人曾说过："作家为什么要写东西？说到底，他无非让人生活得更好一些，希望这些人的灵魂更好一些，新的性格更早出现。"[①] 创作主张的产生，源自诗人对人的关心。对人与人的和谐关系的追求，对理想生活的强烈期待，促使诗人在诗中虔诚地合手祈求："我祈求炎夏有风，冬日少雨；/我祈求花开有红有紫；/我祈求爱情不受讥笑，/跌倒有人扶持；/我祈求同情心——/当人悲伤/至少给予安慰，/而不是冷眼竖眉；/……；/我祈求/总有一天，再没有人/像我作这样的祈求！""祈求"是一种强烈的期待，它希望实现目前还未实现的理想。而这首诗中"祈求"的感情要求与祈求的客观对象之间产生了不和谐——"炎夏有风，冬日少雨""花开有红有紫"等都是一些不需要祈求的东西或现象。因此，诗的最后两句，是对前面一连串祈求的否定，正是这种在肯定追求中表达的强烈否定，才使得这首诗蕴含着力量和思想感情深度。诗的结构严谨，诗句明白质朴，于平淡中见丰厚，于深情的祈求声中，能感受到诗人炽热翻涌的感情之流。该诗曾获全国中青年诗人优秀新诗（1979—1980 年）奖。

黄永玉一首

《不准》，抒情讽刺诗，发表于《诗刊》1979 年第 5 期。这首诗用平淡口语式的诗行，再现了一些不正常的社会气氛，有着尖锐而深刻的批判讽刺力量。全诗共两节，在第一节诗中，诗人用对比的方法，写出了在特定的年代里，人们的喜怒哀乐都不自由的表现：人们遇到高兴的事，不敢大声地笑，而只能躲进被窝做鬼脸；遇到伤心的事，又不敢大声地哭，只能让眼泪往肚里流。诗人看到人最起码的生理心理的本能活动都受到压抑和控制，他再也控制不住自己的愤怒之情。于是，诗人在诗的开头大骂了一声"他妈的"，这是勇敢者对当时社会的大胆挑战和无情控诉。如果说诗的第一节，诗人描写的还只是被扭曲的单个人的生活情景，那么诗的第二节，诗人便将笔触伸到了更为广阔的社会生活层面——人际关系的被扭曲。诗中这样写道："那时候/我们总是那么安详。/街上遇见了朋友/就慢慢地、微微地点个头，/仿佛虔诚得像一个/狡猾的和尚。"在这里，诗人直言不讳、痛快淋漓地将那种冷漠、无情、猜疑、紧张的人与人之间的关系，画龙点睛般地揭示了出来。整首诗，有着深厚的感情积蓄。在自

① 参见车前子《有关蔡其矫先生的一页草稿》，《诗选刊》2008 年第 6 期。

嘲、白描的语言后面，表现的是对记忆犹新的不正常的、荒谬的社会现象的强烈憎恶的感情。

王燕生一首

《老虎》，咏物诗，发表于《北方文学》1982 年诗增刊。这首诗用平静的、深思的、冷峻的笔调，描述了一只老虎的命运悲剧。这只老虎有着大山般巍峨的身躯，不曾有过真正的对手，也不曾被囚进铁笼。“它光荣的旗帜上/从未沾过一丝污痕”，然而，现在它却自己“坍塌了”，陷入了令人不可思议的困境：“没有谁来惊动它/连怀有私愤的/也绕道走开/表示宽恕”；“它忍受住眼前那只小鹿/投来的嘲讽的（?）目光/对在鼻尖嬉戏的苍蝇/也懒得挥去”。曾经是威风凛凛、不可一世的兽中之王，现在连小鹿也敢来嘲讽。老虎这一悲剧命运，带给人们的思索是多方面的，读者从中得到的启示也是多方面的。有人认为这首诗是人的生命过程的写照，是对人的老之将至的感叹。老虎曾奔跑、长啸于山林，然而，它却无法抗拒自然规律的制约，只能以生命的最后力量，忍受着自己威严的下降。人的生命的悲剧何尝不是如此呢？诗的最后将读者的视线引向常青的群峰，更体现了“山石永恒，人生有限”的悲剧主题；也有人将这首诗理解为对静止的否定，对抗争和拼搏的歌颂。生命的力量只有在抗争中才能得到充分的体现和证实。因而，“老虎”期待着重新响起枪声，阻止这种生命力的丧失和消亡，召唤曾经有过的青春和力量。还有人认为这首诗是对一种社会力量的剖析，揭示人与环境相互制约的作用，说明人若不能时时检察、警醒、认识、适应变化着的环境，即使是叱咤山林的威猛者，也会失去自己拥有的力量，被发展的环境所抛弃。这诸种不同的理解，是这首诗含义深蕴和多义的表现，也是这首诗的魅力所在。诗人以所营建的意象结构给读者提供了一个对作品进行再创造的空间，读者可以根据自己不同的生活经验去填补、充实这一结构，从而获得对这首诗的深刻理解。这首诗感情深沉而悲壮，对比手法的运用，增强了诗的悲剧情调。

王辽生一首

《新居》，抒情诗，发表于《诗刊》1980 年第 1 期。诗歌以搬家为题材，从小处着笔，抒发了诗人效命祖国的豪情。新居只是 9 平方米的一间斗室，但曾四海为家的诗人对它感到非常满意，它“盛满了夜的温馨，/也盛满日的清丽”。为了这次搬家，诗人曾耗去四分之一个世纪，也几乎失去了全部行李……然而，这一切毫不足惜，因为在“这世界，/我是赤裸裸地走来，/也将赤裸裸地离去”。也许，诗人感到“足惜”的是自己空抱一腔爱国热情而奔波半辈子，如今“过了知天命的年纪”。即便如此，诗人并不安于享乐，他意识到，生活环境的舒适，绝不是他的追求："我死死拖住我的生命，/并非为今日的乔迁之喜！"而是将新居作为他战斗的基地："哦，我的新居，/搬进我，我的魂，/也搬进我遗失许久的，/效命中华的契机。"诗人善于捕捉表达感情的意象，"奔马画"尽管在诗中只出现了两次，却起着贯串全诗的作用。"奔马"的形象实则是诗人自我形象的写照。诗歌前半部分，写了新居的温馨、清丽、美好、舒适以及搬进新居的喜悦，而后半部分却说"替子女酿造一房蜂蜜/替自身寻找一块宿地，/不，这不是我的追求"。这样，前后形成映衬，表现了诗人对事业的追求、对祖国的爱更甚于对新居的追求、对新居的爱。全诗诗句平实、流畅、节奏感强，情深意切，真实感人。在深沉的爱国挚情中蕴含着诗人淡淡的伤感。

赵恺一首

《我爱》，抒情诗，发表于《诗刊》1980 年第 10 期。一场悲剧，剥夺了诗人生活的权利："我爱我柳枝削成的第一支教鞭/我爱乡村小学泥垒的桌椅。/……/可是，我的第一声爱还没落地/就凝成一颗苦涩的泪滴。"时间结束了灾难，也把那一颗泪滴变成了琥珀。爱的种子在劫后的祖国大地上破土而出："我还是说，我爱，/今天的爱，/正是昨天爱的继续。""我首先爱上了公共汽车月票，/……/虽然它意味着流汗，/……/然而，流汗和拥挤本身，/就是一种失而复得的庄严权利。"诗人对失而复得的生活权利的这般珍视和眷爱，使他看到了生活中大量美好的事物，但也没有忽视生活中所存在的邪恶和不良现象，正如同阳光从一面射过来，人们就可以看到另一面的阴影一样。对生活的多侧面的复杂感受，通过诗中的具体形象昭然显现："我把平反的通知，/和亡妻的遗书夹在一起，/我把第一根白发，/和孩子的入团申请夹在一起。/绝望和希望夹在一起，/昨天和明天夹在一起。"在这充满爱的诗行中，交织着历史和现实的画面，在喜悦和欢乐中夹杂着无可补偿的悲哀。《我爱》是诗人在"文化大革命"之后，对国家、个人遭际痛定思痛的一曲悲歌，又是一支对新生活的礼赞之歌。诗句清新、流畅，朗朗上口，又因新颖手法的运用，将各种矛盾的情绪立体地展现了出来，使得诗歌感情深挚，真实感人。该诗曾获全国中青年诗人优秀新诗（1979—1980 年）奖。

五　20 世纪 80 年代青年诗歌解读

北岛一首

《回答》，抒情诗，发表于《诗刊》1979 年第 3 期。这首诗在《诗刊》上发表时标明写于1976年，实际上初稿创作于1973年3月15日[①]，是那一时期一部分青年人对生活的“回答”。诗歌尖锐有力地概括和嘲讽了道德观念和人生价值颠倒了的荒谬现实：“卑鄙是卑鄙者的通行证/高尚是高尚者的墓志铭/看吧，在那镀金的天空中/飘满了死者的弯曲的倒影。”表现了诗人对不合理现实的一种强烈的否定态度和批判精神。“告诉你吧，世界/我——不——相——信。”接着用四个“我不相信”的句式，组成排比句，其气势、语态显示出挑战者毫不妥协的意志。这里强烈的否定，并非虚无主义，而是在否定中表达对“新的转机”的期待的肯定。在这诗句中，回旋着诗人对真理与正义勇敢追求的心声。北岛的诗不同于舒婷的柔婉、顾城的明净，他的诗质地坚硬，雄浑有力，呈现出男子汉的气概：“如果海洋注定要决堤/就让所有的苦水注入我心中。”表现了诗人宽广的胸怀和舍生取义的精神。“如果陆地注定要上升/就让人类重新选择生存的峰顶”，这是对未来最乐观、最坚定的信念。这一信念在诗的最后得到了强化——“新的转机”像闪闪的星斗一样向人们宣告：黑夜即将过去，黎明就要到来。“五千年的象形文字”暗示了具有五千年文明传统的中华民族是有顽强的再生力的，表达出诗人坚定的民族自信心。诗歌既有直抒胸臆的大声呼喊，又有情意绵长的象征和暗示，还有新鲜的比喻，使诗人的情感世界得到形象、充分而准确的展现。“卑鄙是卑鄙者的通行证，高尚是高尚者的墓志铭”成为人们传诵的警句。该诗在正式发表前曾以手抄和油印的形式，在青年人中广泛流传，以其强烈的否定情绪和严肃的理性精神，震撼着一些迷惘、怀疑者的心灵。

舒婷三首

《祖国啊，我亲爱的祖国》，抒情诗，发表于《诗刊》1979年第11期。经历了“文化大革命”的一代青年人，以不同的艺术方式表达出对世界、人生的感受时，都伴有来源于意识深处的历史使命感和社会责任感。他们无法割断在情感上与民族历史和国家命运的血肉联系。舒婷在《祖国啊，我亲爱的祖国》这首诗里，就将自己的形象与民族形象融为一体，用柔婉细腻的笔法，真诚、坦率地谱写了一曲委婉、深沉的祖国恋歌。诗歌没有一味地对祖国进行廉价的礼赞，而是用“破旧的老水车”“熏黑的矿灯”“干瘪的稻穗”“失修的路基”“淤滩上的驳船”等密集的意象，概括出了祖国所蒙受的灾难，展现了从灾难中艰难挣扎、缓慢行进

---

① 参见齐简《诗的往事》，载刘禾编《持灯的使者》，广西师范大学出版社2009年版，第12页。

的祖国形象。对祖国深沉的热爱不仅使诗人回顾历史，还使她痛切地关注着世世代代生存在这片土地上流血流汗却仍然没有摆脱贫困和苦难的人民。“我是贫困/我是悲哀……祖国啊!”在这里，诗人选取了巧妙的抒情角度，将客体的物象与主体的“我”融合到一起，将自己的生命和血肉、理想和追求，完全同祖国的兴衰、人民的命运融合到一起了。也正是与祖国人民同呼吸、共命运，历史的灾难，现实的贫困、悲哀才没有使诗人悲观、绝望，她看到了历史转折时期新生祖国的希望：“我是你新刷出的雪白的起跑线/是绯红的黎明/正在喷薄，——祖国啊!”到这里，诗歌的调子由低回、沉郁、忧伤变得昂扬、开朗和欢快。“迷惘”“沉思”过的诗人，她要“沸腾”，她以发自肺腑的语言倾吐了献身祖国的热望：“你以伤痕累累的乳房/喂养了迷惘的我、深思的我、沸腾的我/那就从我的血肉之躯上/去取得/你的富饶、你的荣光、你的自由/——祖国啊，我亲爱的祖国!”全诗四个意象群递进组合，不仅表达了祖国从苦难到新生的发展历程，而且表达了有着从迷惘到深思再到沸腾的特殊情感历程的青年一代的共同心声。每节诗的结尾那深沉的咏叹“——祖国啊!”是意象撞击中情感的自然喷发，传达出了诗人那激动不已的情绪和不可抑制的对祖国的深情。该诗曾获全国中青年诗人优秀新诗（1979—1980 年）奖。

《致橡树》，抒情诗，发表于《诗刊》1979 年第 4 期。从“文化大革命”中走过来的诗人，目睹了“文化大革命”中自私、狭隘、庸俗的人际关系，看到了人性的扭曲、人格的沦丧。诗人不得不重新思考人的价值，追求人的尊严和正当的生活权利。《致橡树》体现了诗人对普遍性人际关系的思考，它于对独立人格精神的期待中，流露了对伟大而坚贞的人间之爱的渴求，是一篇现代女性的爱情宣言，也是一支高尚理想人格的礼赞之歌。有着“铜枝铁干”的“橡树”和有着“红硕花朵”的“木棉”分别象征着男性美和女性美。两树各自保持独立的个性，并肩而立，站在一起，表现了诗人对爱情的深刻理解。“根，紧握在地下/叶，相触在云里。”“你有你的铜枝铁干/我有我红硕的花朵。”坚贞、平等、高尚的爱不仅是心灵的相通，更是人格相映，要同担痛苦与灾难，共享欢乐与幸福。诗人将自己的理性思考寓于对具体事物的描绘中，使她笔下的事物带上象征意义。整体象征所营建的意象结构，使读者不难从这首优美的爱情诗中感受到诗人对理想人格的咏赞，对平等互爱的人际关系的追求。诗中比喻密集而新颖，有外在的质感，又有内在的情感分量：“你有你的铜枝铁干/像刀，像剑/也像戟/我有我红硕的花朵/像沉重的叹息/又像英勇的火炬。”诗句美丽流畅，节奏感强，有鲜明的个性色彩。

《会唱歌的鸢尾花》，抒情诗，发表于《诗刊》1982年第2期，收入作者诗集《会唱歌的鸢尾花》（四川文艺出版社1986年版）。诗人用缠绵而热烈的笔调，抒写了自己对爱情、事业、理想、历史、现实的复杂情感。全诗十六章，按照情感发展的线索，明显分为前后两部分。前半部分从第一章到第六章，主要是围绕爱情主题来写。一开始，“我”便在一种温馨静谧的环境里，沉醉在爱情的热浪中：“你呼吸的轻风吹动我/在一片丁当响的月光下/用你宽宽的手掌/暂时/覆盖我吧。”在爱的天宇中，思绪在飞翔——儿时的梦想，过去的回忆，现时的欢欣，在同一时刻显现在梦中。诗中写道：“现在我可以做梦了吗？/雪地、大森林/古老的风铃和斜塔。”“宁静的梦”中有“很短很短”却“走了很长很长的岁月”的街；“安详的梦”中有“那盘旋不去的鸦群”；“荒唐的梦”中“我要葱绿地每天走进你的诗行/又绯红地每晚回到你的身旁”；“狂悖的梦”中“渴望涌起热情的千万层浪头”。“我”就这样如醉如痴地让爱的潮水淹没，甚至置一切于不顾：“即使有个帝王前来敲门/你也不必搭理。”然而，梦毕竟有被惊醒的时候。“你要每天背起十字架/跟我来。”这一声突如其来的呼唤干扰了“我”甜蜜的梦境：“伞状的梦/蒲公英一般飞逝/四周一片环形山。”梦醒之后，尽管被孤独、寂寞所包围，但这一声呼唤，毕竟使“我”从狭窄的个人情感的迷梦中走向了更广阔、更崇高的领域：“我的名字和我的信念/已同时进入跑道/代表民族的某项纪录/我没有权利休息/生命的冲刺/没有终点/只有速度”。也许爱情与事业在女性身上永远是一对无法解决的矛盾。为了理想的远播，“我”只好“承认不当幸福者的权利”，忍痛与心爱的人永别：“亲爱的/举起你的灯/照我上路。”然而，跋涉在理想的征途上，“我”有不被理解的痛苦：“大道扭动触手高声叫喊：不能通过。”即使这样，“痛苦的风暴在心底/太阳在额前”，这深藏在心底的痛苦和忧伤也因有了理想的照耀而熠熠生辉，先前那囿于个人天地的爱情也因与理想的融合而变成对祖国、对人民广博而深邃的挚爱：“你会从人们的爱情里/找到我/找到你的/会唱歌的鸢尾花。”全诗融汇了女诗人前期诗歌的多种旋律，组成一支富有时代气息的人生交响曲，把爱情与事业、理想与现实、个人与环境的矛盾以及由此引起的忧伤与痛苦表现得错综纠织、深切感人。在表达方式上，有前期诗歌意象及韵律的复现，又明显有现代感性的辐射。富有层次感的象征性形象增强了诗的内在厚度。暗示、隐喻、变形的手法的运用，结构的断层推进，烘托了气氛，给读者留下了更多的联想空间。这首标志诗人创作总结及艺术转轨的有分量的长诗，发表后曾为人断章取义地曲解，受到完全有悖于诗歌真实含义的庸俗批评。

顾城一首

《远和近》，抒情诗，发表于《诗刊》1980年第10期。20世纪80年代初，中国诗坛有一场关于“朦胧诗”的论争，顾城的这首小诗，当时就几乎作为“朦胧诗”的标本成为争论的对象。这首诗一共只有六句：“你，/一会看我，/一会看云。/我觉得/你看我时很远，/你看云时很近。”简短却耐人寻味。诗中的“你”和“我”是什么关系，没有明确交代，但至少两人不陌生。两人的实际距离是很近的，但在“我”的主观感觉中，“你”和“我”相距很远，这是一种心理距离。“你看云时很近”，这也是“我”的感觉，这里空间距离和心理距离也出现了反常状态。这里的“云”有一定的象征意义，可能是象征淳朴的大自然。因此，可以认为“你”和“我”的关系代表了生活中人与人的关系，而“你”和“云”的关系，则是人与自然的关系的体现。从诗中可以看到，人与人之间关系是隔膜的，有一种东西阻碍心灵的沟通。而人对自然却更为亲近，人与自然的关系更为和谐。诗歌通过这两组关系所形成的反衬，呈现出某种特定境遇以及此种境遇下的人特定的不愿言传的微妙心理。但是，诗歌对造成这种微妙心理的原因没有直接写出，这也可能是造成这首诗朦胧的原因。这首具有现代品格的诗，用语言暗示着一种逻辑关系。在诗里，“你”与“我”是关系主体，有了引入者“云”的参照，关系性质的反常就凸显出来。而这种反常现象又是常见的人生现象。这一被抽象的关系性质，可以在不同的读者那里唤醒各自的人生体验。诗的作用也就在这里。

江河一首

《纪念碑》，抒情诗，发表于《诗刊》1980年第10期。与顾城、舒婷等注重个人情感和内心冲突的抒写和揭示的诗人不同，江河更注重对民族历史、民族心理的思考。在他的诗中不仅有觉醒的自我形象，而且在这一形象中注入了民族情绪，追求自我与民族的结合，使诗歌带有沉重的历史感。《纪念碑》就是诗人对民族历史与现实思考的篇章。“纪念碑”是胜利者的形象，又是经历过“许多次失败的英雄”的沉思者的形象。这一形象传达出一种庄严感，同时又辐射出诗人复杂的情绪：诗人为民族的光荣、人民的英勇和智慧而感到骄傲，又为人民无数次被出卖、被凌辱，身上还留着锁链痕迹的历史感到耻辱。诗人歌颂了中华民族在“死亡不可避免的时候”的奋起抗争，并表达了自己为结束民族灾难而斗争的决心：“既然希望不会灭绝/既然太阳每天从东方升起/真理就把诅咒没有完成的/留给了枪/革命把用血浸透的旗帜/留给风，留给自由的空气/那么/斗争就是我的主题/我把我的诗和我的生命/献给了纪念碑。”诗人在这里所抒写的情感、所作的思考，是个人的，又是超个人的。“纪念碑”这个意象，融进了诗人对历史、对民族、对自我生存价值的深沉思考，是纪念碑，又是民族的历史、自我的历史。它交织着民族的荣辱兴衰，也包含着民族的忧患和希望。诗人通过纪念碑将民族的历史与民族的现在和未来联结起来，使纪念碑成了最富有历史容量的意象。随着诗情的流动，诗人冷静的沉思逐渐被激越的情绪所代替，使读者在巨大的感情潮水涌动中升起一种庄严的崇高感和使命感。诗风浑厚、深沉，体现了作者英雄史诗的基本风格。

徐敬亚一首

《别责备我的眉头》，抒情诗，发表于《诗刊》1980 年第 5 期。从“文化大革命”中走过来的青年一代，不得不对历史进行反思，不得不对祖国的现状和未来进行思索。思索，便不免皱眉头。于是诗人一次又一次地在诗中祈请不要责备他的眉头。“是生活教会了我思索，/别责备我的眉头——”“寒冬”“早春”“如今”“将来”，只要思考的路一经开始便没有终点，人类也只有在思考中才能飞腾。因此，诗人这样总结道：“现成的答案，/总是灰暗，总是陈旧，/新鲜的谜底，永远等候勤奋的探求。/贫穷总是伴着愚昧姗姗而走，/科学和民主永远是难舍难分的同胞骨肉。/啊，国土上‘勤劳’和‘智慧’已挽起了神圣的双手，/加进思索的汗水定能浇灌出沉甸甸的丰收!”正是诗人深刻地认识到思索在推动人类前进中的作用，正是对祖国的未来充满了信心和希望，他的额头才“有一千条大江奔走，有一万张大犁在开沟……”在生活的海洋上，他永远是一只上下奋飞的思想的海鸥！全诗多用排比句式，且前六小节的每一小节末尾都有“别责备我的眉头——”的句子，强调了“皱眉头”的原因，突出了诗的主旨。随着思索内容的变化，诗人的感情也由低沉转向昂扬。最后两节诗中的比喻形象生动，令人回味无穷。

李小雨一首

《红纱巾》，抒情诗，载于《人民文学》1981 年第 2 期。生活的挫折夺去了人美好的青春年华，然而，在悲哀中振作，在痛苦中求索，在叹息中奋进，构成了李小雨这首诗的感情基调。诗中的“红纱巾”如同烟花爆竹，只要一点燃，就会放射出许多感情的火花。被红纱巾所触发的情感和意识，在诗中飞快地流动，由红纱巾的“轻柔”“冰冷”联想到“清凉凉地浸透了我发烫的双颊”的“溪水”，由纱巾鲜艳的红色联想到“燃烧的火苗”“红色的闪电”“青春的血液”。正是诗人活跃的形象思维，使红纱巾具有了象征意义。“冰冷”的“溪水”和“燃烧的火苗”构成了红纱巾的最基本的象征内涵，象征着诗人度过了充满“悲哀和希望”“苦涩和甜蜜”的二十九个春秋，象征着一代人“生命的颜色”。这时，“红纱巾”不再表达一种单纯、确定的含义，它展现了作者丰富的多层次的内心世界——对历史的回顾反思和对现实的正视：“一如这展示着生活含义的纱巾/那么固执地飞飘在/第二十九个严冬的风雪中/点染着我那疲乏的/并不年轻的青春。”诗歌避免了对实情、实景、实物作太实、太明白的呆板描摹和感情的直线式抒发，而是将诗人的思想感情通过象征，委婉曲折地表达出来。开头和结尾那固执和深长的“我要戴那条/红色的纱巾……”的呼喊，有着震颤人心的艺术感染力。

谢烨一首

《我终于转过身去》，抒情诗，见《朦胧诗选》（阎月君等编选，春风文艺出版社 1985 年版）。从题目可以看出，“我”“转过身去”意味着“我”对某种东西的背叛。“终于”一词既写出了转身之艰难，又传达出了“转过身去”以后的轻松与喜悦。而整首诗便是围绕“转过身去”这一意绪展开。诗歌一开头就这样写道：“我终于转过身去/后面是一声怪异的笑/许多蜘蛛的目光/还在小巷里爬动。”这里，从我“转过身去”之后所引起的反应，写出了“我”所背叛的是已经陈腐而人们却习以为常的东西（蜘蛛这一意象暗示了陈腐性、不怀好意与束缚）。因此，即使“我”艰难地“转过身去”也并不轻松，除了来自后面“怪异”的笑声和蜘蛛的目光，还有面临的风暴：“风在旁边跺脚/一蓬蓬金色的灰尘生长着。”身处这样的困境，“我”并没有畏惧，而是勇毅地转过身去，“一直走向海滨的召唤”。“我”从“年老的船”边走过，从“破碎的瓷瓶和贝壳”中走过，走向“蓝光闪闪的水平面”。“我”向往的是“纯洁的生命”，“我”敬仰的是由珊瑚骨骼堆积成的美丽的珊瑚礁。这样，诗人在经验的升华和感情的净化中完成了对“我”这一象征意象的创造。而从结构上看，诗歌所传达的感情经历了扬—抑—扬的变化过程。构思的巧妙增加了诗的张力，增强了诗的空间感。同时，语言的巧妙搭配、灵活运用也使人玩味无穷。

骆耕野一首

《不满》，政治抒情诗，发表于《诗刊》1979 年第 5 期。经过治理和建设，祖国正慢慢崛起，时代充满了前所未有的生机。祖国建设取得的成就让人深爱和礼赞，然而，思想解放、喜欢思考的年青一代并未沉醉在赞歌声中，他们敏锐地觉察到了现实生活中长期占统治地位的满足现状、自我封闭的精神状态对变革现实的阻碍作用。骆耕野代表着觉醒的一代，在思想解放运动的冲击下，理直气壮地对现实喊出了“不满”之声：“我不满步枪，不满水车，不满帆船/我不满泥泞，不满噪音，不满污染。”这“不满”之声源于心灵深处对祖国深挚的爱怜：“谁能说不满就是不爱？/谁敢说不满就是抱怨？”正是有了“不满”，“哥伦布才发现了大西洋的彼岸”，“哥白尼才揭开了宇宙的奇观”，“开普勒才去发展真理”，“亚里士多德才胜过柏拉图”；正是有了“不满”，“人类才去寻觅火种”，“祖先才去摸索种田”。“不满”意识在推动人类社会前进发展中有着极大的作用：“不满正是对变革的希冀，/啊，不满乃是那创造的发端。”一首《不满》之歌还传达了变革现实、渴求希望、憧憬进步的强烈愿望。整首诗洋溢着诗人不可抑制的豪情。激情与哲理统一于白热的诗句之中，诗风豪壮、奔放。该诗曾获全国中青年诗人优秀新诗（1979—1980年）奖。

熊召政一首

《请举起森林般的手，制止!》，政治抒情诗，发表于《长江文艺》1980年第1期。诗人在这首诗中为湖北老苏区人民的贫困、饥饿和求告无门而悲愤陈词，对那些过去立过战功、在新环境中无视人民利益的人进行了严厉斥责，表现了诗人对老苏区人民的深切同情。全诗除开头四句总叙外，共有四部分。第一部分描写了“苏区学大寨”“旧貌换新颜”等空洞标语掩盖下人民的贫困与饥饿。耳闻目睹的生活惨象，使诗人禁不住发问，难道他们曾用土铳、梭标乃至鲜血和生命换来的幸福和生活权利竟成了虚无？难道“草鞋、破衣/稀饭、瓜菜，/才成为你们生活的水准?!/难道革命只用/饥饿、/贫困，/来报答你们抚养的恩情?!”第二、第三两部分，则用对比的方法，具体描写了人民的痛苦，揭示了人民贫困、饥饿的真正原因。第四部分，通过对苏区人民今昔苦难处境的概括，表达了诗人强烈要求改变老苏区现状的愿望。全诗以楼梯体格式写成，多用排比和反诘句式，增强了诗歌的气势。一气呵成，充满战斗气息。诗歌直抒胸臆，敢于揭露和批判，在强烈的悲愤之中，饱含对人民痛苦的深切同情，富有现实主义精神。该诗曾获全国中青年诗人优秀新诗（1979—1980年）奖。

雷抒雁一首

《小草在歌唱》，政治抒情诗，发表于《诗刊》1979年第8期。诗歌以张志新的英雄事迹为题材，热情歌颂了“为光明献身的战士”，真实地描写了一个英雄的事迹和她的思想感情。她坚强、勇敢，追求真理和正义，有着“挺起柔嫩的肩膀，肩起民族大厦的栋梁”的英雄行为和精神气质，也有作为一个女儿、一个母亲的普通人的感情：“我敢说：她不想死/她有母亲：风烛残年，/受不了这多悲伤/她有孩子：花蕾刚绽，/怎能落上寒霜！/她是战士，/敌人如此猖狂，/怎能把眼合上！”诗歌借“小草”的形象，在对英雄的歌颂中，包含着诗人对社会、对人生的思索。抒情主人公是一个觉醒的战士形象，在与英雄的对照中，以磊落的自我批判精神，对英雄被害这一事件作了严肃思考，谴责了那连死者自己也始料不及的酷刑，抒发了诗人对戕害真理和正义的黑暗势力的强烈义愤。全诗充满了这种义愤与悲壮、沉重相交织的激情，多用排比句式，讲究韵脚，以便于这种激情的表达。同时，对比手法的运用，也达到了很好的艺术效果。如“我”的怯弱与英雄的勇敢，“我”的昏睡与“小草”的清醒等对比，既衬托了英雄的光辉伟大，也写出了“我”严厉自责的觉醒精神，同时揭示了产生英雄悲剧的社会根源。抒情主人公“我”的形象得到了真实的凸显。语言真挚、坦诚、简洁，给政治抒情诗增加了新的血液。另外，思想与形象、情与理、抽象与具体、虚与实的统一在诗中也有所体现。该诗获全国中青年诗人优秀新诗（1979—1980 年）奖。

第五章　文学理论及其应用

一　俄国形式主义：寻找批评的立足点

“文学史要最终成为一门科学，必须具备可靠性。”[①] 特尼亚诺夫的这句话代表了俄国形式主义的一个基本信念，即文学研究应当成为一门特殊的学科，并且要建立在它的独立的根基之上。任何一种理论活动，只要是想要实现一种价值，它在建构自己的体系时，莫不是首先从一定范畴的既有的纷纭众说中寻找一个空隙，打进一个桩子，作为智力探险的起点和自认为可靠的支撑。俄国形式主义者显然不满足于19世纪后半期以来一直比较盛行的实证主义的和印象式的文学研究方法，而从他们已确立的知识重心出发，重新划定文学的研究畛域。针对实证论文学研究过分注重传记、历史和思想史所起的作用而削弱了文学本身在文学研究中的重要性，使文学研究几乎成为哲学、历史、心理学、美学、人种学、社会学等的松散聚合体，犹如雅各布森所指出的“手织布”学科，俄国形式主义者才力图证明文学研究的独立存在是正当的，他们的全部努力在于创立一种独立的专门研究文学材料的文学科学。作为20世纪形式主义文论的发端，这一派别的研究活动，还难以称得上成体系的文学理论，尽管它试图指出文学构成的原理，但不如看成在一种批评实践活动中验证他们所认知到的有关文学本体的曾经被忽略了的重要法则。

俄国形式主义者的理论信念，可能多少带有一点相对主义的意味。艾亨鲍姆就认为：“衡量一门科学是否有生命力，其方法不在于看它确立了多少真理，而是看它克服了什么谬误。”[②] 这似乎是在为他们的理论拓荒作辩护。要不然，他们严格而系统地将非文学排除在文学研究之外，根本不去探讨艺术与生活的关系，是不是就等于让文学成为一门科学，就要让

---

① 转引自［荷兰］佛克马、易布思《二十世纪文学理论》，林书武等译，生活·读书·新知三联书店1988年版，第1页。

② 同上书，第15页。

人产生怀疑了。但科学主义的态度，毕竟帮助他们摆脱了庸俗社会学对文学这一独特话语系统的过于武断的解释和一厢情愿的制约。理论研究的逻辑起点是该门类对所考察和讨论的对象的性质的先在认定。形式主义者认为，首要的问题“不是如何研究文学，而是文学研究的对象究竟是什么”①，这一立足点的转换对文学研究来说是革命性的。因此，雅各布森的这一宣告不仅帮助人们捕捉到俄国形式主义文论的要旨，也造成了整个文学研究界视线的大转移：文学科学的对象是文学性，而不是整体的文学或个别文学文本。②“文学性”这一概念的提出，足以让人们从对文学感知的混沌状态中清醒过来，向自己发问：文学究竟是什么？文学的研究对象又是什么？理论对于批评和创作的指导意义，在这里无形中得到了体现。

俄国形式主义者，是用差异法来为文学下定义的：文学的本质不是别的，而是它与其他事物的差异。文学科学的对象甚至完全不是一个对象，而是一系列的差异；而且这门科学本身就在于“研究那些使它（即文学——引者注）有别于其他任何一种材料的特点”③。由差异论的哲学方法，他们进而发现了文学生成的途径——陌生化。按照什克洛夫斯基的看法，艺术使那些已变得惯常的或无意识的东西陌生化。陌生化的概念，应用于诗歌批评中，效果是明显的。通过指出“诗歌语言”与“日常语言”的对立，在相当的程度上揭示了诗何以为诗的奥秘。“诗歌的作用是要使语言变得‘歪斜’、‘蹩扭’、‘细薄’、‘弯曲’。”④ 诗歌语言是对常规语言的有组织的违反、诗歌语言是成了形的言语等这些说法，表明形式主义者牢牢抓住了文学的一个关键要素，即媒介。由于这些理论者原先多半是语言学家，视语言为文学本体就不奇怪。但语言在这里可以是广义的。特尼亚洛夫将文学定义为“被体验为构造的语言构造，即：文学是能动的语言构造”⑤，其实暗含了文学是一种技巧的构成的意思。不过，这里的技巧，不能从惯常的意义上去理解，而更需要把它当成一种方法，一种显

① 参见［英］安纳·杰弗森、戴维·罗比等《西方现代文学理论概述与比较》，陈昭全、包华富译，湖南文艺出版社 1986 年版，第 5 页。

② 参见［荷兰］佛克马、易布思《二十世纪文学理论》，林书武等译，生活·读书·新知三联书店 1988 年版，第 15 页。

③ 转引自［英］安纳·杰弗森、戴维·罗比等《西方现代文学理论概述与比较》，陈昭全等译，湖南文艺出版社 1986 年版，第 6 页。

④ 同上书，第 7 页。

⑤ 参见［荷兰］佛克马、易布思《二十世纪文学理论》，林书武等译，生活·读书·新知三联书店 1988 年版，第 26 页。

现“陌生化”的目的论的文学方法，或者说一种形式手段。特别是在他们考察到文学手段有可能随着时间的推移而丧失其陌生化能力，因此又引进了“功能”这一概念时，一种动态的而非静止的文学观就克服了形式主义与生俱来的弊端。“置于前景”这一术语无疑是对“陌生化”概念的有效延伸。一方面，他们认为文学文本是由各种互相关联的和交互作用的因素构成的一个体系，接着又进一步指出：“体系不是对等因素之间自由的相互作用，要确立体系就必须把一组（‘占支配地位的’）因素置于前景、并损伤其他一组因素。所以，作品只是通过这一组占支配地位的因素才成为文学并获得文学功能的。”① 诚然，俄国形式主义者不同于新批评派，即他们始终回避对“艺术成品”的意义的讨论，但这一做法跟他们所坚持的“文学科学的对象不是文学而是文学性”的理论出发点是自洽的 。

不是从发生学而从语言生成来研讨文学，究竟有多大的普适性，难以断定。俄国形式主义对叙事作品的解释似乎比人们更为熟悉的诗歌（他们跟未来主义诗歌有密切联系）显得艰窘一些。然而形式主义的原则（或曰特异原则）却是一以贯之的。对于“法布特”（fabula）——“故事”同“休热特”（syuzhet）——“情节”的辨异显然是着眼于文学构成因素，而重心又是放在如何组织材料才能强化感知、具有文学性这一根本问题上的。

早期的形式主义者对于文学要素的理解可能要机械一些，不像后来的结构主义与符号学用有机的观点看待文学内部各种严肃的整体联系，并且不排斥文学同它以外的诸种社会因素——主要是历史进化、社会文化背景——的联系。他们在批判旧的研究方法在文学研究中造成漏洞时，自己的理论体系同样留下了极明显的漏洞。历史主义在这里表现为单向的。他们注意到了文学内部的历史进化，却拒而不谈文学同现实、同读者的关系，是很难真正回答何为文学、为什么会有这样的文学等问题的。也许把研究当成一门学科，可以取客观的态度而排斥主观因素。但视文学为独立的特殊的学科时，有没有忽略文学本身的非科学特性呢？文学研究果真把文学文本绝对地独立于人文科学的家族之外，要想得出令人信服的结论是困难的。然而前面已经说过，理论不可能是一种包罗万象、面面俱到、无懈可击的阐释，批评能够确立一个独立不倚的原则，对于真理的接近就是

---

① 参见［英］安纳·杰弗森、戴维·罗比等《西方现代文学理论概述与比较》，陈昭全等译，湖南文艺出版社 1986 年版，第 10 页。

有可能的。俄国形式主义者无论夭折还是重崛，原因不仅仅是政治方面的，或许他们发现的“陌生化”原则也适用于他们自身，在一个时候带领潮头的理论，过不了多久就会遭到新的“有组织的违反”。理论之树不是常青的，批评的角度也只能因时因地因人因对象而异地不断地变换。

二　认识现代派：观念与方法的双重嬗变

泰戈尔曾经把欧洲 18—19 世纪从彭斯开始包括华兹华斯、柯勒律治、雪莱、济慈等在内的浪漫派诗人的出现，看成诗歌史上的一个很大的“拐弯”，即从古典主义到浪漫主义的“拐弯”，“从外部世界转向内心世界的一个‘拐弯’”。他肯定了诗歌史上的这一递变，但是，基于他的贵族化的审美心态，他不赞成无法规避的文学史上的又一次更为剧烈的嬗替，也就是现代主义对浪漫主义的颠覆。他比较了 19 世纪和 20 世纪诗歌的不同之处，认为前者是“人用各种方式把自己有接触的世界装饰起来的时代”，表现的是“透过其薄雾的五彩缤纷光线中窥见了晨曦和晚霞的优美景致”。而后者，“染上幻想色彩的东西”，“已黯然失色”，对它来说，“没有什么不可接触的”。并且指出了现代诗人的观点是：“在这片泥泞的世界里生活，得正视泥泞，承认泥泞。如果其中也发出阿波罗般的笑声，那是件大好事；如果没有这种笑声，那就不能对青蛙的呱呱大笑听而不闻，至少它也是一个东西，也值得把它与世界联在一起观察，它也有值得一表的地方。”撇开泰戈尔的主观倾向不说，值得注意的是，他发现了可以扩展到 19 世纪末以来的整个现代派文艺得以产生的共同的社会原因。他说：“今天，已经把那个‘现代化’视为维多利亚时代的陈旧东西，使它安息在隔壁房内的安乐椅上。如今是穿着短衣衫和留着短发招摇过市的现代化。……现代人的心灵里充满了急迫感，何况时间也很少。生计成了一件大事。在飞速转动的机器堆里人们马不停蹄地工作着，在慌慌张张中享受娱乐。”由于专致于拉庞大的生计之车向前，现代人的“心灵意识如今已成为繁忙造物主的思维图解。他已经不知在忙乱的人群中规避赤裸裸的丑陋”。[①] 显然，是复杂化了的西方资本主义的社会生活现实，复杂化了的物质文明和人的精神状态，致使文学艺术发生变化。因为世界的简单化的图像一经打破，人们关于人类自身和世界的认识就必将深入我们赖以存身的世界的整体结构之中，打破生存意向的幻象，而翻检出生命“存在”的底蕴。自从波特莱尔鹫鹰般地将丑恶和猥亵衔入诗歌的天空，阴

---

① ［印］泰戈尔：《现代诗歌》，倪培耕译，《诗探索》1981 年第 2 期。

郁的想象、世纪末的色彩就笼罩了历时近百年的西方现代派文学。法国诗人阿拉贡在1956年说的一段话是有代表性的:“真正的诗人就是那能在腐烂和蠢动中显示出太阳的人,那些从垃圾中看出生命的丰富色彩的人,那觉得诗歌能在‘一块满是蜗牛的肥土’上生长出来的人。”①

现代派文学之于传统文学,总体氛围上的变异是容易感受出来的,鄙俗、阴郁、冷怪取代了优美、和谐与崇高。古典式的骑士和淑女,田园牧歌式的抒情,月光、海水、玫瑰、夜莺的吟唱,被丑陋、肮脏,充满了凶险、争夺与不安全的文学图景挤对了。文学阅读很难被当作一种愉快的消遣,更多的是被提醒、被告知,让你突然发现你和你的同类的可悲处境。认识价值先于审美价值。从这一点上看,文学的基本精神没有改变,它仍然是对现实生活的关注和反映,是人的意愿的曲折的达成。所不同的是,因为时代生活的迁衍或遽变,作家从更深的层次上改变了对社会、自我、他人及世界的相互关系的看法——这是观念的演变;并且运用新的艺术方法表现出他的意识世界——这是方法的更新。二者常常有因果关系,但有时候又是融为一体的。

观念从根本上说是文学的人的观点(所谓文学是人学),是文学对人类自身处境的观照。两次世界大战焚毁了数千万人的生命,更动摇了西方巩固了几个世纪的理性主义大厦。科技文明、物欲主义终于把人挤压得弱小猥琐,丑陋不堪。传统的价值观念让人产生了怀疑,文学作为社会最敏感的触觉,不能不用非理性主义的态度重新检讨人类自身的生存活动。如果不是为了正视现实,寻找出路,作家就没有必要振聋发聩地画出我们的生存景象。奥尼尔的话表露了现代派作家的责任感:“今天的剧作家一定要深挖他所感到的今天的社会的病根——旧的上帝的灭亡以及科学和物质主义的失败……以便从中发现生命的意义,并用以安慰处于恐惧和灭亡之中的人类。”② 在一个突然被剥夺了幻想和光明的宇宙里(加缪语),作家难道不是应该首先从自我体验出发,揭示人的真实处境以引起人们的注意和思索吗?

没有什么比人异化为“非人”更让人触目惊心的了。病态天才卡夫卡的《变形记》典型地概括了现代人的可悲命运。资本主义社会在上升时期曾对人充满了自信,人被加冕为“宇宙的精华,万物的灵长”。而现

---

① [法]阿拉贡:《比冰和铁更刺人心肠的快乐——“恶之花”百周年纪念》,沈宝基译,《译文》1957年第7期。

② [美]奥尼尔:《毛猿——关于古代和现代生活的八场喜剧》,载袁可嘉、董衡巽、郑克鲁选编《外国现代派作品选》(第一册下),上海文艺出版社1980年版,第691页。

在，人终于不堪生活的重负而变成了虫豸，或退缩为一只关毙在铁笼中的十足道地的“野毛猿”（奥尼尔《毛猿》）。人遇到了难以战胜的对立面，这对立面又是人类自己造出来的。由于热衷于科技，现代人才自食其果，沦落为“机器人”（恰佩克《万能机器人》）。一整套的组织体系、社会机器，更使人处在一个无能为力、任由宰割的位置上。《城堡》中的“土地测量员”永远也无法接近那个神秘的权力中心，却又处处为它所支配；《审判》中的K无端地被指控，终致莫名其妙、无可奈何地引颈就戮；《二十二条军规》中谁也逃不脱那条自我循环、自我阐释的令人啼笑皆非的“军规”的愚弄和制约。环境是丑恶的，世界是荒诞的，人的处境是尴尬的，人生也就有如《等待戈多》中的那两个流浪汉一样卑微、无聊，为希望所欺骗而毫无意义。陌生、孤独、厌恶、悲观、绝望、被压迫和受威胁成了现代人的普遍感受。“寻找自我”“寻找归属”也就成为现代派文学的中心主题：“我是谁?”“我活着有什么意义?”“我与社会何干?”“我往哪里去?”现代派作家往往超阶级也超社会政治制度地、不是从个体而是把人当作一个类来透视。所以，无论是表现主义的小说还是荒诞派的戏剧，主人公通常缺乏个性特征，甚至连姓名也没有，而只是作为特定情境中的人类的一个抽象化了的符号和象征。

在描写人物同环境相冲突方面，存在主义文学比以往的或其他的文学流派更深刻地发掘到了人类生存悲剧的根柢，它的结论是，人类的一切都只能由自己负责。有一种矛盾仿佛是无法克服的，即人只能通过自由选择才能确立自己的本质，但每个人都有着自己的思想、意志和主观性，在一个“主观性林立”的社会里，人与人之间难免存在争夺和冲突，充满了丑恶和罪行，那么，人在选择之前就被抛入了一个荒谬而冷酷的境地，选择必然是不自由的。然而存在主义的积极意义也就在于，人可以在“一定境遇”中自由地选择和创造自己。① 人生的意义也许不在于选择的结果，而在于选择本身。西绪弗斯的没有前途的无止境的努力难道不是悲壮而幸福的？它昭示于人的是：人应当像西绪弗斯一样，自觉地对待悲剧性的处境，以积极的方式接受自己的生存条件，只有这样，才能获得欣慰。《局外人》里的莫尔索对一切都冷漠，无所谓，在面临死亡时仍然用离奇的幻想驱赶对死的恐惧，这种精神解脱法跟阿Q不同的是，他意识到了自己的悲剧性处境，然后以一种“绝对的情感”战胜它。

现代派艺术方法的革命性创新，从表面上看是表现新观念的需要。为

---

① 参见陈慧《论西方现代派文学及其他》，南开大学出版社1987年版，第124—134页。

了突出现实的荒诞和人的被扭曲，夸张、变形、漫画化的手法得到极端的运用。表现主义、存在主义、黑色幽默以及魔幻现实主义的小说，荒诞派的戏剧，不是以寓言的方式设置情境、勾勒人物，就是用放大镜、哈哈镜看待和反映世界，将阴暗和丑恶的东西扩大、变形为让人过目难忘的艺术形象或是感觉印象。荒诞派戏剧打破一切传统戏剧的艺术章法，用“反戏剧”的方式将存在的荒诞性凝固成舞台形象。但是，文学方法在更多的时候跟它所传达的精神实质是难以剥离开来的，也就是说观念与方法相融合，就像池塘的涟漪之于水，岩石的形状之于山体，树枝的摇晃之于风的运行。例如诗歌中的象征主义，小说中的意识流，以及作为先锋艺术的超现实主义。

象征主义强调象征和暗示，不是纯技巧，而首先在于象征主义诗人对世界有了新的发现：整个可看得见的宇宙不过是形象和符号的仓库而已，是一座象征的森林。人的精神、五官与世界万物是息息相通的，在可见的事物与不可见的精神之间有互相契合的情况。既然现实世界是丑恶的，诗人就可以通过艺术的想象重组世界，建立一个可以使心灵得到憩息的精神天国。主张为思想、情绪寻找“客观对应物”，运用“通感”表现事物间隐藏的相似性，就是他们由外部世界趋向内心世界、寻找“最高真实”的努力。象征派的神秘主义色彩，也是他们的生存观的体现，正如梅特林克所说：“人生真正的意义，不是在我所感知的世界里，而存在于那个目所不见，耳所不闻，超乎感觉之外的神秘之国中。”艾略特用“荒原”象征西方文明的衰落，并以基督教作为得救的希望，也是由对现实的悲观失望和无能为力转而向神秘的世界寻找精神寄托。①

如果说象征主义更多的是借助外物来显示主观精神的独立价值的话，那么，意识流文学则标志着人类开始最真实而确切地认识自我，为人的一切活动找到了最本源的解释。弗洛伊德的精神分析学说不论有怎样的片面之处，但潜意识的发现使现代人发现了世界表象的虚假性，而以前的文学将客观生活有序化，其实并没有揭示出推动生活潮流的最隐秘的动机。因此，意识流的“自由联想”“内心独白”，遵循柏格森的“心理时间”说而采取的时序倒置或相互渗透、淡化情节和人物性格以及多层次结构等，其意义就不止于写作技巧上的陌生化，而同时说明了文学描写对象的转

① 参见石昭贤、马家骏、卢永茂、谭绍凯编《欧美现代派文学三十讲》，贵州人民出版社 1982 年版，第 1—12 页。

移，即从以描绘外部生活为主而深入展现人的思想现实和隐蔽着的意识内容，这样一来，文学才真正地到达“真实”。弗吉尼亚·伍尔芙就主张，“作家描写的对象应是主观的印象和幻想。因为这样才能表现人物的真实性，并认为传统小说没有表现人物的‘幻想’，所以对于传统小说家来说，‘生活从他们的笔下溜走了’，因而他们所描写的则是‘不真实的’”。[①]意识流小说诉诸读者的，不再是作家按照一定的意图斫削过的有雕塑感的人物性格，而是通过人物的内心折射出来的生活最原初的面貌。这与传统小说中的心理描写是有区别的，意识流在小说中有了本体的意义。跟意识流文学同一理论渊源的超现实主义，重视梦境，提倡“自动写作”，最根本的目的也是完成人的精神的彻底解放，虽说从方法上看，它为作家打开了可以任意驰骋的无意识领域。

三　文学本体的多层建构：杨春时等著《文学概论》

出版于21世纪的由杨春时、俞兆平、黄鸣奋三位学者合著的《文学概论》（以下简称杨本）是一部饶有新意的文艺理论教材。在“新时期”众多的文学理论教材中，这本书可谓自成体系、独标一格，其最富于创造性的是对《文学概论》要讨论的对象——文学的本体，进行了多层建构，打破了长期以来对文学本质的单一的解释，使文学本体呈现为立体构成，“文学”的形象因而由模糊变得清晰。

文学本体的多层建构，使杨本在教学实践中显现出它的科学性和优越性，相信这一理论如应用于文学批评与研究，将有利于重新认识和解决一些理论争讼，尤其有利于正常的文学生态的形成和保护。

作为基本的文学理论，作为大学中文系汉语言文学专业的基础性课程，《文学概论》首先要介绍的是：文学是什么？文学有什么用？用理论术语表述就是“文学本质”与“文学的作用与功能”问题。这是文学理论最根本的问题。如果说理论是人类对于把握对象的体系性认识的话，那么，对于文学的本质与功用的认识，是文学理论得以建立的基础和支柱，理论大厦的其他部分无不与之勾连和呼应。所以任何一部《文学概论》，它的理论价值都体现于对“文学是什么”和“文学有什么用”这两个相互关联、实际上是一个问题的回答。只有弄清了这个问题，才能对已有的文学现象做出准确的解释，对要进行的文学创作给以有意义的指导。

---

① 参见石昭贤、马家骏、卢永茂、谭绍凯编《欧美现代派文学三十讲》，贵州人民出版社1982年版，第114—115页。

由于理论认识的产生既受制于社会实践的需要，又取决于认识主体的知识水平或主体的现实性选择，加上认识对象自身是不断发展演变的而非稳定的实体，因此中国当代文学理论建设过程中，人们对于文学的本质与功用的认识具有鲜明的时代烙印，也存在误区，还留下了特定的学术体制造成的遗憾。文学的本质一度被界定为“反映社会生活的特殊的意识形态”①，其落脚点是“意识形态”，而文学的作用首先被强调的是认识作用和教育作用。20 世纪 80 年代中期，纯文学思潮出现，文学理论适时得到更新，政治功利的文学本质功能观遭到清算，审美主义的文学本质功能观得以确立。从这一时期开始，中国的文学理论建设进入前所未有的繁荣期。创作与批评的活跃，西方文论的大量译介，中国古代文艺理论遗产的深入发掘，高等教育特别是研究生教育的快速发展，人文社会科学的学科建设，等等，为文艺理论体系的重建提供了丰富的资源和持久的动力，文学理论的教材建设也就在这样的基础上取得了新的收获，在近二十年时间里，编写出版的教材有数十种之多，各自在体例与观点上也力求创新。这些教材在整体上反映了新时期文学理论探讨的广度与深度，其集大成的成果是童庆炳主编的《文学理论教程》（以下简称童本）。该书作为“面向21 世纪课程教材”之一种，由高等教育出版社出版后，在全国高校被普遍采用，还被不少学校指定为考研必读书。这部权威性的文学理论教材，对文学的本质属性就有新的界定，它明确指出了文学的审美意识形态性质，并将文学定义为“显现在话语蕴藉中的审美意识形态”②。对文学的审美本质的确认，自然表明文学和文学理论在较大程度上获得了自律。然而，包括童本在内的众多新体系的文学理论教材，并没有全面地接近文学本体，由于他们多半采取了本质主义的文学观（跟传统文艺理论不同的是将反映论换成了审美主义，结构形式未变），认为文学具有单一的、不变的本质，而经过抽绎的本质性概念难以对应复杂的、变动的文学事实，因此在大同小异的理论描述中，文学的面貌依然是比较模糊的，文学的社会作用也因而仍然被片面地强调。直到杨本的问世，这种状况才得到根本的改变，在一种建构式的理论思维的运作下，文学本体得以清晰地凸显出来。

在将文学还原到发生学的层面上，揭示其发展、存在的真实状况，建立更符合文学事实的新的文学本质观方面，杨本表现出高度的理论自觉。

① 蔡仪主编:《文学概论》，人民文学出版社 1984 年第 3 版，第 1 页。

② 童庆炳主编:《文学理论教程》（修订版），高等教育出版社 1998 年版，第 75 页。

几位著者“力图克服传统文学理论的本质主义倾向，建立多层面的文学本质观”，认为“文学是一个多层面的结构，它与社会和人有多种关系，因此文学的本质不是单一的，而是多层面的、多侧面的”。[①] 这几个层面是：文学的原型层面，文学的现实层面，文学的审美层面。由是文学本质建立在三重结构上：原型层面是深层结构，现实层面是表层结构，审美层面是超验结构。这三重结构的文学（通俗文学、严肃文学和纯文学）本质又是在文学与社会和人的多种关系中建构起来的，无论是历时的发展还是共时的存在，它们都是相对性的和互动式的（在市民文化兴起的今天，这三类文学还存在相互渗透甚至融合的情况。而随着后工业时代的来临，通俗文学的发展速度会加快，且向其他两种文学渗透）。

杨本的文学本质观的建构性体现在它既摒弃了传统文艺理论的机械反映论，又超越了新体系文论笼统的审美说，不仅从外延上界定了文学是语言艺术，并且着重从内涵方面考察了文学与其他艺术共同的质的规定性。它的考察，溯源到文学之于人类的最初的意义，即它是人的一种生存方式。根据马克思的人类生产方式分类，杨本提出了与之相对应的三种生存方式：一是自然的生存方式，这是原始的生存方式；一是现实的生存方式，这是文明的生存方式；一是自由的生存方式。对人类文明进化史上的这三种生存方式，杨本依据马克思主义理论，也吸收文化人类学的理论，同时充分运用美学理论，给予了精确的描述和深到的分析，并分别做出了价值评判。分析认为，原始时代人类尚未与自然分离，精神生产没有形成，没有科学也没有意识形态，只有物质活动与精神活动混沌未分的巫术活动；文明时代，在物质生产的基础上，形成了现实的生存方式。现实生存方式对于自然生存方式而言是一种进步，因为人类开始摆脱自然的奴役，确立主体地位。但是，现实生存还不是自由的存在，它不符合人的自由本质，人还仅仅为了生存而活，而不是为了自由而活；正因为物质生产主导的现实世界没有真正的自由，自由在精神领域，所以在现实条件下，人类也可以通过“自由的精神生产”超越现实，进入自由王国。这种“自由的精神生产”就是审美，也包括哲学等超越性精神活动。审美（包括艺术）是纯粹的、独立的精神生产，它不依附于物质生产；它直接满足人的精神需要，即纯粹的审美兴趣。

通过层次间的对比性递进分析，文学作为一种精神性的生存活动而且是审美活动的性质就昭然若揭了。确认文学是一种审美活动，也意味着文

---

① 杨春时、俞兆平、黄鸣奋：《文学概论》，人民文学出版社2002年版，第395页。

学的性质不是单一层次的，而是多层次、多关系的，但其中又必有其起决定性作用的主导方面。按照上述分析，结论是明显的：审美是文学的最高属性，是文学的特殊本质。道理是，文学有现实属性，例如可以与科学一样认识世界，也可以与意识形态一样教育民众，还可以与游戏一样消遣娱乐，但这些属性都不是文学的本质属性，它们不是文学的特殊性，没有把文学与其他活动区别开来。指出审美是文学的特殊本质，既突出了文学在精神活动中的特殊性，又有利于确立文学在人类生活中的适当位置。但从著者的论述中我们发现，对文学特殊本质的强调，并不是从文学本位立场出发，而是以人为本位，着眼点是作为文学主体的人，文学活动的归依是审美个性的形成，是人性的复归，人成为全面发展的人。正是在这一意义上，精神生活才是人的特殊生活，是一种更高级的生存方式，而文学最基本的属性乃是“以审美为导向的生存活动”①。

文学是以审美为导向的生存活动，这是杨本文学本体建构的基座，也可以说是它的文学本体论的基本层次。在这一基础上，文学的性质又可以进一步定义为“以审美为导向的生存体验”②。与生存活动相对应，人有三种生存体验方式。第一种是原始的体验方式，它与自然的生存方式相一致。这种体验方式是蒙昧的，还不是真正的人的体验。原始的体验方式形成了原始意识，巫术活动就是这种意识的体现。第二种是现实的体验方式，它与现实的生存方式相对应。现实体验方式包括感性和知性两种水平。无论感性体验还是知性体验，它们只能解决现实问题，而不能解决生存的根本意义问题。现实的体验方式形成了现实意识。第三种是超越的体验方式，它与自由的生存方式相对应。“现实的体验方式不能解决生存意义问题，而人类却有超越性的追求，他不甘心盲目地生存，而要追问生存意义何在，即人为什么活，生存的真谛是什么。要想领悟生存意义，必须超越现实体验，克服其局限，进入审美体验或哲学思考。审美是超越的体验方式，它达到了对生存意义的领悟。超越的体验方式形成了审美意识。”③这就可以得到一个判断：文学是一种完整的生存体验，它以现实生存为基础，而又是一种超越的生存体验。从生存活动到生存体验，都是三个层次，都是由文学居于最高层次，这种建立在文明进化、现实存在与人的自我实现需求基础上的对于文学的审美本性的理论推想，无疑最富有逻

① 杨春时、俞兆平、黄鸣奋：《文学概论》，人民文学出版社2002年版，第18页。

② 同上书，第27页。

③ 同上书，第28页。

辑性和说服力。它所建立的理论模型，在新时期的文学概论中显得新颖而独特，为文学教育和文学的批评与研究提供了新的起点，在理论的实际应用中将会廓清中国现当代文学史上长期存在的有关文学本质及功能的认识上的混乱。从这个意义上说，杨本关于文学本质描述的理论模型的建立，是划时代的。不能不提到，这一理论模型的建立，融进了著者之一的杨春时先生的“生存—超越美学”理论的精髓。早在 20 世纪 80 年代，杨春时就是蜚声全国的青年美学家。1994 年他从黑龙江社会科学院调到海南师院，在海南完成了他的“生存—超越美学”体系的建立，无意间为他 1998 年调到厦门大学后参与编著《文学概论》准备了跨学科的理论资源。在分析文学起源的心理动因时，超越美学的理论，就同“神话—原型”理论、精神分析学一起，产生了洞幽烛微的效果。美学资源的利用，也使杨本更新了当代文论的理论语言。

经过对文学本质的分层考察和准确揭示，文学的社会作用也就有可能得到全方位的呈现。根据一以贯之的分层思想，文学在不同的层面上有不同的作用，每一种作用中又有更多种的功能。概括起来，杨本对文学的社会作用作了如下披示：

> 在文学的审美层面，文学具有审美超越作用，纯文学的审美超越作用尤其突出。审美超越作用体现为审美批判功能、审美关怀功能、审美教育功能。在文学的现实层面，文学具有现实作用，严肃文学的现实作用尤其突出。文学的现实作用体现为现实认识功能、教化功能、干预现实的功能。在文学的原型层面和审美层面，文学都有消遣娱乐作用，前者是感性娱乐功能，通俗文学通过对原始欲望的泻导突出了此功能；后者是美感娱乐功能，纯文学通过对原始欲望的升华突出了此功能。①

对这些作用与功能，杨本作了详尽的论述。这些作用与功能，生发于文学的本质，又加深了人们对文学本质的认识。在这种全面而科学的理论探讨面前，当代中国一再出现的对文学社会作用与功能片面强调的行为，显得多么褊狭、武断，甚至无知，反过来也说明文学理论对文学活动的指导作用不应被轻视。

已经可以感受到，杨本对文学本体的建构还包括对文学形态的区分以

① 杨春时、俞兆平、黄鸣奋：《文学概论》，人民文学出版社 2002 年版，第 102 页。

及对文学意义的揭示。虽然对文学形态的区分在文学批评与文学史研究中已经常出现，但在文学理论教材中却一直被疏漏，直到杨本才第一次对文学形态加以明确界定和系统讨论。它把文学划分为三种类型：通俗文学、严肃文学、纯文学。区分的根据是，文本有原型层面、现实层面、审美层面，文学也就有了原型意义、现实意义和审美意义。而在不同的作品中，这些层次间的关系不同，分别突出了不同的功能，就形成了不同的文学类型，即突出原型功能的通俗文学，突出现实性的严肃文学和突出审美性的纯文学。不同文学形态间虽然有共同性，但它们之间的差异也非常大。对这三类文学，杨本就其主要功能和特征，一一作了明晰而透辟的阐说，还比较了它们的短长，指出了每一类文学存在的必要性与合理性，进而得出结论："无论在文学形式的精致化上，还是在思想内容的深刻性、超越性上，纯文学都高于通俗文学和严肃文学。"①这一研究，对我们分析评价文学现象和在文学活动中保持正确的态度、做出正确的选择，都有重要的指导作用。

"文本的多层次结构和文学的多种形态，决定文学意义的多元性。"②从文本的不同层面和文学的不同形态上考察文学的意义，是杨本文学本体建构的内部工程，仿佛大厦建好后给不同的房间派上不同的用场，摆进不同的家具、器物与装饰。螺旋式的理论建构，使文学意义的阐述既明晰又富有思辨性。文学的三重结构、三种形态，自然决定了文学的三种意义：原型意义、现实意义、审美意义，它们分别在通俗文学、严肃文学和纯文学里突出，又互相联系、影响、冲突、转化。从性质上看，"文学的深层（原型）意义是生命欲求，表层（现实）意义是意识形态，超越（审美）意义是生存意义"。比较而言，"审美意义升华了原始意义，超越了现实意义，成为文学的最高意义"。③ 这些观点，与文学的本质、功用和类型的论述同构，内容上则进一步深化，体现为同一文学意义在不同文学形态

① 杨春时、俞兆平、黄鸣奋：《文学概论》，人民文学出版社 2002 年版，第 119 页。

② 同上。

③ 同上书，第 126 页。只有分层、分类，才能突出"审美意义"和"纯文学"的独特价值。文学的"不用之用"乃大用，即文学虽不能解决现实中的实际问题，但它可以解决"人为什么而活"这一价值问题。由"生存—超越美学"烛照出的文学这一本质功用，在杨本中被一再强调和突出，出现在许多章节中。例如在论述文学创作主体的特质时，就提到："文学艺术就是人对有限性的有力的抗衡，是超越历史时空的局限的最佳方式，它使创作主体超越了生存个体的局限，积极发展自我本质，并在艺术作品中得到升华，趋向于无限与永恒。"（杨本，第 205 页）这是一种诗化的文学哲学，在文学教育中，它导引着纯文学思想的形成，使文学的多层建构具有实践意义。

中的存在与变异，让人看出它的渗透性与自我指向。比如关于文学的原型意义，论述认为，它来自原始意象。原始意象凝聚着人的生命欲求，也就是原始欲望，同时也成为人类文化的深层模式。谈论原始欲望，理论依据是弗洛伊德对人的深层心理结构的揭示。论述据以展开阐释："性欲和攻击性是人类两大本能和原始欲望，成为人类行为基本的深层动力，也成为文学艺术活动的原始动力和深层内容。在文学活动中，尽管表现了广阔的社会生活，但基本的内容仍然是爱情与死亡，他们成为文学的永恒主题，而爱与死又是性欲和攻击性的文明形式。"①接着就考察了原始欲望在严肃文学、纯文学、通俗文学中的不同情况：对严肃文学而言，原始欲望被较充分地理性化了，因此严肃文学现实意义突出而原型意义不彰显；对纯文学而言，原始欲望被净化、升华为审美理想，原始意象转化为审美意象，因此其审美意义突出而原型意义也不彰显；而"通俗文学以极度感性化甚至非理性化的形式，较直接地体现出文学的原型意义。通俗文学理性化和审美化的程度都不高，因此其现实意义和审美意义都不突出。它以充分感性化的描写，宣泄了人的原始欲望，故其原型意义突出。通俗文学的内容主要有两类，一个是言情，一个是打斗（武侠、警匪等），它们正是性欲和攻击性的宣泄形式"②。这样的分析，使我们对每一类文学的发生原理及其特点与功用，都有清楚的认识，起到了文学理论教材应起到的作用，而目前在高校流行的这方面的教材，大多没能做到这一点。

对文学的本质进行分层，对文学的功用加以分检，对文学的形态进行区分，对文学的意义进行深层分析，逻辑一贯，层层深入，前后、上下、里外相互照应，将文学本体建构得形象鲜明、内蕴深厚、风格独特，这是杨本为当代文艺理论建设和文学教育做出的一大学术贡献。在学校教育里，《文学概论》首先应该让文学专业的学生弄清文学的本质和作用，这是他们获得专业意识和进入文学世界的基础。在社会文学活动中，文学理论需要普及，因为文学是公共人文资源，是全社会每一成员都不应拒绝的精神养料，而要加入文学活动，离不开文学理论的指导，只有真正弄清了文学是什么和文学有什么用，人们才能做出适合自己的文学选择，文学才可能真正为人文精神的培养起到推动作用。笔者在多年的文学理论教学实践中，使用过多种《文学概论》教材，从来没有遇到哪一种书能够对文

---

① 杨春时、俞兆平、黄鸣奋：《文学概论》，人民文学出版社 2002 年版，第 120 页。

② 同上书，第 120—121 页。

学的本质与功能做出完全令人信服的解释，因此许多文学上的问题无法据以得到解决。直到采用杨本，才觉得关于文学是什么、有何用的这一文学的基本问题，原来可以如此明了，与这一根本问题相关的其他文学问题也都不难得到解决。杨本的由多重文学本质、多样文学功能、多种文学类型构成的文学本体论，在文学实践中有很高的应用价值，对开展文学活动具有很强的指导性。这样的文学本体观，有利于我们根据社会和人的需要确定文学活动的取向，包括创作者的自我定位，文学阅读的对象选择，批评与研究的价值评判，甚至文学政策的制定，等等。它还有利于建设合理的文学生态，因为多重本质、多样功能、多种类型的文学本体观期冀的是文学多元并存、协调发展。

自“五四”文学革命以来，中国新文学生态不平衡的现象经常出现。究其原因，一定程度上固然因为中国文化传统的影响，且问题紧迫的社会现实往往对文学提出特殊要求，某一类文学就被推为正宗，形成强势，但是跟缺乏科学的文学理论的指导，尤其在文学的本质功能方面缺乏理论自觉亦有很大关系。中国现代文艺理论历史短，加上受传统文论单一文学本体观和苏俄机械唯物论反映论文艺观的影响，中国现当代文学理论迟迟建立不起科学的本体论体系，以致在文学在社会生活中到底应该扮演什么样的角色、发挥什么样的作用等问题上认识模糊甚至混乱，文学的价值被随意阐释，文学被生拉硬拽，经常造成角色错位。由于缺乏文学的分类意识，出于不同现实需求、持有不同文学功能观的文学主体，常常就不同的批评对象展开争论，经常说的完全不是一回事，也根本说不到一块儿去，怎样也不可能说明白，因而永远达不成共识。当科学理性缺席，权力话语就登场，谁有力量、谁取得话语权，谁就可以宣布文学是什么，就可以掌握文学的命运，他提倡的文学就可以一统天下，别样的文学会被视为“异端”，不是对其进行攻击，就是将其加以剿灭，很少让百花齐放，文学生态极不平衡，社会的精神生态也就不正常，国家民族因为国民精神呈病态而问题成堆。这种情况的出现，跟某一时期因为复杂的历史社会原因而占据主流地位的片面的文学观得不到体系性的科学的文学观的质疑是分不开的。

回顾20世纪中国文学历程，多数时候是严肃文学居于主流地位。这跟中国文学“文以载道”[①] 的传统有关联。“文以载道”注重的是文学的

---

① 所载之“道”，乃关注社会的儒家之“道”，故文学形态为“严肃文学”。若所载之“道”为超越现实的庄骚之“道”，则文学形态当归于“纯文学”。

现实作用，突出的是文学的现实意义。“五四”新文学导源于晚清文学家新民新国的文化思想。作为新文学主将的胡适、陈独秀、鲁迅等一代启蒙思想家，注重的是文学对文化的更新和对国民性的改造，维护的是文学的严肃精神。30 年代，左翼文学崛起，继之，延安解放区的工农兵文学开始提倡。这样，先是通俗文学，后是纯文学，都受到排斥、压抑甚至公开批判。在“五四”文学革命之初，通俗文学就受到了新文学作家的严厉批判，批判对象为通俗小说的娱乐消遣、媚俗混世倾向。新中国来临，左翼文化界的领导人简单理解了新文学与通俗文学的论争，把通俗文学放到“旧文化”中加以批判和肃清。① 纯文学的遭拒则似乎让人难以理解。伟大如鲁迅，竟不能容忍梁实秋的以人性论为核心的为艺术而艺术的纯文学观。郭沫若投身革命文化阵营后变成激进派，1948 年著文批判沈从文等，斥其为反动文艺。② 严肃文学与纯文学如此冰炭不容，而它们本来可以并行不悖，但那时的文学家们尚无文学分类（形态上的）的概念，于是执其一端、以偏概全进行暴力批评，以致发生本不该发生的悲剧性冲突。当文学在多数人尤其是权势者心目中还是个混沌的形象时，它就最容易失去自己，甚而遭到扭曲。

进入新时期，文学在改革开放、文化引进的背景上出现了前所未有的全面繁荣。20 世纪 80 年代是纯文学的欢乐节日。90 年代，市场经济培养的市民阶层和商业文化，催生了通俗文学的洪流。整个新时期，严肃文学也是一条主线，文化商品化和网络文化的兴起，促使三类文学相互渗透，文学真正进入自由创作和多元发展时期，文学生态不断自我调整，趋于正常。作为专业的文学教育工作者，我们珍惜这样的文学生态环境，同时对纯文学给予更多的关注，寄予更大的希望，因为如杨本所提示的，审美是文学的最高属性，纯文学的艺术价值高于通俗文学和严肃文学。然而在世纪之交，我们也听到一片批评纯文学的声音。一些富有社会责任感的文学批评家或文化批评家，③ 指出纯文学是一种过时的文学理念，在社会分化日趋严重的今天，无视沉默的大多数的无声诉求，仍然津津乐道于纯文

---

① 参见唐金海等主编《20 世纪中国文学通史》，东方出版中心 2003 年版，第 392、394 页。

② 参见郭沫若《斥反动文艺》，原载《大众文艺丛刊》第一辑《文艺的新方向》，香港 1948 年 3 月出版。参见谢冕、洪子诚主编《中国当代文学史料选（1948—1975）》，北京大学出版社 1995 年版，第 13—18 页。

③ 如李陀。《上海文学》2001 年第 3 期发表的李陀的访谈《漫谈“纯文学”》就对“纯文学”进行了反思。南帆也是批评纯文学的代表评论家之一。

学，无疑是对知识分子责任担当的一种逃避。① 不难感受到批评者对文学的严肃精神的维护与伸张。然而，加强严肃文学创作，以起到文学干预现实的作用，达到实现社会公正的目的，是不是一定要通过芟剪纯文学来完成呢？既然不同形态的文学，各有自己的社会作用及存在价值，那就应该允许它们按自己的意愿自然生长，只要它不危害到人的生存和发展。严肃文学不够繁茂，可以通过培植使其繁茂，以与纯文学、通俗文学共生竞长，共创一个时代文学的繁荣（我们的纯文学也不够繁荣）。指责纯文学远离下层人民，有可能是将文学创造与知识分子的责任混同起来了。并且，企图让纯文学消失于文化批评的剑光下，有可能造成另一种文化专制。

杨本建构的多重的文学本体论，为新世纪的文学修造了一座立交桥，严肃文学、通俗文学与纯文学可以不撞车了，它们可以各行其道，奔向自己的目标。

四 语文美育风格选择的积极效应与局限性

在社会主义市场经济到来之前，当代社会的审美性格就是对崇高、壮美、英雄性、“乐观的悲剧”的肯定、提倡与推崇。受这种主流文化投影进去的审美倾向的影响，中学语文教材题材内容集中表现出爱国主义、英雄主义、集体主义的时代主调，如抵御外侮，除暴抗恶，投身艰苦卓绝的革命斗争，文化科学战线上的求索者，社会主义建设中的先进事迹、模范人物，平凡岗位上的自我牺牲，等等，其美学形态就是崇高—壮美。这在纪实性文体上表现尤为明显。

壮美：一种时代的审美倾向

作为美学范畴的崇高—壮美，它集中表现能引起人的尊敬、赞扬和愉快等审美感受的那些重大事件或现象的本质。在自然界，种种壮丽的自然景象可以帮助人确立崇高的观念，例如汹涌澎湃的大海浪涛，辽阔广大的祖国土地，肃穆宁静的高山雪峰……所有这一切使人满怀着庄严和赞叹的

---

① 《漫谈“纯文学”》一文就认为在20世纪80年代产生过积极影响的“纯文学”观念在90年代成为主流的文学观念，并制约了作家和批评家“拒绝和社会以文学的方式进行互动，更不必说以文学的方式参与当前的社会变革”。南帆则批评“‘纯文学’拒绝进入公共领域。文学放弃了尖锐的批判与反抗，自愿退出历史文化网络”。（参见蔡翔《何为文学本身》，《当代作家评论》2002年第6期。）这些批评的产生，跟文学理论对文学性质与功能界定不清有关。事实上，直到21世纪，作家和文学评论家对文学的分类概念都不甚了了。例如韩少功就说“‘纯文学’的定义从来就是含混不清的”。蔡翔也说，“近20年来，在我的记忆和阅读印象中，尚未见有人对‘纯文学’这个概念的外延和内涵作过完整的明确的定义”。（均见蔡翔《何为文学本身》。）

感情。而更能引起人的崇高感情、壮美感受的，是人的社会活动，或是为人类谋幸福而进行的改造自然的日常实践活动：从事宏伟的建设，发明创造，征服外部世界，创造性的劳动，建立功勋；或是参加保家卫国的战斗和推翻阻碍社会进步的旧政权的革命斗争，参与维护优秀文化或革命传统、建立新秩序的社会运动。文学艺术展示人物的美好意图、凌云壮志以及由此唤起的激情，也就表现为崇高的美学形态。

社会主义革命和社会主义建设是由伟大理想驱动的人类历史上的壮举，人的社会性和革命英雄业绩尤受重视，并且英雄观随时代而变化发展，日常生活中平凡的人也被认为可以富有英雄性。由此，“英雄”成为崇高的主要表现形式。中学语文教材中的纪实文学所描写的是范围更为宽泛的能够引起审美感的对象。

在民族斗争中表现出来的英雄行为，为传统的审美心理所习惯，但不减崇高本色。它的壮美，来自主人公所面对的处境的严酷、情势的逼仄、冲突的尖锐和选择的排他性；[①] 来自战斗场面的惨烈，生命迸发超常能量的令人惊异，血肉之躯残破时的摧心骇目；来自主人公用英勇行为、自我牺牲、个体生命的毁灭证明了道义的胜利。例如：《阎典史传》的主人公阎应元，作为一个县的小官，在清兵南下势如破竹、逼近城池之时，投袂而起，慨然受命，组织军民死守江阴孤城，同强大的敌军展开血战，固城达八十一日之久，堪称奇迹。驱使阎应元率众血战到底的，不只是足智多谋、众望所归的军事才能，而主要是早已内化为本能的民族意识。战斗双方的力量越是悬殊，结局越是可以料定，阎应元的英雄气概越是光彩逼人。怒斥降将表现了他的浩然正气；以“宁斩吾头，奈何杀百姓”的铮铮之语拒敌，突出了他的自我牺牲精神；城破之时率兵士驰突巷战，显示了他的英勇顽强；被俘后挺立不屈，证实了他的坚强性格和凛然正气。直到敌兵持枪刺穿他的小腿，致使其跌倒，这令人惨不忍睹的情景进一步树立了他的崇高形象。

现代战争的残酷性，使爱国英雄的壮美富于更多的内涵。生命承受打击强度的有限性同现代化武器巨大的摧残力量，个体人生对生活进行多种选择的可能性与公民义务、军人职责，等等，构成更尖锐的矛盾冲突，使事件的发生更加戏剧化，而英雄的精神境界在产生崇高感的过程中成为更

---

① 主人公必须在骤然而至的危机状态下处理多种矛盾：自我保护本能与集体责任感，个人的利益与国家、民族的安全，构想过的人生远景与诡谲莫测的后果，积极的抉择和克敌制胜必需的智勇……归结起来，是在成与败、生与死的矛盾中对失败、对死亡的选择。

重要的审美要素。《谁是最可爱的人》① 写到发生在朝鲜战场上最激烈的战斗——松骨峰战斗，算得上是战争残酷与战士英勇表现的极致。在一个很低的光光的小土岗上，敌人用了三十二架飞机、十多辆坦克发起集团冲锋，向阵地汹涌卷来，整个山顶的土都被打翻了，汽油弹的火焰把这个阵地烧红了。战斗的场面和结果惊心动魄：

> 勇士们在这烟与火的山冈上，高喊着口号，一次又一次地把敌人打死在阵地前面。敌人的死尸就像谷个子似的在山前堆满了，血也把这山冈流红了。可是敌人还是要拼死争夺，好使自己的主力不致覆灭。这场激战整整持续了八个小时。最后，勇士们子弹打光了。蜂拥上来的敌人占领了山头，把他们压到山脚。飞机掷下的汽油弹把他们的身上烧着了火。这时候，勇士们仍然不会后退的呀，他们把枪一摔，身上帽子上呼呼地冒着火苗，向敌人扑去，把敌人抱住，让身上的火，也把占领阵地的敌人烧死。……战后，这个连的阵地上，枪支完全摔碎了，机枪零件扔得满山都是。烈士们的遗体，保留着各种各样的姿势，有抱住敌人腰的，有抱住敌人头的，有掐住敌人脖子把敌人摁倒在地上，和敌人倒在一起，烧在一起。还有一个战士，他手里紧握着一个手榴弹，弹体上沾满脑浆；和他死在一起的美国鬼子，脑浆迸裂，涂了一地。另一个战士，嘴里还衔着敌人的半块耳朵。在掩埋烈士们遗体的时候，由于他们两手扣着，把敌人抱得那样紧，分都分不开，以致把有些人的手指都掰断了。……

触目惊心的激战场面和惨烈的伤亡，并不给人以可怖的感觉，不是悲剧，而是庄严豪壮的正剧，原因是人们从战士们舍身杀敌的壮烈行为中看到的是他们具有高尚道义感的动机。那些活着的战士就对此作了回答："就拿吃来说吧。我在这里吃雪，正是为了我们祖国的人民不吃雪……""再比如蹲防空洞吧……我在这里蹲防空洞，祖国的人民就可以不蹲防空洞啊……只要能使人民得到幸福，就是我们最大的幸福。"正是由于这种认为自己所做的牺牲有利于更多人幸福生存的意识，他们的选择才普遍性地唤起无可争议的崇高感。与此类似，描写对越反击战的《壮士横戈》，也是将主人公放置在多重冲突中揭示为国捐躯的悲壮意味，个体人生的遗

① 人民教育出版社语文一室编著：《语文》（初级中学课本第五册），人民教育出版社 1994 年版，第 15 页。

憾论证了军人选择的崇高精神境界。

在和平建设时期，英雄以另一种形态出现，取得同等的价值。这是因为，英雄的作为也是一种内在冲突的表现。这种冲突不是勇敢与怯懦的冲突，而是勤勉与怠惰的冲突。冲突的积极解决是意志的胜利。以自我牺牲为本质核心，证明社会公德约制人性、推动社会发展的卓有成效。只要个人的追求、劳作、活动同社会的总体意志、集体利益、群众运动结合起来，就具有英雄色彩。社会主义社会从平凡中看伟大，从日常行为中发现英雄，由于社会主义本身是一种先进的社会形态，是最崇高的人类理想、最具普遍性的人道主义的反映，所以对先人后己、先公后私、公而忘私等传统美德的坚持奉行，是道德主体的本质力量的确证形式。

值得注意的是，社会主义整体的理想性和壮美氛围，也是英雄性格和崇高审美追求的温床。苏联文艺理论家波斯彼洛夫在谈到文学中的"崇高"时，就以与进步的社会运动的关系来界定之："在社会历史生活发展的某一阶段上的民族社会发展的进步利益就是最高利益，从这里通过各种媒介产生出堪称为'崇高'的人的性格，他们的关系，活动，感受的道德特征。"[①] 崇高的超个人性就是因为"某些个人的价值、荣誉、光荣，使他们的爱情、友谊、同志关系具有崇高的性质，它们的产生总是由于这些个人以或多或少的积极性和自觉性参加某种社会运动和以自己思维、感受、活动在某种程度上代表了社会运动的结果"[②]。在当代中国，雷锋精神最有说明意义。雷锋所做的好事，再平凡不过，但又都是分外的事。他将剩余的生命力都奉献给自我以外的他人，以此实践反映社会主义、共产主义本质的高尚道德。他的可贵就在于自觉地将日常行为熔进一个火热的理想，《人民的勤务员》揭示的就是"把有限的生命，投入到无限的为人民服务中去"这一主题。

即使是夫妻之爱，只要这种关系同高于个人生活的集体事业相关联，或是其中的一方为义务而牺牲自我的幸福，它就带上了崇高性。《离不开你》中的大庆女子刘桂芬，支撑她承受丈夫因工伤失去双臂的巨大打击、从软弱中斗争过来的，是社会主义的温暖。社会主义的一双巨大的、有无限力量的手臂庇护了她的一家，给了她以生活的信念，驱使她以惊人的毅力挑起了工作和照顾丈夫的重担，并帮助丈夫重新走上工作岗位，实现着

---

① ［苏］波斯彼洛夫：《文学原理》，王忠琪等译，生活·读书·新知三联书店1985年版，第248页。

② 同上书，第247页。

他俩年轻时就有的共同献身的理想。在刘桂芬的身上，既传承着革命时代英雄妇女的固有美德，又体现出社会主义建设事业对个人生活的巨大感召力。这里讴歌的主要不是通常意义上的爱情道德，而是凝聚着先进阶级的社会理想的道义感。

预期的美感效应

中学语文纪实文学题材自身的崇高、壮美的审美属性，以及作家对先进思想意义的着意开掘，服从于伟大历史实践的要求，也服从于现实性很强的审美教育目的。马克思在《路易·波拿巴的雾月十八日》中写道："在不同的所有制形式上，在生存的社会条件上，耸立着由各种不同情感、幻想、思想方式和世界观构成的整个上层建筑。整个阶级在它的物质条件和相应的社会关系的基础上创造和构成这一切。通过传统和教育承受了这些情感和观点的个人，会以为这些情感和观点就是他的行为的真实动机和出发点。"① 这一发现，揭示了社会上层建筑同社会成员的情感态度和思想观点具有相互依存性。上层建筑不是凭空、任意构建起来的，而已经建立起来的上层建筑合目的地以观念形态给社会、存在主体以指导，也具有潜在的可能性与有效性。社会主义这一崭新的社会形式，和它向共产主义挺进的前趋性质，决定了它对审美教育的高度重视。很难设想，没有具备统一的、新的情感、世界观、思想方式、幻想热情和审美情趣的一代人，新社会的蓝图可以付诸实现。由于审美教育是建立在思想认识教育、政治教育和道德伦理教育之上并包含后者的，所以审美教育的效用从来就为思想家所看重，认为借助审美教育能够改造社会，建立和谐与正义的王国。席勒就认为，在以正义的原则改造社会方面，审美教育能够代替革命，"正是因为通过美，人们才可以走到自由"②。马克思主义者更是强调审美教育在社会发展中的巨大作用是为了人类社会的进步和发展。正如苏联美学家斯托洛维奇说，"共产党把审美教育作为共产主义教育的不可分割的一部分"③。

因此，中学语文纪实文学的英雄肯定、壮美崇尚，预期着综合性的美感效应。也就是希望通过文学的艺术魅力，感染教育对象，激起审美反应，在特定的审美场中建立起一种审美关系，以达到潜移默化地陶冶和教育青少年学生的目的。崇高性作品产生的综合美感效应主要包括诱导效

---

① 《马克思恩格斯选集》（第一卷），人民出版社 1972 年版，第 629 页。

② 朱光潜：《西方美学史》（下），人民文学出版社 1979 年版，第 444 页。

③ ［苏］斯托洛维奇：《现实中和艺术中的审美》，凌继尧等译，生活·读书·新知三联书店 1985 年版，第 192 页。

应、感染效应、启迪效应、净化效应等。

文学作品通过艺术形象的展示，把读者的注意和思维引向预定的路线，这样的功能和结果，就是文学的诱导效应。它是文学作品诱惑力的一种表现。这一功能在中学语文纪实文学中表现为基本形式，作家的艺术技巧首先服从这一功能。例如方纪《挥手之间》①，写的是 1945 年 8 月 28 日延安机场的一幕送行情景。文章一开头就把读者吸引住了，使人跟着作者所要叙述的“事件流”走。从“不少的人顺着山上大路朝东门外飞机场走去”，到“送行的人群陆续朝飞机场走去”，再到“飞机场上人越来越多，一会儿就聚集了上千人”，期待感被引向一个顶点：“人群像平静的水面上卷过一阵风，成为一个整体朝前涌去。”越来越扣人心弦的静场之后，作者推出了那具有历史意义的特写镜头：主席向满怀依恋的送行军民，慢慢的，一点一点的，举起了他那深灰色的盔式帽，“举过头顶，忽然用力一挥，便停在空中，一动不动了”。读者仿佛身临其境，不由自主地接受了作品通过这一特定动作所要揭示的主题：“这是一个特定的历史性的动作，概括了历史转折时期领袖、同志、战友和广大革命群众之间的无间的亲密，他们的无比的决心和无上的意义。”中国革命成功的必然性和它的庄严意味，通过这一描绘形象地展示了出来。

文学作品的感染效应是由文学的形象本质决定的。感染效应是文学作品以情感的真挚、丰富感染读者所产生的引起读者思想感情共鸣的功能或结果。它是思想教育与情感陶冶的综合结果。通讯《依依惜别的深情》②，记录了中国人民志愿军同朝鲜人民依依惜别的历史镜头，将一种非同寻常的离情，用丰富的表现渲染得淋漓尽致。在人、花、泪汇成的友谊和情感巨流中，有志愿军战士对结下了生死之谊的朝鲜人民的无限依恋，有朝鲜人民对情同股肱、至亲至爱的中国人民志愿军的表达不尽的深情厚谊，还有作者为这旷世未有的离别场面所感动而流下的泪滴。惜别的双方，置身其中的人，历经战争的劫难而感到生死之谊的无比宝贵，不堪分离；而设身处地的读者，渴望温暖、友爱和情谊的深意识，也为之唤醒。在这种情感的共鸣中，人们还认识到了为什么人民军队是“世界上最强有力的军队”的道理。以 20 世纪 80 年代对越自卫反击战为题材的《壮士横戈》，之所以更为催人泪下，是由于它的真实感人的悲壮色彩，由于作者笔端屡

① 人民教育出版社语文一室编著：《语文》（初级中学课本第六册），人民教育出版社 1988 年第 2 版，第 1 页。

② 人民教育出版社语文二室编著：《语文》（高级中学课本第二册），人民教育出版社 1991 年版，第 42 页。

屡触碰的，是人心中最易动情之处。孤立地写步兵排长周在才壮烈捐躯的场面，也足以引起人的崇高感。然而文学却将这位镇守边关的军人的为国拼杀，同他和妻子的感情生活、悲欢离合糅合起来写，写他战前和妻子的误会，以及最后的时刻才认识到妻子的一片深情，产生刻骨的思念、万般复杂的感情。正是人人都会有的生活愿望、情感需要，给追求到它却要永远失去它的英雄增添了感人的人情味。作品不回避军人为了职守而必须放弃人皆渴望的生之幸福的伤感，也正是这种不无遗憾的抉择，使英雄的壮烈献身更加感动人，也更能教育人。

引起读者共鸣的，可以是作品所表现的丰富而真挚的感情，也可以是作品中与读者的经验相近，能引起读者带有情感性质的认可的内容，这样的认识功能，就是艺术审美的证同效应。中学语文纪实文学中的《我的老师》《从百草园到三味书屋》《童区寄传》《冯婉贞》等篇，容易产生这一效应。儿童经验、非成人的危险遭遇或肯定性的勇敢行为，对富于好奇、好强、好胜心，爱好英雄主义和自我牺牲精神，想通过英雄行为自立于生活的青少年最有吸引力，并能引起他们的“内模仿”或实际行为中的仿效。

启迪效应是指文学作品主题意蕴的深刻性、哲理性所产生的使读者开启心智、受到启发的功能或结果，它是文艺作品特殊的教育功能。中学生尤其是高年级学生已具备一定的思考能力。对知识的崇拜，对成熟和成功的羡慕，也使得他们乐于探究事物现象背后的原因，寻找人生的意义和生活的道理。鲁迅作品批判旧文化、旧社会的深刻，描写不同人物性格被黑暗势力以不同的方式吞噬的用意，以及在凝重、警峭、炽烈的叙述、议论、抒情中蕴含的关于历史和人生的哲理，最能调动接受主体的积极思想，使其于悟透“吃人”社会的本质后产生理性胜利的快感。读了布鲁诺的传记《火刑》，学生一旦发现真理有时候掌握在少数人手里，以及追求真理、坚持真理并维护真理往往需要一种特殊的人格力量，就会强化主体意识，以审视的态度应对外部世界的规范。再如《五人墓碑记》里，挥斥奸党、“激与义而死”的正直之士与甘心附逆的官僚士大夫的对比，可以引起学生对生命价值的严肃思考。

净化效应原与悲剧相关。亚理斯多德就认为悲剧引起怜悯和恐惧以使这种情感得到陶冶、净化。这里是指文学作品的情感弥漫着读者的心灵所产生的引起读者情感升华和世俗观念的抑止的功能和结果。它是文艺潜移默化作用的集中表现，在塑造人的灵魂方面具有重要作用。前面所分析到的处于悲剧性情势的英雄的遭遇，由于主人公不仅同外界威胁力量或意外灾变发生冲突，并且首先因为个人的切身要求与他所认定的超个人的生活价值之间产生矛盾，而以服从后者为终局，它给人的积极影响是唤起情感和想象，使人产生敬慕英雄和鄙弃个人打算的感情冲动。

互补的限度

道德教育、政治教育和审美教育存在着不可分割的联系，且三者相互影响。正因为这种关系，中学语文纪实文学作为审美教育的重要形式，担负着全面培育学生新个性的任务。审美教育的本质如斯托洛维奇所指出的，乃是“对个性施加自觉的影响，以造就个性具有某个社会集团感兴趣的那样一种对现实的审美关系”①。科瓦廖夫在更早时就强调文学在培养成长中一代的过程中所起的双重作用，认为“艺术文学既有认识意义又有美学意义。它唤起和培养读者的思想和感情；而归根到底是唤起和培养他行动的意志”，还作了更具体的解释：

> 艺术文学首先是认识人们性格的源泉。它教会人们在人的外部动作和内心世界之间复杂的相互关系中分析问题。艺术文学还培养感情：英雄主义的感情，人的价值和尊严的感情，爱国主义和人道主义的感情。知识和感情的融合形成人对待现实的一定态度，对待自己、对待自己的责任的态度，形成一定的理想，从理想的角度出发，人们又重新评价、甚至反复评价个人的行为，拟定生活和自我教育的计划。②

可见，社会主义国家的文学教育是从长远的历史眼光、人的合目的的发展和紧迫的现实任务出发采取的以道德和政治为本位的审美意识的定向培养。中学语文纪实文学相对集中的主题，明显的审美倾向，反映了先进阶级的审美理想，也符合历史发展的要求。

然而，中学语文纪实文学的题材有待拓宽，主题有待丰富和深化，风格有待多样化，艺术手段有待现代化，这些都是语文美学亟待解决的课题。仅就题材和主题而论，中学语文纪实文学的单一化，在培养青少年适应时代发展的审美意识方面，就暴露了它的局限性。

实际上社会现实生活与文学共同构成了人的物质和精神生活的主要内

---

① ［苏］斯托洛维奇：《现实中和艺术中的审美》，凌继尧等译，生活·读书·新知三联书店 1985 年版，第 179 页。

② ［苏］A. 科瓦廖夫：《文学创作心理学》，程正民译，福建人民出版社 1983 年版，第 143 页。

容，二者互补地协调着人同现实的审美关系，丰富、完善处在规定的社会关系中的个性，并促成个性对社会关系及整个外部世界的能动的选择和改造。作为精神存在的文学，它的感性抽象性，对为实在生活所包围的社会人来说，有由愉悦开始的诱导、比况、净化、提升的“精神确证”作用。但是，文学的审美教育功能必须以生活为参照系才能生成。美感效应的发生是一个审美实践的过程：一方面是审美客体对审美主体的有效作用，另一方面则是审美主体对审美客体的心理反应。而审美主体本来又不是统一的、单面的、被动的，而是历史的、因人而异的。因此，美感效应具有动态性。它是审美主客体在审美环境的作用下辩证运动的过程，是动态发展着的。即是说，同一作品在不同的欣赏环境中、不同的欣赏者身上会产生不同的美感效应。文学题材和主题的魅力不是永恒的，也不是普遍性的，对它的选择和规范也不是在所有的时候、在所有的环境里、对所有的对象都灵验。时代生活的变迁会改变人们的注意重心和审美趣味，同一时代、同一环境下也存在审美的差异。文化传统、国家政体、阶级利益等大的方面是一致的，个人的生活遭遇、家庭、亲友、经济状况等却千差万别，因而，对审美活动起决定作用的重要一端，是生活。在文学与生活的互补中，审美教育刻舟求剑、削足适履就会暴露它的“阿喀琉斯之踵”。

首先，题材的相对狭窄，不能满足当今青少年的审美需求，不利于培养他们多方面认识生活、多角度透视人生的能力。历史上的名人、战争年代的英雄、社会主义革命和建设中的模范带头人物，他们的突出作为和崇高品德，为成长中的一代人提供了范本，它确实能起到“帮助青年男女自立于生活，描绘出理想，自觉地检点行为，用确实的理想来衡量自己的行动”① 的作用。抽象地说，它的运作方向适应着青少年的精神要求、审美享受和审美认识方面的要求，因为处在旺盛求知欲与原在的自悲、自疑相矛盾的人生阶段的青少年，尤其希望通过认识、了解他人的精神世界，从而认识和了解自己的内心世界。但是，具体地看，由于认识和审美对象同当今青少年的生活背景、个人经验以及未来选择的大致可能缺少证同性，因此在认知和审美实践中就容易出现蹈空现象。这主要来自英雄题材的重虚轻实。人的生活说到底应是一种价值生活，人的行为应是一种价值行为。为理想、道德、名誉而献身固然也是人的本质力量对象化的表现，但是，人同外部世界的诸种关系中最首要的是同自然界的关系。人类生活

---

① ［苏］A. 科瓦廖夫：《文学创作心理学》，程正民译，福建人民出版社 1983 年版，第148 页。

的进步首先取决于人对自然世界的科学掌握程度。人同自然的关系和人的社会关系并非处在同一层次，后者建立于前者之上，或者说是前者的派生。因此，道德价值与科学价值，二者至少是不可偏废，尤其是在科技发展与人类居存愈益休戚相关的今天，在改革开放、文化转型的民族现实下。所以，《地质之光》《生命的支柱》《为了周总理的嘱托……》这类反映为科学、为事业而努力或搏斗，通过创造性、增值性的劳动确立人生价值的富有感染力的作品，在中学语文纪实文学中还嫌分量不足。

同题材相关的另一个问题是，随着改革年代异质文化的渗透，人民生活水平的提高，文学艺术传播媒介的多途化，日常生活感的普遍增强，人们的审美心理结构发生变化，崇高—壮美的事物在接受主体的审美感动中，要受到多种审美信息的干扰而导致持久力下降。所以，“非英雄化”的题材的加强，特别是既与时代生活同步，又富于人生况味的题材，更能吸引青少年的审美注意，得到认可，并对他们的自立起到参照作用。例如《幼学纪事》《“面人郎”访问记》这类叙写人在逆境里挣扎，寻找生存空隙，看似被命运播弄，实则上进心顽强，人生理想戏剧化地成功实现的人生故事，令人感到亲切。这样的纪实文学之作，在中学语文中可以得到加强。此外，中学语文纪实文学也不必回避生活的复杂性，甚至对于丑的观照。因为生活是客观的存在。文学再现的提纯，诚然可以净化青少年的思想意识，但也容易培养简单化的思维，培育不切实际的幻想和脆弱的个性，一旦与实际生活、真的人生接触，强烈的反差会导致主体的惊愕、怀疑与意志的崩溃。简化复杂多样的生活，在审美过程中容易引起对文学描写的不信任感。

与之相关，主题的浅表化，是中学语文纪实文学有关题材、作品中存在的值得注意的又一个问题。本来，纪实文学的文体特性，为作品对生活真理的客观呈现提供了便利。但是，且不说题材的选择处理已经过了作者的主观性剪辑，有可能对生活真相进行了扭曲或修饰；对题材意义的开掘和对象的表现，也要受作家思想水平和艺术能力的限制。缺乏生活洞察力的议论评说往往流于说教。尤其是教条主义、形而上学的思想方法容易使审美表现适得其反。中学语文纪实文学中有些作品对历史唯物主义的片面理解，就难以帮助学生建立正确的历史哲学观。

五　美学视域中的叙述与描写

作为纪实文肌理的叙述和描写

叙事作品的审美空间，是作家对现象世界抽象处理的结果，也就是将现实的“事序结构”转换为文学世界的“叙事结构”，在理论上，它是“把复杂的立体图形向单向的直线投影”[①]。这就意味着，叙事作品在审美时空的层次上，空间只是骨架，时间只是一种趋向。文学世界，也就是作家所经验、感知到而意识化了的生活图景的物化，还要依赖叙事文学最主要的表现手段——叙述和描写。没有这种审美传达的中介活动，已被作家“心灵化”的“内生活”就不可能客观化，审美时空便没有存在的意义，读者也就失去了认识的可能性。

作为标准的叙事文学——纪实文学，主要是通过叙述和描写来塑造艺术形象、反映现实生活，寄托作者的审美理想，表现审美感受。作家的创作过程是一种形象化的过程，它以细小的单元构成的人、事、物、景为塑造形象的基本材料，顺时推进地将文学结构的骨架充实得血肉丰满，生气灌注，形象生动地自成一体。作为活动也作为方式，叙述与描写是对审美时空的赋形，也就是作家从现实的抽象向生活还原。它把能够说明某种意义从而达到特定目的的生活事件的过程、场景、效果，人物的言语、行为，事物的状貌，组织到叙事结构上，形成纹理清晰、富有质感的画面。

例如《包身工》[②]。由于包身工遭受盘剥的惨绝人寰震惊了人类的良知，因而有了揭露罪恶的包身工制度的必要。为了达到这一目的，作者设计了一主一副两条结构线，将他通过实地调查得来的大量感性材料穿织起来，其中着重描绘、渲染的是包身工一天的活动情况，因为这些活生生的事实足以将包身工制度，技术机械对人的摧残、异化，以及人类生活中的可怖的、不可容忍的非常态暴露无遗。作者对包身工制度的野蛮、残酷、非人道极为愤懑，对这一社会现象也有极峻切的理性认识，但他的情感思想要打印到社会意识上，无疑只有借助形象的可感性，像电影镜头一样地放映出一幕幕的生活场景。因此，作品一开头，就十分突兀地推出了包身工在天不亮就被哄赶起床的情形：

> 旧历四月中旬，清晨四点一刻，天还没亮，睡在拥挤的工房里的人们已经被人吆喝着起身了。一个穿着和时节不相称的拷绸的衬裤的男子大声地喊叫：“拆铺啦！起来！”接着，又下命令似地高叫：“‘芦柴棒’，去烧火！妈的，还躺着，猪猡！”

---

① 乐黛云：《事序结构和叙事结构——叙述学与小说分析》，载《比较文学与中国现代文学》，北京大学出版社 1987 年版，第 309 页。

② 人民教育出版社语文二室编著：《语文》（高级中学课本第二册），人民教育出版社 1991 年版，第 1 页。

> 七尺阔、十二尺深的工房楼下，横七竖八地躺满了十七八个被骂做“猪猡”的人。跟着这种有威势的喊声，充满了汗臭、粪臭和湿气的空气里，很快就像被搅动了的蜂窝一般骚动起来。打呵欠，叹气，叫喊，找衣服，穿错了别人的鞋子，胡乱地踏在别人身上，在离开别人头部不到一尺的马桶上很响地小便。女性所有的那种害羞的感觉，在这些被叫做“猪猡”的人们中间，似乎已经很迟钝了。她们会半裸体地起来开门，拎着裤子争夺马桶，将身体稍稍背转一下就公然在男人面前换衣服。

这段描述具有先声夺人的效果。它声色并作地再现了一个与其叫作场面，不如叫作恶劣的生活环境的片段。在这里，人的对立、人的异化如此严重地出现。人从正常的位置上被驱赶开来显得如此急促，没有任何抵抗能力，完全任由主宰。人不仅从名义上离开了自身——“被骂做‘猪猡’”；更可怕的是作为人的本质的类的意识也被挤压了出去：“女性所有的那种害羞的感觉”，都变得迟钝了。

描绘将读者一下子拉入了作家设置的叙事结构，作家的叙事意识也就从定好了调子的起点上，携带着有内在逻辑联系的生活画面、人物细节顺着预定的线索铺展开来。起床只是一天活动的开始，接踵而至的就是被作家摄取到的一种非人道的工业生产关系和生产方式的表现。作品顺着次序叙述了“上海杨树浦福临路东洋纱厂”两千多包身工被当作“廉价的机器”、被改装为“灌装了的劳动力”的严重事实。从人类生活最基本的三个方面——吃、住、劳作，如实地写出了这些被哄骗、被廉价收购来的乡下女孩遭受的非人磨难。恶劣的饮食条件，恶劣的工作条件，前者将人降为牲畜，后者使人沦为机器。既有综括的叙写，比如写纱厂工人的劳动条件极为恶劣，面临音响、尘埃和湿气的三大威胁，而在这些非人为的因素之外，他们还时刻面临更可怕的三大危险，即殴打、罚工钱和“停生意”；又有具体个人的描述，如“芦柴棒”受非人折磨的惨状和小福子受“文明”惩罚的场景。这样一些叙述和描写，感性而形象地展示出了包身工的非人生活，它对穿插其间叙述交代的包身工制度的起因、发生和趋向及其本质做了最有力的说明，也回答了人们观触到现象后必然产生的对社会根源的追查。包身工的生活和遭遇是一种罪恶制度的结果，而这种制度的产生必然以人的被虐杀为代价。两个层面上的活的事实相互诠释、说明，从而导致一种理性的判断：金钱和机械对生命的摧残是反人性的，这样的制度不会久存。

可见叙述和描写是纪实文学作品思想灵魂得以寄托的丰满的肌体，它创造出可供人阅读和理解的“文本”。纪实文学的说服力来自通过叙述和描写手段再现出来的生活事实，客观性奠定了作品的存在理由。创作主体在这里并没有完全隐退，但作家的主观性必须依赖于客观展现的结实丰腴。在作品中，作家也会直接站出来议论、抒情，评判生活，然而，它是在充分叙述、描写了客观现象之后对生活本质的揭示。《包身工》就是写出了包身工在机器文明下沦为奴隶的大量事实之后，才发表这样的议论：“在这千万被压榨的包身工中间，没有光，没有热，没有温情，没有希望……没有人道。这儿有的是二十世纪的技术、机械、体制和对这种体制忠实服役的十六世纪封建制度下的奴隶!”并进而向这种制度的制造者发出了警告。作为点题之笔的议论、抒情也是纪实文学美学表现经常用到的手段，但它同叙述、描写的关系犹如阳光之于林莽，前者的照射可以使后者生辉，而在阳光隐没之时，林莽仍不失其存在价值和功用以及它的美。

叙述与描写的美学关系

从叙事的角度看，作家把熔炼过的思想材料付诸文字现实，这一活动笼统地看，都可以称为“叙述”。而在叙述活动的具体展开中，作家的运笔有轻重缓急之分，对对象的“显影”有浓淡粗细之别，同样是描摹客观世界，从表达方式的差异上却可以区分出“叙述”和“描写”这两种叙述笔触来。在写作学中，叙述通常被界定为“作者在文章中对人物、事件、场景所作的介绍、说明和交代”①，描写被界定为“对人物、景物(环境)所进行的具体而生动的描摹、刻画”②。简单地说，叙述就是“记叙”“述说”，描写就是“描绘”“摹写”。有些写作学著作对二者的关系做过描述，指出：

> 描写往往和叙述紧密结合在一起，有时难以区别。但从宏观上着眼，二者各有侧重。叙述主要侧重于对人物、事件的一般情况和过程的介绍交代，主要体现为纵向的平面流程。描写则侧重于对人、事、景、物作出形象的描摹和刻画，主要体现为横向的立体图画，使表现对象的特征更突出，形象更丰满，具有较强的可视性和雕塑感，逼真而传神。③

---

① 刘锡庆：《基础写作学》，中央广播电视大学出版社1985年版，第225页。

② 同上书，第238页。

③ 朱佰石主编：《现代写作学》，人民日报出版社1986年版，第410页。

"纵向的平面流程"和"横向的立体图画"较准确地概括了叙述和描写各自的审美特质，也将它们统一在美学表现的意图之内。在客观化过程中，叙述是时间性的，富有动态感，它用较高的频率递送信息；而描写则是空间性的，它是事件流在结构线特定的点上的暂时性汇储，叙事速度的放慢使它相对呈现为静态，但就其局部而言，它又是动态的。

在纪实文学中，叙事始终是最主要的手段，尤其是以教诲为目的的作品。时间或人物事迹交代清楚了，"纪实"的任务也就基本完成了。然而纪实文学作品文学性的取得，跟描写有较大的关系。因为描写是形象化最重要的手段。艺术形象最基本的单元是凝聚着作家主观情思的客观外物，即意象。意象最能吸引读者的审美注意，唤起审美主体的联想和想象，使读者从熟悉经验的蛛丝马迹开始对一个全新的经验世界进行"统觉"的感知活动。这一过程伴随着情感活动对意义的追寻，也就是审美的感受。因此，描写使叙述更为生动、细致、有血有肉，是对叙述的必不可少的补充，或者说是叙述的精致化。叙述回答的是"做什么""是什么"的问题，而描写则回答"怎么做"和"怎么样"的问题。叙述和描写分别以"述说"和"呈现"两种不同的笔触完成形象的创造。

例如《为了周总理的嘱托……》①，作品按照事实的发生、发展顺序，交代了吴吉昌接受周总理委以的研究棉花脱蕾问题的重任，到"文化大革命"时，被少数别有用心的人当作斗争对象，受到近百次批斗，被撤销了大队长职务，被剥夺了研究棉花的权利，被禁止下地，被强令打扫全村的街道。"叙述"到这里出现了事件流（即嘱托的落实经过）的暂时停顿，而插入吴吉昌悲惨经历的描述：

> 从此，树影斑驳的村道上，人们每天看见吴吉昌弯着残废的手，拖着打伤的腿，艰难地跪在地上扫地。（人们记得，这街道两旁的白杨树，还是几年前吴吉昌领回来的奖品。那时，县里要奖给他一辆自行车。吴吉昌拒绝了。他说："成绩是大家的！"他要求改奖一千棵白杨树苗让全村栽种。如今，这些白杨树已经有碗口粗了。可是，为全村赢得这些荣誉的人，却受到这样的折磨。白杨在迎风呼号，那是为老汉在呜咽，还是为这不平在愤怒!?）
>
> …………

① 人民教育出版社语文二室编著：《语文》（高级中学课本第一册），人民教育出版社 1990 年版，第 75 页。

> 长期的折磨，使吴吉昌患了重病。
>
> 从外表看来，他脸孔蜡黄，两腿肿胀，身似朽木，但在内心深处，一种严肃的使命感，仍然像烈火一样，熊熊不息。周总理那“我把任务交给你了”的声音，不断地在他耳边回旋……

这些描写，看似中断了通向事件结局的叙事流，实际是前面的叙事节奏的恰到好处的放慢，也是事件意义和人物性格展示的一次不可缺少的铺垫，是审美感受的一次及时的“充氧”。作者所要交代的吴吉昌完成周总理交给的庄严使命的艰难历程，读者所期待的事情的成败结局，“文化大革命”中阻力的出现，对主人公和关注者的承受力都是严峻的考验。在这里描写吴吉昌遭受摧残的惨况和他的燃烧着使命感的心理活动，具有多种作用，它用人物的使命和处境的对比，身似朽木与顽强意志的对比，暗寓了正义和邪恶，愚昧和科学的尖锐冲突，从而揭示和批判了扼杀科学和人才，阻碍社会主义建设发展的罪行，也歌颂了吴吉昌为伟大信仰所鼓舞，执持信念的可贵品质和坚强毅力。从“情节”的发展看，它起到了暗示和推动的作用。时代背景和人物形象的具体化，使人产生身临其境的感受。叙述引导读者通向描写的更为逼真的境界，而描写又是叙述中的“特写”和“慢镜头”。

在文学性更强的作品里，叙述更多地让位于描写，描写本身又构成叙述的推进。《从百草园到三味书屋》① 最为典型。文章一开头用极简略的文字提到“我家的后面有一个很大的园”，并称说“其中似乎确凿只有一些野草；但那时却是我的乐园”后，就是一大段设色缤纷的描写：

> 不必说碧绿的菜畦，光滑的石井栏，高大的皂荚树，紫红的桑葚；也不必说鸣蝉在树叶里长吟，肥胖的黄蜂伏在菜花上，轻捷的叫天子（云雀）忽然从草间直窜向云霄里去了。单是周围的短短的泥墙根一带，就有无限趣味。油蛉在这里低唱，蟋蟀们在这里弹琴。翻开断砖来，有时会遇见蜈蚣；还有斑蝥，倘若用手指按住它的脊梁，便会啪的一声，从后窍喷出一阵烟雾。何首乌藤和木莲藤缠络着，木莲有莲房一般的果实，何首乌有臃肿的根。有人说，何首乌根是有象人形的，吃了便可以成仙，我于是常常拔它起来，牵连不断地拔起

① 人民教育出版社语文一室编著:《语文》(初级中学课本第一册)，人民教育出版社 1992 年版，第 46 页。

来，也曾因此弄坏了泥墙，却从来没有见过一块根象人样。如果不怕刺，还可以摘到覆盆子，象小珊瑚珠攒成的小球，又酸又甜，色味都比桑葚要好得远。

密集的意象，呈现的是一个充满了无穷趣味、属于无忧无虑的儿童的美不胜收的自然世界。作者忘情于它，是由于对把人的感官、精力和心思都卷入劳作、纷争、倾轧和冲突的成人世界的鄙弃。它同后面写到的束缚儿童天性的、枯燥乏味的“三味书屋”形成对比。它是“叙事结构”中的一个重要块面，因而也就具有叙述意义，尽管它是静态的、立体的。这篇文章基本由这样的块面，为简略的叙述语言所连缀而成。从审美角度来说，这种在空间转换中构成的流动的意象群，具有绘画和雕塑才能给予审美者丰富的美感。

叙述和描写在叙事流程中可以是分段、分块地交相措置，但也经常是更为紧密地糅合在一起，形成密度大、间隙小的交叉，例如《挥手之间》①中的这样一段：

站在前面的中央负责同志们迎上前去。主席伸出他那宽大的手掌，跟大家一一握手告别。主席的脸色是严肃的，从容的，眼睛里充满了无限的关切和鼓舞之情，然后主席望着所有送行的人，举起右手，用力一挥，便朝着停在前面的飞机一直走去。

前面已说过，叙述与描写并无绝对明晰的界限，它们两者有时候可以完全混为一体，很难辨清是叙述还是描写，特别是在那些带有修饰成分的叙述句中。而那些“少做作”“去粉饰”的白描，又可以称为“生动的叙述”。

叙述的基本技法

“文章惟叙事最难。”② 前人这一认识，是对叙事文兴起以来，历代作者在叙事技巧上尽力展现才情，使文章显示出千姿百态的一个总结，也是对研读或写作中为寻找文章形体与客观事物的微妙关系而煞费苦心的经验之谈。它还是对写作艺术难臻佳境的深长慨叹。难怪章学诚在《论课蒙

① 人民教育出版社语文一室编著：《语文》（初级中学课本第六册），人民教育出版社1988年第2版，第1页。

② （清）李绂：《秋山论文》，载王水照编《历代文话》（第四册），复旦大学出版社2007年版，第4004页。

学文法》中也这样说:“叙事之文,其变无穷。故今古文人,其才不尽于诸体,而尽于叙事也。”①

中学语文纪实文学中,文言文占了相当大的比重。从以正史为主的史传文学,到别传、志、状、碑、序、杂记之类,体裁多样。说明我国的叙事文有悠久的历史。复杂的历史生活,在不同的创作主体那里得到不同方式的叙述、表现。历代作家在叙述客观生活时,并不是简单地照葫芦画瓢,而是十分注重表达技巧,讲究叙事笔法,认为叙事要叙得有间架,有曲折,有顺逆,有映带。有隐有显,或“明修栈道,暗度陈仓”,或“烘云托月,背面傅粉”。叙事意识是一种审美意识的体现。作者应力求笔法多变,避免单调,表明叙事的目的不在于单纯地复述、告知,而是追求艺术效果,发掘主体的创造性,顺应审美感受规律,打动和吸引读者,使文章在完成“述事”的功能之外,具有可供欣赏的独立存在价值。

历代作家积累起来的丰富的叙事经验,得到了印象式的理论总结。有关叙事笔法的论述,就有不少。元代陈绎在《文筌》一书中就将叙事归纳为正叙、总叙、间叙、引叙、铺叙、略叙、别叙、直叙、婉叙、意叙、平叙等十一法。李绂的《秋山论文》则进一步归纳总结,更为准确地概括出顺叙、倒叙、分叙、类叙、追叙、暗叙、借叙、补叙、特叙等叙事笔法,还加以分析举例说明。清人邵作舟在《论文八则》里,又把叙事笔法归纳为十四种:正笔、旁笔、原笔、伏笔、绕笔、补笔、带笔、铺叙立案之笔、捏掇呼应之笔、关锁串递之笔、断制咏叹之笔、详略虚实之笔、宾主映射之笔、点缀传神之笔。而且对每一种笔法都作了解释。更晚一些的章学诚和刘熙载,也分别在《论课蒙学文法》和《艺概·文概》里对叙事笔法作了归纳和概括。

前人的遵从着审美创造和审美接受的规律的叙事经验,为现代人所继承并发展。当代作家,更为简明地对叙事的基本技巧予以分类归纳。比如就叙述类别而言,根据叙述的先后次序,将叙述分成顺叙、倒叙和插叙几种;根据叙述的详细程度,分出概叙与细叙;根据叙述的线索关系,分为分叙和合叙;根据叙述的不同角度,区分出直叙和借叙;等等。从叙述的常用技巧看,有视点、节奏、线索、悬念等受到注意。此外,繁简、疏密、隐显等艺术辩证法,也在叙述中得到运用。无论是前人所称的叙事笔法还是今人所说的叙述的技巧,在中学语文纪实文学中都构成了审美表现的因素,下面择要举例简析。

---

① (清)章学诚:《论课蒙学文法》,载《章学诚遗书》,文物出版社 1985 年版,第 686 页。

顺叙，又称为“直叙”，是按照事件发生、发展、变化等过程的“自然时序”而进行的叙述。顺叙是最常见也是最基本的叙述方式。运用这种“叙述语言”，叙事结构与事序结构的展开取同一方向。它由头至尾，次第井然，便于组织材料，容易贯通文理，和读者的“接受心理”亦更为贴切、合拍。用顺叙来记叙的作品，在主、客观两方面具有这样的特点：时间本身是较为奇特或重要的，无须在表达时予以特殊的强调；作者对它怀有较庄重、持正的态度。如果用西方叙事学的观点来说，它属于叙述者低于主人公的一类。比如，陆定一的《老山界》，叙述红军翻越老山界的过程，就是按现实中的时间顺序来写的，事件本身的每一步展开，都足以引人入胜。鲁迅的《藤野先生》，怀着深沉的、敬重的感情追忆他在异国的恩师，依循老师进入他的生活、印象和情感的过程来写，就很打动人。史传文学在记叙人物时，也多用顺叙，如《屈原列传》《苏武》《张衡传》《海瑞传》等。现代记叙文中的怀人之作，也常用到，如《回忆我的母亲》《一件珍贵的衬衫》。运用顺叙的作品倘若不具备上面说过的审美关系，就会影响审美效果。李绂在《秋山论文》里就说：“顺叙最易拖沓，必言简而意尽乃佳。”为了避免平板、拖沓，作者往往在顺序的夹缝中进行描写、议论或抒情，以使文章曲折生姿，又不影响整体格局。从《藤野先生》中我们就可以感受到技巧的变换与作家的主观介入怎样丰富了叙述的情调。

倒叙，就是将事件的“结局”或“高潮”提前，然后再依“自然时序”而进行的叙述。俗称“倒插笔”。它的好处是其“突发性”造成对读者的“强刺激”，以撩人的“悬念”制造接受者审美心理上的张力。审美时空与现实时空的错位，能使人更直接地感受到把握对象世界过程中的“精神确证”。比如《为了六十一个阶级兄弟》《汉堡港的变奏》用的就是倒叙法。前者是将高潮提前，造成悬念。后者是将结局提前，用事件的效果吸引人们了解原因和经过。《离不开你》用倒叙将一座美的雕像兀然推到读者面前，并以一个疑问，“召唤”人们共同寻求这位女性命运的答案。倒叙使文章活泼而不呆板。清人王源在《左传评》中就说：“叙事之法，切不可前者前，中者中，后者后。若前者前之，中者中之，后者后之，印板耳。”如用倒叙之法，“中者前之，后者前之，前者中之后之，使人观其首，乃身乃尾；观其身与尾，乃首乃身，如灵蛇腾雾，首尾都无定处，然后方能活泼也”。[①] 活泼产生节奏、运动感，能刺激审美欣赏。

---

① （清）王源：《左传评》，转引自丁琴海《中国史传叙事研究》，国际文化出版公司 2002 年版，第 256 页。

插叙是一种暂时中断原叙述线索而插入另一事件的介绍、交代的叙述方式。关于插叙的审美特征及其功用，刘锡庆的《基础写作学》有过这样的揭示："插叙因系从中插入，所以一般不长，只具有'片段性'；且多为交代诠释、连带叙介、补隙堵漏的文字。它虽然在客观上能起说'此'而顾'彼'、勾'前'而联'后'的作用，但主要却体现了作者在叙述中对读者'阅读心理'的一种体察和尊重。"①这种插叙的好处，一是在突出叙述主线的同时，顺便把一些次要的事实或事件做了叙述，使主次交叉，叙述容量加大；二是插叙的适当运用能使文章在节奏和结构上富于变化，起到调剂读者神经的作用。随着生活的日益复杂化和人的叙事思维的发达，插叙在现代文中得到更频繁的使用，它不仅适宜在有限的文字篇幅内容纳更多的生活内容，也符合人的意识活动的规律。在一篇作品中，假如插叙的频率提高，而"片断"又缩小，那么它就近似于"意识流"或"拼贴图"的叙述方式了。它同叙事结构中的放射线结构方式相对应，表现了人对世界和自身的一种新的认识和把握方式。这在小说中更为常见。插叙又可细分为"补叙"（不发展情节的插叙）、"追叙"（和主要情节线相关的插叙）、"逆叙"（由近及远、由今而古的逆行插叙）等。中学语文纪实文中的插叙多半是追叙和补叙，比如前面已经分析过的《离不开你》《汉堡港的变奏》。《同志的信任》《从百草园到三味书屋》也运用了插叙。史传文学常用作品人物的语言来交代跟主要时间不同步却又相关的内容，也可看作一种插叙。《苏武》中苏武的兄弟因触犯御忌而相继自杀，母亲去世，妻子改嫁，妹妹和子女流散、下落不明等情况，就是由李陵在劝降时讲出来的。

概叙与细叙。概叙即概括的、粗线条的叙述；细叙是详细、具体的叙述。或者是作为审美表现的材料的生活内容本身有主有次，或者是作者有意用密度不同的事实呈像来调整叙述节奏，在一篇作品中，作者通常不会平均使用笔墨，而有粗细之别。如《鲁迅自传》，作者用点面结合的方法，详略得宜地介绍了自己的家庭状况、求学过程和工作经历。对家庭状况和工作经历用的是概叙，而对他在日本求学，由于是他一生的转折点，叙述得就细致一些，特别是提到看电影而促使他弃医从文的细节。又如魏巍《依依惜别的深情》②，在叙述志愿军战士"美化营地"及"留赠爱

① 刘锡庆:《基础写作学》，人民教育出版社 2007 年版，第 217 页。

② 人民教育出版社语文二室编著:《语文》（高级中学课本第二册），人民教育出版社 1991 年版，第 42 页。

物”时，一连用了六个“有”字，概略而粗要地叙述了战士们在离别前夕对朝鲜战友“袒出了他们的一颗颗红心”的动人情景。战士们拿出贴身私藏的爱物：手帕、荷包、腰带，每一件“礼品”都该是包含着一个生动的“故事”的，但作者却并不一一展开，只以“概叙”渲染了浓烈的气氛。而对于典型材料，生动场景，“骨干”事例，即胡明富等三人绣花、题诗的事件，就是生动、细致地展开的，写得详细、具体，有枝有叶，有声有色。概叙“粗”而“快”，犹如电影里的“大全景”，视角开阔，轮廓清晰，给人以整体的认识，较快地推进事件的展开；细叙“细”而“慢”，像是电影里的“特写镜头”，在放慢的时间里给人以“细部”的洞察，精雕细刻地展现事物的面貌。两者结合，粗细相间，快慢有致，叙述因而有点有面，有详有略，既有深度，又有广度，是取得表现效果最常用的方法。

分叙与合叙。分叙是分别叙述同一时间内不同地点的人物活动；合叙则是使分叙的事件复归于原叙述线索的常见顺叙。现实生活中的事序结构是时间轴上的多项空间，在同一时间内，不同的活动在不同的地点发生和存在，而叙事结构只能顺时地、按表现的因果关系将复杂的立体图形投射到书写平面上，这就有了分叙的必要。现代的“分叙”已从“花开两朵，各表一枝”的传统叙述方法中走出来，而采用电影“蒙太奇”多线索“齐头并进”的剪辑方法，如《为了六十一个阶级弟兄》，在“二月三日下午五点多”这同一时间，就分别叙述了三个地点所发生的三件事情。或者几条线索“交叉并进”，时断时续，自然穿插，如在《结构与节奏：纪实文学的审美时空》一文里提到的《为了周总理的嘱托……》的第一节，就同时叙述了三条密切相关的线索。

直叙与借叙。直叙即正面的、直接的叙述，而借叙却是从旁借助于他人言谈的间接、侧面叙述。后者相对于前者表现为一种技法，多用于写人。例如《信陵君窃符救赵》，用很多笔墨去写管城门的侯生，正是为了表现信陵君的礼贤下士。这种旁径侧出，借他人他事来表现此人此事的借叙手法，增强了审美兴味，又更有力地表现了人物。

衬笔是叙事的局部上用以表现人物的一种技法。实际是一种对比。事物的价值是在对比中显现出来的。因此，衬笔的技法在纪实文学中运用率较高。衬笔有正衬、反衬之分。用对立相反的因素互相对照叫反衬；用性质相同的事物互相烘托叫正衬。例如张溥的《五人墓碑记》[①] 一文，几乎

---

① 人民教育出版社语文二室编著：《语文》（高级中学课本第二册），人民教育出版社 1991 年版，第 323 页。

全用衬笔：用"高贵之子""得志之徒"死后默默无闻和五人英勇就义后被人所尊敬对比；用"缙绅"的迫于阉党淫威而改变初志，和五人"激昂大义，蹈死不顾"对比；用"高爵显位"者的苟且偷生和五人为了保护群众挺身投案、从容就义对比。这样，就更有力地反衬出五人的高贵品格。方苞的《左忠毅公逸事》，用的则是正衬笔法。文章写左光斗生前逸事，处处以史可法的刻苦攻读和才华出众，衬出左光斗的高大形象。在一些表现民族气节的古典作品中，正面人物的崇高形象、壮美情操，往往是在对比中显得更为鲜明。比如《苏武》《阎典史传》，都是用降将的怯弱或无耻，衬托出主人公严词拒降的坚贞不屈的民族气节。

叙述角度是指作者在叙写事件时所采用的观察点。即作品从什么"窗口"观察生活，从哪个方面反映生活的问题。它同主题密切相关，同一题材，可以从各个不同方面表现，从不同的角度去反映。角度不同，其主题思想和人物形象的内蕴也就不尽相同。比如，作为客观发生过的"三·一八"惨案，不同人就可以有截然相反的判断。"几个所谓学者文人"发表文章，污蔑遇害的爱国学生"莫名其妙""没有审判力"，因而盲目地被人引入"死地"。而鲁迅从符合历史发展方向地看到了青年学生爱国行动的进步意义。又如《离不开你》要是从刘桂芬本人的角度看，也许更多是她和丈夫的感情经验，即特殊的人生之爱、夫妻之情的一种并非大不了的延长。然而，作家茹志鹃从一个较高的时代制高点上却发掘出了普通人爱情中蕴含的先进社会理想的巨大力量。再如《壮士横戈》，如果在另一种写作境遇里，或是从另外的角度写，也许主人公个人的切身生活要求同意识到的非个人社会要求之间的冲突要被回避，因此反而减弱了人物选择的悲壮色彩，削弱了艺术感染力。可见，纪实文学的叙述角度虽然不及虚构文学的小说显得至关重要，后者通过不同的观点——自知观点、旁知观点、次知观点、全知观点的叙述，创造出意味不同、审美角度和方式不同的文学世界，但是，纪实文学的不同的叙述人称（第一人称或第三人称）对客观现象的选择及意义的显现还是大有影响。

视点是视角重点的简称，从电影艺术中借用而来。由于视点不同，我们可以将客观物体分为特写、近景、中景、远景和全景等。纪实文学的叙事，也会看到视点的变化。比如《挥手之间》① 一开头写到"从清凉山上望下去，见有不少人顺着山上大路朝东门外飞机场走去"，这是远景。作

① 人民教育出版社语文一室编著：《语文》（初级中学课本第六册），人民教育出版社 1988 年版，第 1 页。

者跟几位同志一起“加入向东的人群，一同走向飞机场”，这是中景。“送行的人群陆续朝飞机场走去”，又是远景。到“飞机场上人越来越多”，移至中景，接着，吉普车转过山嘴驶来，车上人跳下来，就是近景了。其间又有中景和近景的几次切换，到毛主席站在机舱门口向送行群众挥手，就是“特写镜头”了。视点的切换极成功地制造了波澜和节奏，推出了高潮，完成了对主题的揭示，作者随自我感情的起伏，调节着审美表现的力度和速度，收到很强的艺术效果。

描写的技巧及审美要求

作为“呈像”的艺术，描写能够把作家头脑中的意象描绘、浮雕为可感的语言意象，起到再现社会的、自然的环境与风貌，为人物提供活动的舞台或背景，形象地给人物图形写貌并表露其内心世界的作用。根据这一表现功能和目的，描写按不同的标准分为直接描写和间接描写，细描和白描，人物描写和景物描写。其中人物描写又可分为肖像描写、语言描写、行动描写、心理描写和细节描写；景物描写又可分为自然景物描写和社会环境描写。此外还有综合性的场面描写。

在中学语文纪实文学里，人物描写是其重点。因为具有历史和文献价值的纪实文始终是把活动在历史舞台上的人物作为追光对象的，客体的重要性，始终高于叙述者的主观情态，所以它不像抒情散文或虚构小说那样，可以借景物描写寄托创作主体的审美感情，曲折婉转地表达作家对社会生活的看法，或者从自然世界寻回人在历史实践中失落的东西。景物描写中社会环境由于跟人物活动直接关联着，人物的举手投足都会牵动既定的社会关系网络，因此在纪实文学中还较多地涉笔。而自然景物，则在必不可少的时候才做一些烘托或点缀。偏重审美价值，以抒情性见长的《从百草园到三味书屋》在中学语文纪实文学中例外地有大量自然景物描写，恰好说明了这一点。

在人物描写中，中学语文纪实文学重点又放在语言、行动和细节描写上。这是由于纪实文所写的是真人真事，它要表现的是人物对社会的独特贡献，或所作所为的表率作用、认识价值，而不像虚构小说那样可以采用典型化手法，“杂取种种人，合成一个”，塑造“性格”，让其活灵活现地成为“这一个”。在小说里，人物的外貌、表情，通常是人物性格的重要表征。为了刻画人物性格，作家又可以利用视角上的方便，按性格化的逻辑设想主人公的心理活动。而纪实文学重在“人物”，不在“性格”，所以肖像描写只用于说明人物行为态势，而不是让它帮助人物在读者心中活起一个“熟悉的陌生人”来，也就用得很俭省。在《藤野先生》《我的老师》《为了忘却的纪念》这样一些抒情性较强的作品里，外貌描写才显示出其特有的光彩。纪实文学的写实性也决定了它不可能去虚拟人物的心理语言。从现代叙事学的角度看，纪实文学的叙述只有“自知观点”和“旁知观点”，而没有真正的“全知观点”。对写实原则的恪守，弱化了它的心理描写。像《离不开你》那样细腻地描写女主人公在遭受丈夫因工伤事故失去了双臂的意外打击时剧烈的心理冲突，在中学纪实文学里不多见。心理活动能够展示人物的精神境界、思想品质，同时为外在行为、举止提供理由，它揭示出人物积极选择的动机。这一功能，在中学语文纪实文学中通常为人物语言描写所取代。语言描写一般又是同动作描写结合在一起的。

比如《廉颇蔺相如列传》[①] 写在渑池会上，蔺相如大智大勇，再克秦王的场景：

> 秦王饮酒酣，曰：“寡人窃闻赵王好音，请奏瑟。”赵王鼓瑟。秦御史前书曰“某年月日，秦王与赵王会饮，令赵王鼓瑟”。蔺相如前曰：“赵王窃闻秦王善为秦声，请奉盆缻秦王，以相娱乐。”秦王怒，不许。于是相如前进缻，因跪请秦王。秦王不肯击缻。相如曰：“五步之内，相如请得以颈血溅大王矣！”左右欲刃相如，相如张目叱之，左右皆靡。于是秦王不怿，为一击缻。相如顾召赵御史书曰“某年月日，秦王为赵王击缻”。秦之群臣曰：“请以赵十五城为秦王寿。”蔺相如亦曰：“请以秦之咸阳为赵王寿。”

继章台殿之机智夺璧、慷慨陈词、不辱使命之后，蔺相如的性格在这里又一次得到辉煌的爆发。他善于判断，应对敏捷，为了维护国格，宁愿以死相拼，凛然大义威慑上下，这些性格特征通过一连串推进性很强的语言、行动描写表现得淋漓尽致。秦王的恃强倨傲，以强凌弱和在死亡威胁面前的尴尬，赵王的怯懦，秦王左右的失措，也都历历如绘，跃然纸上，在对比中进一步衬托出蔺相如智、勇、义聚于一身的光辉形象。人物语言、动作以及神态的进逼性和针锋相对，又准确地再现了当时的“场面”，富有戏剧的情趣。又如《左忠毅公逸事》[②] 描写左光斗被诬下狱，

---

① 人民教育出版社语文二室编著：《语文》（高级中学课本第一册），人民教育出版社 1990 年版，第 225 页。

② 人民教育出版社语文二室编著：《语文》（高级中学课本第四册），人民教育出版社 1995 年版，第 291 页。

遭受酷刑，作为深得知遇之恩的史可法冒险混入牢房探视的情景：

> 史前跪抱公膝而呜咽。公辨其声，而目不可开，乃奋臂以指拨眦，目光如炬，怒曰："庸奴！此何地也，而汝来前！国家之事糜烂至此，老夫已矣，汝复轻身而昧大义，天下事谁可支柱者？不速去，无俟奸人构陷，吾今即扑杀汝！"因摸地上刑械作投击势。史噤不敢发声，趋而出。后常流涕述其事以语人，曰："吾师肺肝，皆铁石所铸造也。"

左光斗发"怒"的动作和语言，饱含着这位正直的爱国者对奸人的憎恨和锄奸救国的急迫感，对后继者寄予的厚望以及对无谓牺牲的焦虑。他将个人的生死置之度外，一心以天下事为念。为了救国，他必须斩断私情，因此，骂得越重，爱得越深，所望越是迫切。在语言、动作和神态的背后，是人物坚强不屈、大义凛然的动机所在。

描写用以刻画人物形象，可以是正面进行，也可以"烘云托月"，从侧面予以表现。侧面描写，是叙述中的衬笔的细致化，上两例中，秦王的"不怿，为一击瓴"和"左右皆靡"，都是对蔺相如的智勇慑人的反证。史可法的话"吾师肺肝，皆铁石所铸造也"，进一步表现了左光斗的锄奸救国的坚强意志。《苏武》中，李陵劝降未成，"喟然叹曰：'嗟乎，义士！陵与卫律之罪上通于天'！因泣下沾衿，与武决去"，也从另一个角度写出了苏武可杀身不可夺志的浩然正气。侧面描写，是对人格主体的社会价值的一种"取证"。

描写作为表现人物品质和事件性质的手段，其审美要求就是"突出特征，绘声绘色绘形；以形传神，新颖精妙逼真"[①]，白描、工笔画、细节描写，都是达到这些审美要求的最有效的技法。

"传神"是语言表现的追求目标。宋人黄庭坚就提出过，"事须钩深入神"[②]。所谓"神"就是指人或事物内在的本质特征。状物写人，若能抓住内在的精神特质，就可以说达到了传神的地步。传神写照关键在于抓住对象的个性特点，即写其精神"独至"之处，因为"人之为人有一端独至者即生平得力所在……人精神聚于一端，乃能独至，吾之精神亦必聚

① 朱佰石主编：《现代写作学》，人民日报出版社1986年版，第410页。

② （清）黄庭坚：《赠高子勉》，载郭绍虞主编《中国历代文论选》（第二册），上海古籍出版社1979年版，第320页。

于此人之一端，乃能写其独至”[①]。中学语文纪实文学所写到的历史人物和当代英雄，莫不是执着于某一个方面，意志和生命力都聚焦在一个信念上，宁折不弯，从而成为意识主体的观照对象。作家对他们的内在精神品质，往往用生动的细节予以表现。蔺相如“张目叱之，左右皆靡”和“……相如请得以颈血溅大王矣”的动作和语言描写，雕像般地呈现了他的英勇精神。左光斗“奋臂以指拨眦，目光如炬”，骇目惊人，人物的内在精神能量放出灼目光彩。《殽之战》[②] 里，先轸听说文嬴出主意放了秦囚，当着襄公的面发怒，“不顾而唾”的细节，极富个性化地表现了这位军人的耿直及其对军情国事的预见能力。

“白描”是最见功力的传神写意手法。它用最少的笔墨，不加渲染地勾勒出事物的特征和形貌，表现事物的内在神韵。它通常不设喻，不藻饰，只是以质朴的文字抓住描写对象的特征，以叙代描，淡淡几笔，简明生动地勾画出形象来，以少胜多，平中见奇。汉语文言是一种极精练的表达工具，所以白描是我国叙事文的传统。鲁迅先生很提倡这种写法，他说自己力避行文的唠叨，只要觉得能将意思传达给别人了，就宁可什么陪衬拖带也没有。这一创作原则，在他的作品中得到了体现。例如《从百草园到三味书屋》[③] 中所写的读书那段：

> ……先生自己也念书。后来我们的声音便低下去、静下去了，只有他还大声朗读着：——
>
> “铁如意，指挥倜傥，一座皆惊呢～～，金叵罗，颠倒淋漓噫，千杯未醉嗬～～……”
>
> 我疑心这是极好的文章，因为读到这里，他总是微笑起来，而且将头仰起，摇着，向后面拗过去，拗过去。

极简洁的文字勾勒出了一位沉醉在古文的韵律之中的老先生的神态。令人忍俊不禁。又如《为了忘却的纪念》[④] 写柔石对社会的看法：“他相

---

① （清）魏际瑞：《伯子论文》，载王水照编《历代文话》（第四册），复旦大学出版社 2007 年版，第 3594 页。

② 人民教育出版社语文二室编著：《语文》（高级中学课本第五册），人民教育出版社 1990 年版，第 235 页。

③ 人民教育出版社语文一室编著：《语文》（初级中学课本第一册），人民教育出版社 1992 年版，第 46 页。

④ 人民教育出版社语文二室编著：《语文》（高级中学课本第三册），人民教育出版社 1990 年版，第 79 页。

信人们是好的。我有时谈到人会怎样的骗人，怎样的卖友，怎样的吮血，他就前额亮晶晶的，惊疑地圆睁了近视的眼睛，抗议道，‘会这样的么？——不至于此罢？……’”寥寥几笔，就画出了一个心地纯朴天真而又带着几分迂气的青年知识分子形象。

跟工笔细描的精雕细刻、体物入微相比，白描不在于对象在画面上的纤毫毕现，穷形尽相，而是撮其精要，留下空白，让读者调动意识经验去填补。

后　记

虽说在高校从事文艺理论教学，但在研究性写作上，我的主要兴趣是在当代文学批评上，具体说是对当代作家作品的评论研究。作为20世纪80年代上大学的一代，我们这代人的幸运在于用二十几年的时间，不断接受西方文艺批评理论的洗礼，形成了相对开阔一些的理论视野。但作为一名文艺理论工作者的烦难与尴尬也在这里，纷至沓来的西方文艺理论思潮及各种理论批评方法，在脱离产生它的文化土壤和语境之后，并不是那么容易就能把握住它的真义，而游走于各种理论与方法的丛林，似乎找不到多少中国文论的原创空间。这些年来，试图在整合西方文艺理论资源的基础上，建立现代中国文艺理论体系的学者也有不少，包括文艺理论教材在内的著作陆续见诸坊间，这是中国文论建设队伍的集体选择。对于不擅理论思辨的我来说，受惠西方文论传播的，顶多是粗知一些理论批评方法和关于何为文学的理论辩证，应用于具体的文学现象即作家创作的批评分析，加强一些批评操作的理论色彩而已。

这本书的主体部分，就是从一个文艺理论工作者的视角，有选择地对当代文学中带有一些根本性的理论问题和具有一定经典性的小说与诗歌作品进行分析阐释。不同于当代文学研究者，在批评对象的选取上我并没有考虑照顾当代文学发展的整体风貌和历史线索，而是在阅读的触发下将批评焦点对准引起审美感兴和历史思考的作家或作品，通过对作家性格和作品内蕴艺术表现的发掘与解析，论证当代文学反思历史和呈现人性的基本品质及其批评价值。这样的批评实践贯穿的一个基本原则，是在历史和审美之间寻找文学所具有的现实价值和超越时空的可能性。私心对这一批评实践所期许的是双重效果：从已形成的文学与人生观念出发，揭示作品中隐含的社会历史批评和人性思索的指向，发人所未发；从文本出发，综合运用现代文艺理论与批评方法，拆解作品主题表现和风格形成的审美机制，凸显文学批评对于作品价值实现的强大功能。尽管这一愿望难以实现，但细读文本，放慢写作速度正是对批评理想的恪守。

本书的第二章，是我的硕士学位论文《城与乡：小说里的人生界域——路遥侧论》的研究成果，它是我 2007 年 11 月去延安参加“路遥逝世十五周年暨全国路遥学术研讨会”的产物，经整理，分别在《文艺理论与批评》《文艺争鸣》《南方文坛》《小说评论》等刊物先后发表。这篇硕士学位论文，曾被评为“海南省优秀硕士学位论文”。发表后的系列论文曾获得“海南省高等学校优秀科研成果奖”社科论文一等奖，其中的《走出审美迷思：路遥小说的可阐释性与路遥研究》还获得“海南省第七次社会科学优秀成果奖”论文二等奖。对于我的路遥研究，著名学者、文学评论家吴义勤先生还给予过这样的评价和阐发：

> 路遥是中国当代文学史上的一个非常特殊的人物，说他特殊，是因为他的创作，具有一种浓厚的现实主义启蒙精神，路遥的创作，实际上是新时期启蒙文学精神最后的光芒。路遥以理想主义的道德品质，打动了广大读者的心。但 20 世纪 90 年代以后，随着启蒙的退却，文学的碎片化、娱乐化导致了启蒙精神的慢慢衰落。而作者姜岚恰恰抓住这一点，来阐明自己对中国当代文学史重写的冲动，对启蒙精神的推崇。她以对路遥小说中的城乡差距、路遥小说的爱情模式及其人文功能的揭示，来说明路遥小说的现实主义启蒙品质。对路遥的小说，在 80 年代，多强调他的现实教育功能，而在 90 年代，则因为它的现实主义笔法和柳青等小说的联系，而被视为一种落后的文学实践。到了新世纪，在新左派的兴起的背景下，新的路遥热和柳青热作为对社会主义文学实践的一种遥远的祭奠和追忆，被用以批判当下理想主义的丧失和巨大的社会贫富差距。姜岚的解读则与此有着明显的不同，她从启蒙的精神来考察路遥的小说，认为这些小说的主题是反映农村知识青年在当代中国的命运和他们在苦难中奋斗向上的人生体验。她认为，路遥对“历史夹缝中的一代”的精神气质的发现，以及对人物性格现代性品质的注入，塑造出以孙少安、孙少平为代表的与“十七年文学”有否定关系的文学新人形象。这种对路遥的认可，和新左派的价值姿态有很大差别，但同样具有现实批判性，她的批判姿态是历史化的。也就是说，姜岚对路遥小说的再解读，不仅重新发掘出了路遥小说对新时期中国社会结构的批判眼光，而且，通过在新世纪的语境下的再解读，表现出了批评家本身对历史问题延续性的理性忧虑。城乡差距还在不断扩大，甚至有些地方的乡村在房地产的狂潮下，已渐渐地消亡，出现了郊区化等新的情况。胸怀理想而在现实

中苦苦挣扎的乡村新一代孙少平和孙少安们，他们的出路在哪里？在肯定路遥小说的现实主义启蒙品质的同时，论文作者依然将“审美性”作为现实主义纯文学性的内在要求，对路遥小说的现实主义美学特质的发现和总结，也有利于深化我们对路遥作品的认识。

吴义勤教授的谬奖自然令我愧不敢当，但他高屋建瓴的对路遥研究的理解，对我从事当代文学批评具有重要的指导意义，将促使我在历史地理解文学的审美本质的基础上，在作品、作家与历史时代之间建立起丝丝入扣的内在联系。在这里，我衷心感谢吴义勤先生的批评指教，他的鼓励给了我坚持一种批评立场的信心。同时衷心感谢我的硕士导师孙绍先先生在我写作论文时给予的悉心指导，我研究路遥的点滴成绩都渗透了他的心血。

这本书的篇章，或在文学评论刊物上发表，或收入当代文学教材，有几篇文章还被人大复印资料《中国现代、当代文学研究》全文转载，在这里，我要向支持过我的《文艺理论与批评》的李云雷，《小说评论》的李国平，《文艺争鸣》的孟春蕊、朱竞，《南方文坛》的张燕玲，《名作欣赏》的傅书华、张玲玲，《文学教育》的王先霈、晓苏，人大复印资料《中国现代、当代文学研究》的程光炜、张洁宇、钱蓉、高艳、蔺海莹，《新编中国当代文学》的主编陈衡、唐景华，《中学语文美育》的主编熊忠武等先生和女士表示由衷的谢意。

本书的出版，得到了海南师范大学文学院中国语言文学一级学科博士点和省级重点学科的资助，在此我要感谢文学院院长王学振教授和学科带头人邵宁宁教授的大力支持和热心帮助。本书能在中国社会科学出版社出版，要特别感谢郭晓鸿主任的热心扶持。如果没有她的帮助，这些零零星星写于南方海岛的文字，就不可能以一部书的形式由处在文化中心北京的中国社会科学出版社推出。最后，要感谢编辑王小溪博士，她以高度的责任心和敏锐的专业眼光对书稿字斟句酌，发现并纠正了诸多行文表述上的不当之处。

姜　岚

2019 年 5 月 28 日